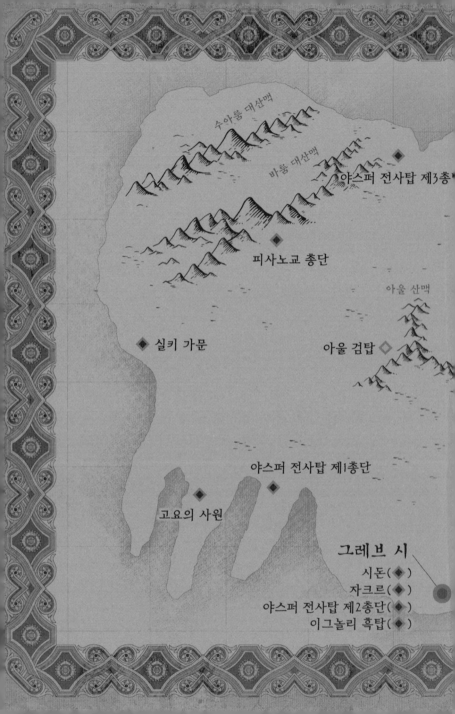

수아룸 대산맥

바룸 대산맥

야스퍼 전사탑 제3총단

피사노교 총단

아울 산맥

실키 가문

아울 검탑

야스퍼 전사탑 제1총단

고요의 사원

그레브 시
시돈(◆)
자크르(◆)
야스퍼 전사탑 제2총단(◆)
이그놀리 흑탑(◆)

ORIGINAL FANTASY STORY & ADVENTURE

쥬논 판타지 장편소설

dream
books
드림북스

이탄 15 재료 수집

초판 1쇄 인쇄 2021년 11월 9일
초판 1쇄 발행 2021년 11월 23일

지은이 쥬논
발행인 오영배
편집 편집부
일러스트 필연
표지 · 본문 디자인 오정인
제작 조하늬

펴낸곳 (주)삼양출판사 · 드림북스
주소 서울시 강북구 도봉로 173
대표 전화 02-980-2112 **팩스** 02-983-0660
편집부 전화 02-987-9393 **팩스** 02-980-2115
블로그 blog.naver.com/dreambookss
출판등록 1999년 3월 11일 제9-00046호

ISBN 979-11-283-7113-4 (04810) / 979-11-283-9990-9 (세트)

드림북스는 (주)삼양출판사의 판타지 · 무협 문학 브랜드입니다.

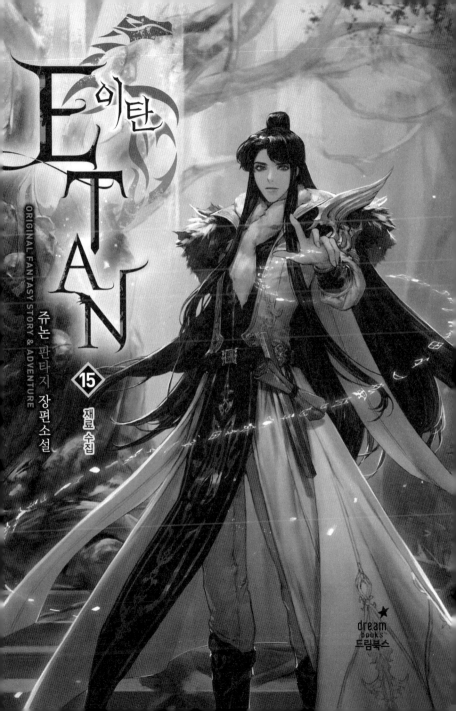

목차

부제: 언데드지만 신전에서 일합니다

사대신수

『성혈의 바하문트』

—신수: 날개 달린 사자

—상징: 공포

—속성: 흙(土), 피(血)

『불과 어둠의 지배자 샤피로』

—신수: 광기의 매

—상징: 탐욕

—속성: 불(火), 어둠(暗), 나무(木)

『포식자 하라간』

—신수: 투명 마수

—상징: 타락, 나태

—속성: 얼음(氷), 균(菌), 물(水)

『둠 블러드 이탄』

—신수: 냉혹의 뱀

—상징: 파멸

—속성: 금속(金), 빛(光)

발췌문

참으로 곤혹스럽도다.

내가 떨어진 이곳은 내가 한평생을 살아왔던 세계와는 완전히 다른 세상이었다. 인간은 없고 몬스터가 주인인 세상 말이다.

나는 이 진실을 그동안 애써 외면해 왔다. 마음속으로 얼핏 짐작은 하면서도 끝끝내 인정하지는 못하였다.

내가 다른 차원에 떨어지다니.

내가 아는 세상 말고 또 다른 차원이 존재하다니.

나는 나를 이곳으로 보내버린 피사노교의 악마들을 저주한다. 불타는 복수의 일념으로 검날을 벼려 피사노교의 악마들을 단죄하기 위해서라도 나는 어떻게든 다시 나의 고향으로 돌아갈 것이다.

그런데 방법이 보이지 않는다.

앞날이 캄캄하다.

이 낯선 세상 그 어디에 차원을 넘어가는 지식이 있을 것인가? 내가 어디서 누구를 만나야 고향으로 돌아가는 길을 알게 될 것인가?

오늘도 시름을 덜 방법은 없구나.

—그릇된 차원에서 방랑하는 전대 아울 30검의 일기 중에서 발췌

제1화

두 번째 블랙마켓 II

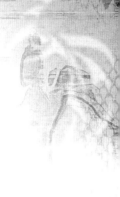

Chapter 1

푸드덕, 푸드덕.

지하 세계의 박쥐들이 싸늘한 밤공기를 갈랐다.

지금은 새벽 3시.

이탄은 잰걸음으로 블랙마켓에 도착했다.

[고객님의 방문을 환영합니다.]

늦은 밤임에도 불구하고 블랙마켓의 입구에는 토끼 가면을 쓴 여노예들이 2열로 늘이시시 양손을 빠르게 흔들있다. 이탄은 울상 짓는 언데드 가면을 얼굴에 착용한 뒤, 발걸음을 성큼 내디뎠다.

[어서 오십시오, 고객님.]

[저희가 고객님의 입장을 도와드리겠습니다.]

토끼 가면 여노예들은 이탄에게 금빛 카드, 즉 블랙마켓의 초대장을 받아서 확인한 다음 출입 절차를 도와주었다.

블랙마켓의 상점 배치도 확인이라든가, 숙소 예약이라든가, 이런 업무들이 여노예들의 도움으로 빠르게 처리되었다.

이번에도 이탄은 마켓 중심부에 숙소를 잡았다.

역시나 숙박비는 꽤 비쌌다. 이탄은 중급 음혼석 4개로 방값을 치른 다음, 고개를 절레절레 흔들었다.

"쳇. 역시나 바가지야."

투덜거리기는 하였으나, 그래도 방은 깔끔하고 아늑하여 이탄의 마음에 들었다. 이탄은 숙소에 콕 틀어박혀 4시간가량 때웠다.

드디어 아침 7시가 되었다. 이제 블랙마켓이 정식으로 오픈할 시간이었다.

"자아, 이번에는 또 어떤 재료들이 판매될까?"

이탄은 강한 기대감에 눈빛을 초롱초롱 빛냈다.

띠링!

이탄이 숙소를 나서자마자 신분패에 알람이 떴다.

거리에는 블랙마켓을 방문한 회원들로 가득했다. 회원들

은 모두들 이탄과 비슷한 메시지를 받았는지 각자의 신분패를 확인하느라 여념이 없었다. 이탄도 자신의 신분패를 꺼내어 메시지부터 확인했다.

[잠시 후 A구역에서 크라포 직영점이 오픈합니다. 어쩌다 언데드 님, 혹시 고객님께 꼭 필요한 물건이 판매될지도 모르니까 관심을 가져주세요.]

이와 같은 메시지가 이탄의 뇌로 전달되었다.

"A구역이라고?"

이탄이 거리를 휙 둘러보았다.

지난 번에 알블―롭 일족의 행성에서 개최되었던 블랙마켓은 A부터 Z까지 26개 구역으로 나뉘어 있었고, 각 구역마다 점포의 수도 어마어마했다.

이번 블랙마켓은 A부터 F까지 딱 6개 구역뿐이며, 각 구역마다 용역 의뢰를 받기 위한 건물과 용도를 알 수 없는 3층탑만 하나씩 설치되어 있어서 상대적으로 소박해 보였다. 게다가 직영점은 오직 A구역에만 설치되었다.

이렇게 보면 블랙마켓의 규모가 크게 줄어든 듯 보였다.

하지만 실제로는 마켓에 참여한 회원 수가 이전에 이탄이 방문했던 블랙마켓보다 1.5배는 더 많았다.

거리에는 가면을 쓴 자들이 우글우글했다. 이탄은 회원들 사이에 섞여서 A구역 직영점에 발을 디뎠다.

직영점은 대형 격투장을 연상시킬 정도로 넓어서 수만 명이 동시에 입장할 수 있을 듯했다. 그 넓은 직영점 건물 내부에는 이미 가면을 쓴 회원들로 빼곡했다. 이탄도 회원들 틈에 끼어서 객석 한구석에 자리를 잡았다.

이윽고 무대 위에 크라포 족 상인이 올라왔다.

[에헴헴.]

상인이 헛기침을 한 번 했다.

상인의 등장에 객석의 웅성거림이 뚝 멎었다. 회원들은 고개를 길게 빼고 무대 위에 시선을 집중했다.

크라포 족 상인은 얼굴에 흰색 민무늬 가면을 썼고, 키는 작달막했으며, 배를 불룩하게 내민 모습이었다.

상인의 뒤쪽으로는 토끼 가면 여노예들이 부채꼴 모양으로 쭈욱 늘어섰다.

[자자, 구름처럼 모여주신 우리 회원님들께 크게 인사를 한 번 올리겠습니다. 에헤헴.]

작은 키의 상인이 익살스럽게 인사를 하고는 본격적인 마켓 행사를 이어갔다.

[이곳에 모인 회원님들 중에는 이미 저희 마켓을 여러 번 방문하신 분도 계시고, 오늘이 처음이신 신입회원님도 계실 겁니다. 에헴헴. 보통 저희 직영점은 판매할 보물들을 회원 여러분께 공개한 다음, 신분패를 이용하여 가장 먼저

주문을 넣으시는 회원님께 물건을 판매하곤 합니다. 이를 테면 선착순, 즉 선주문 선구매의 개념이지요. 에헴헴.]

여기서 뇌파를 한 번 끊은 뒤, 상인이 객석을 쭉 둘러보았다.

회원들 가운데 성격이 급한 자가 대놓고 투덜거렸다.

[뭔 잡설이 이리 길어? 물건이나 빨리 팔지.]

크라포 족 상인은 그 뇌파를 듣고도 기분이 전혀 나쁘지 않은 듯 쾌활하게 웃었다.

[에헤헤. 그렇죠? 제가 잡설이 좀 길었죠? 하여간 저희 크라포 직영점에서는 주문을 빨리 하신 회원님께 보물을 먼저 구매할 기회를 드리곤 했습니다. 그런데 오늘은 거래 방법을 좀 달리하고자 합니다. 에헴헴.]

[아니, 뭐가 어떻게 다른 거요?]

[설명은 대충 하고 빨리 물건이나 보여 달라고.]

상인이 말을 질질 끌자 객석 여기저기서 원성이 쏟아졌다. 상인은 어깨를 한 번 으쓱하고는 다시 뇌파를 이었다.

[어이쿠, 알겠습니다. 오늘의 거래 방법은 다음과 같습니다. 우선 제가 판매할 물건을 공개할 겁니다. 그 물건을 구매하고 싶으신 회원님들은 각자의 신분패를 이용하여 참여 의사를 밝히시면 됩니다. 이때 회원님들께서 희망하시는 구매 가격을 신분패에 입력하시면, 저희 크라포 시스템

이 회원님들 가운데 가장 높은 가격을 제시하신 분께 물건을 판매하는 거지요. 이른바 최고가 입찰 개념이라 생각하시면 됩니다. 에헴헴.]

순간적으로 객석이 조용해졌다.

그러다 잠시 후 온 사방에서 항의가 쏟아졌다.

[아니, 그건 경매잖아?]

[크라포 시스템은 경매를 하지 않는다며? 이런 사기꾼들.]

블랙마켓의 초창기 시절, 크라포 시스템은 경매를 통해서 직영점을 운영했었다. 경매 제도를 도입하면 회원들 간의 경쟁이 치열해지면서 물건값이 급상승하는 경우가 많았기에 크라포 족 상인들은 경매를 선호할 수밖에 없었다.

한데 경매 제도의 치명적인 단점이 드러났다.

Chapter 2

원래 그릇된 차원은 약육강식의 세계였다. 크라포 족 상인들이 경매 제도를 통해 회원들 간의 경쟁을 불붙인 것까지는 좋았는데, 잔뜩 흥분한 회원들이 피의 보복을 일삼으면서 블랙마켓 자체가 공멸할 위기에 빠졌다. 심지어 일부회원들은 크라포 족 상인들을 죽이기까지 했다.

또한 경매를 도입하는 순간, 회원들은 원하는 물건을 쟁취하기 위해서 아공간 속에 귀중품들을 잔뜩 가지고 올 수밖에 없었다. 다른 회원들과 경쟁에서 이기려면 이것은 어쩔 수 없는 부분이었다.

그러자 회원들 사이에서 서로의 귀중품을 노린 강도 행위가 극성을 부렸다. 블랙마켓이 곧 전쟁터나 다름없는 상황으로 빠져 들어갔다.

결국 크라포 족 상인들은 극단의 조치를 취했다. 앞으로 블랙마켓에서는 일체 경매를 금지하겠다고 선포한 것이다.

그 약속이 오늘 뒤집혔다.

[우우우우우. 경매를 할 거면 미리 알려줬어야지.]

[크라포 족은 약속을 지켜라.]

회원들이 우르르 들고 일어났다.

분위기가 험악해지자 크라포 족 상인이 서둘러 진화에 나섰다.

[회원님들, 제발 제 설명 좀 들어주십시오. 이것은 경매가 아닙니다. 저희 크라포 일족은 예전처럼 회원님들 간에 경쟁을 부추길 의도기 눈곱만큼도 없습니다.]

상인이 기를 쓰고 설명하자 회원들이 퍼붓던 야유가 조금 잦아들었다. 크라포 족 상인은 재빨리 회원들을 달랬다.

[제 말 좀 믿어주십시오. 저는 경매를 하겠다는 게 아닙

니다. 경매란 회원님들끼리 서로 물건값을 올리면서 피 튀기는 경쟁을 하는 게 바로 경매가 아닙니까? 저희 직영점에서는 절대로 그런 경쟁을 부추기지 않습니다.]

[경매가 아니라면, 대체 뭘 하겠다는 거요?]

객석에서 누군가가 물었다.

상인은 곧바로 대답했다.

[저는 경매처럼 회원님들 사이에 경쟁을 부추겨서 물건값을 계속 올리겠다는 게 아닙니다. 여기 계신 회원님들께서는 신분패를 통해서 딱 한 번만 가격을 제시하시면 됩니다. 그러면 저는 그중 최고가를 부르신 회원님께 무조건 낙찰을 드리겠습니다.]

상인의 설명이 먹혔는지 객석이 조용해졌다. 상인은 이제 여유를 되찾고는, 자신의 배를 슬슬 쓰다듬으며 예를 들어 보였다.

[제가 예를 한번 들어보겠습니다. 오늘 제가 여러분들께 리노 일족의 최상급 뿔을 판매한다고 칩시다. 그런데 회원님들 가운데 대다수가 하급 음혼석 2개를 가격으로 제시하셨는데, 어느 한 회원님이 하급 음혼석 3개를 내거셨다고 치죠. 그럼 회원님께서는 저 귀한 최상급 뿔을 달랑 하급 음혼석 3개로 사실 수도 있는 겁니다. 에헴헴. 그러니까 이건 회원님들께 결코 손해가 아닙니다.]

상인의 설명이 떨어지기 무섭게 다시 야유가 날아들었다.

[우우우, 그건 입에 발린 말일 뿐이잖아.]

[최상급 리노의 뿔을 사는데 누가 하급 음혼석 2개만 제시하겠느냐고? 그게 말이 돼? 엉? 우리를 바보로 알아? 엉?]

회원들이 일제히 분통을 터뜨렸다.

회원들은 바보가 아니었다. 정찰가로 물건을 판매할 때보다 최고가 입찰을 할 경우가 크라포 상인들에게 더 큰 이익을 가져다줄 것이 뻔했다. 반대로 회원들은 그만큼 손해를 보게 마련이었다.

회원들이 부글부글 끓어오르자 크라포 족 상인은 난감한 상황을 돌파하려는 듯 재빨리 오늘의 판매 물품을 소개했다.

[에헴헴헴. 오랜 옛날, 흐나흐 일족에게는 왕이 한 분 계셨습니다. 그 왕은 흐나흐 일족의 영원한 번영을 위하여 자신의 두개골을 무기로 만들어 후손들에게 전해주려 하였습니다. 그리곤 그 전단계로 왕의 두개골을 꽂을 막대기, 즉 왕의 두개골과 연결될 지팡이를 만드는 데 심혈을 기울였지요.]

상인의 말이 떨어지기 무섭게 몇몇 회원들이 자지러졌다.

[헉! 여우왕의 지팡이 말이야?]

[진짜? 여우왕의 지팡이가 진짜로 존재한다고?]

[아니, 설령 그 보물이 존재한다고 쳐. 그렇다고 해도 그런 보물이 흐나흐 일족 여왕의 손에 있겠지 왜 크라포 족 상인이 가졌겠어?]

이 자리에 모인 대부분의 회원들은 여우왕의 지팡이가 어떤 보물인지 알지 못했다. 하지만 몇몇 회원들의 반응만 보아도 심상치 않다는 느낌이 팍 들었다.

한편 이탄도 열심히 머리를 굴렸다.

'내 아공간에는 뿔이 2개 달린 여우 두개골이 있잖아? 내가 알블—롭 일족으로부터 얻은 그 두개골이 흐나흐 일족 옛 왕의 두개골이라는 소리야? 그런데 우연인지 인연인지 그 두개골을 꽂을 막대기도 하필 내 눈앞에 등장했네. 그렇다면 내가 저 막대기만 얻으면 그 즉시 여우왕의 지팡이가 완성되는 셈인가?'

크라포 족 상인이 오른손을 쫙 펼쳤다.

[자아, 여기 흐나흐 일족 최고의 보물이 있습니다.]

토끼 가면 여노예들 사이에서 유리관 하나가 둥실 떠올랐다. 투명한 유리관 안에는 1.2미터 길이의 상앗빛 막대기가 곱게 보관되어 있었다.

크라포 족 상인이 뇌파의 출력을 높였다.

[보이십니까? 이 매끈한 자태가 보이시냔 말입니다. 이것이 바로 수만 년 전 흐나흐 일족의 왕께서 심혈을 기울여

서 완성한 마법아이템입니다.]

[와아아.]

객석에서 탄성이 터졌다.

눈으로 보는 것만으로도 유리관 속 막대기가 범상치 않음이 저절로 감지되었다. 회원들은 침을 꿀꺽 삼켰다.

크라포 족 상인이 힘차게 손가락을 뻗었다.

[자, 보십시오. 그 옛날 흐나흐 일족의 왕께선 리노의 최상급 뿔을 특수한 마법으로 정제하여 음차원의 마나와 영력이 잘 전도될 수 있도록 막대의 형태로 만드셨습니다. 그런 다음 막대기의 속에 최상급 음혼석을 무려 18개나 장착하여 마나의 증폭을 도모하였고, 막대기의 표면에 새겨 넣은 마법진을 통해서 일곱 종류의 아주 강력한 마법을 심어 놓으셨습니다. 에헤헤헴.]

상인의 설명이 큰 반향을 일으켰다.

[뭐어? 최상급 리노의 뿔을 정제해서 만들었다고?]

[헉? 최상급 음혼석이 무려 18개?]

[일곱 종류의 강력한 마법이 저 막대에 새겨져 있단 말이지?]

회원들의 눈이 흥분으로 달아올랐다.

Chapter 3

크라포 족 상인이 막대기를 가리켰던 손가락을 객석으로 돌렸다.

[오늘 직영점에서는 이 귀하디귀한 마법아이템을 내놓겠습니다. 아이템의 구매를 희망하시는 회원님들께서는 즉시 신분패를 통해서 입찰가를 제시하시기 바랍니다.]

띠링! 띠링! 띠링! 띠링!

사방에서 동시다발적으로 경쾌한 음이 울렸다. 회원들이 미친 듯이 신분패를 눌러서 입찰 경쟁에 뛰어드는 소리였다.

이탄도 나름 고민했다.

'여우왕의 막대기라? 내게 꼭 필요한 아이템은 아니지만, 그래도 욕심이 나네. 이왕 여우 두개골을 가지고 있으니 저것도 한 번 노려봐?'

크라포 상인의 설명에 따르면, 저 막대기의 재질은 최상급 리노의 뿔이라고 하였다.

어디 그뿐인가? 막대기 안에는 최상급 음혼석이 무려 18개나 박혀 있단다. 막대기의 표면에 새겨진 강력한 마법도 7개나 된다고 했다.

'그러니 어지간한 가격으로는 어림도 없을 거야. 퍼플

스톤을 몇 개 내걸어봤자 소용도 없겠지. 리노 일족 왕의 재목의 시체를 한번 입찰가로 제시해볼까? 아니면 구아로 일족이나 씨클롭 일족, 아니면 뻘브 일족 왕의 재목의 시체를 내걸어봐?'

이탄이 머리를 굴렸다.

이탄은 비단 시체만 가진 게 아니었다. 이탄은 현재 아공간 박스 속에 보관 중인 물건들을 차례로 떠올랐다.

'그렇지. 방망이처럼 생긴 흉기도 있었지. 눈알이 빼곡하게 박힌 거대 방망이 말이야.'

이 방망이는 얼마 전 이탄이 씨클롭의 초강자로부터 빼앗은 무기였다. 이 무기에는 수천 개의 씨클롭 눈알이 박혀 있어 가치가 높은 데다 위력도 뛰어났다.

'아니면 그 흉기와 함께 빼앗은 방패도 쓸 만하던데. 그게 아니면 또 다른 씨클롭 녀석에게 강탈한 붉은 창도 있고 말이야. 이 가운데 어떤 것을 입찰가로 제시할까?'

약간의 고민 끝에 이탄이 손가락을 놀렸다.

* 입찰가: 씨클롭 일족의 시체 두 구.

1. 두 구 모두 왕의 재목의 시체임.

2. 둘 중 한 구는 상태가 아주 좋음.

3. 나머지 한 구의 시체는 세로로 찢어진 것을 꿰

매서 이어 붙였음.

이탄은 신분패에 위와 같이 적어 넣었다.

이탄이 다른 무기들 대신 씨클롭의 시체를 내놓기로 한 이유는 간단했다. 지금 이탄의 아공간 박스 속에는 씨클롭 왕의 재목의 시체가 총 세 구나 들어 있었다. 따라서 시체 두 구를 크라포 족 상인에게 내주어도 이탄에게는 여전히 한 구의 신체가 남는 셈이었다.

'그러니 시체를 두 구쯤 내주어도 괜찮아.'

이것이 이탄의 생각이었다.

이탄은 입찰 참여를 마친 뒤, 덤덤한 표정으로 팔짱을 끼었다.

'나보다 더 비싼 가격을 제시한 회원이 있으면 할 수 없지. 저 허여멀건 막대기에 관심은 있지만, 그렇다고 더 비싸게 사고 싶지는 않아.'

이탄은 마음속으로 이렇게 선을 그었다.

잠시 후, 크라포 족 상인이 객석을 쭉 둘러보았다.

회원들이 상인을 다그쳤다.

[결과가 나온 거요?]

[과연 누가 낙찰을 받았을까?]

[빨리 말해줘. 빨리 결과를 알려달라고.]

크라포 족 상인은 난감한 듯 답을 망설이다가 큰 한숨을 내쉬었다.

[에효오, 결과는 이미 나왔습니다.]

[오오오. 나왔구나.]

회원들의 기대치가 최고조로 올라갔다.

그런데 크라포 족 상인이 초를 쳤다.

[하지만 결과를 공개하지는 않겠습니다.]

[뭣이라?]

[죄송합니다만, 이렇게 큰 거래의 결과를 회원 모두에게 공개하는 것은 미련한 일인 것 같습니다. 낙찰을 받으신 당사자에게만 신분패를 통해서 알려드리겠습니다.]

이 대답이 떨어지기 무섭게 객석에서 야유가 터졌다.

[우우우우, 세상에 뭐 이런 깜깜이 거래가 다 있냐?]

[차라리 예전 방식으로 물건을 판매해라. 이따위로 할 거면 나는 크라포 시스템의 회원을 탈퇴하련다.]

[지금 장난해? 블랙마켓의 입장료는 엄청 비싸게 받아놓고, 일을 이따위로 불투명하게 진행할 거야? 어엉?]

회원들의 분노는 쉽게 가라앉지 않았다.

사실 크라포 족 상인은 첫 거래를 이렇게 미적지근하게 처리할 마음이 없었다. 여우왕의 막대기를 어마어마한 가격에 판매하여 회원들의 마음을 잔뜩 들뜨게 만들겠다는 것이 크라포 족 상인의 속셈이었다.

한데 그 계획이 초장부터 틀어졌다.

'빌어먹을. 가격은 충분히 잘 받았어. 무려 씨클롭 왕의 재목이라고. 그 엄청난 초강자의 시체가 두 구니까 이건 충분히 분위기를 띄울 만한 거래였다고.'

크라포 족 상인이 입술을 질겅질겅 씹었다. 상인의 생각 같아서는 씨클롭 초강자의 시체를 두 구나 받고서 여우왕의 막대기를 판매했다고 공표하고 싶었다.

한데 크라포 족 장로들이 그 공표를 막았다. 조금 전 상인의 뇌에는 크라포 일족 장로회에서 결정한 사항이 긴급으로 전달되었다.

[지금 씨클롭 일족의 분위기가 심상치 않구나. 최근에 그들의 초강자 2명이 내리 실종된 터라 그 외눈박이들이 아주 예민해진 상태니라. 이런 상황에서 우리가 씨클롭 왕의 재목의 시체 두 구를 사들였다는 사실이 알려지면 어찌 되겠느냐? 골치 아파질 것은 뻔한 일. 이번 거래는 무조건 비공개로 진행하여라.]

크라포 장로회에서는 이러한 경고를 상인에게 보내왔다.

때문에 크라포 족 상인은 여우왕의 막대기가 누구에게 얼마에 낙찰되었는지 공표할 수가 없었다. 그리고 이에 대한 회원들의 반발과 야유는 상인이 한 몸에 받아야 했다.

결국 크라포 족 상인은 분노한 회원들을 달래기 위하여 재빨리 다음 물건을 소개했다.

[자자자, 진정하시죠. 제가 회원님들의 열화와 같은 요청을 받아들여서 두 번째 물건은 다시 예전 방식으로 거래를 하겠습니다. 에헴헴. 제가 이번에 소개시켜 드릴 물건은 바로 뻘브 일족의 눈물입니다. 그것도 최상급 눈물을 무려 열 병이나 준비했습니다. 용량은 한 병당 30 밀리리터씩 들어 있지요. 에헴헴.]

[헉. 뻘브 일족의 최상급 눈물.]

[와아아. 무려 30 밀리리터라고?]

[그 정도라면 인정할 만하지.]

객석에서 환호가 터졌다.

뻘브 일족의 눈물은 공간 왜곡이나 환각 발휘에 효과가 뛰어난 희귀 재료였다. 또한 뻘브 일족의 눈물은 몬스터들로 하여금 순간적으로 이성을 잃고 괴력을 발휘하게끔 만들어 주곤 했다.

따라서 이 보물은 전쟁을 준비 중인 일족들에게는 반드시 입수해야 할 필수품이었다.

Chapter 4

크라포 족 상인은 한 방울의 가치가 어마어마하다는 그 뽈브의 눈물을 무려 30 밀리리터씩 열 병이나 판매한다고 공표했다.

이 뇌파를 듣자마자 회원들의 심장이 쿵쾅쿵쾅 뛰었다.

이탄도 눈을 번쩍 떴다.

'오홋! 최상급 뽈브의 눈물이라고? 이건 차원이동 통로를 뚫을 때 꼭 필요한 재료잖아.'

이탄이 기다리던 소식을 듣고 주먹을 꽉 움켜쥘 때였다. 이탄의 신분패에 비밀 메시지가 들어왔다.

[빰빠라밤! 어쩌다 언데드님, 축하드립니다.]

'축하? 무슨 축하?'

이탄이 의문을 품었다.

둥그런 신분패는 이탄의 뇌에 메시지를 계속 전달했다.

[조금 전 저희 크라포 시스템은 여우왕의 지팡이 입찰을 진행하였지요. 그런데 어쩌다 언데드님께서 적어내신 품목이 최고가로 선정되었습니다. 오늘 오전 중으로 메시지에 아래쪽의 거래 버튼을 누르시면, 어쩌다 언데드님께 아공간 반지를 하나 보내드리겠습니다. 어쩌다 언데드님께서는 거래 대가를 아공간 반지에 담아 저희에게 보내주시기 바

랍니다. 그 즉시 저희도 어쩌다 언데드님께 여우왕의 지팡이를 보내드리겠습니다.]

'으잉? 내가 여우왕의 지팡이를 낙찰받았다고?'

이탄은 예상치 못한 결과에 눈을 끔벅거렸다.

메시지는 아직 끝나지 않고 계속되었다.

[어쩌다 언데드님, 아시죠? 이번 거래는 비밀로 하는 편이 좋다는 거. 어쩌다 언데드님께서 거래가 완료된 이후에도 입을 꾹 다물어 주시면 감사하겠습니다. 물론 저희들도 비밀을 엄수할 것입니다.]

이 이야기를 듣자마자 이탄이 피식 웃었다.

'비밀리에 거래하면 나야 좋지. 후훗.'

이탄은 마음속으로 쾌재를 불렀다.

이탄이 잠시 한눈을 파는 사이, 크라포 족 상인은 뿔브 일족의 최상급 눈물 열 병을 회원들 앞에 공개했다.

토끼 가면을 쓴 여노예들이 크리스털 병에 담긴 뿔브의 눈물을 높이 들고서 춤을 추듯 무대 위를 한 바퀴 돌았다.

회원들은 홀린 듯이 그 병을 바라보았다.

크라포 족 상인은 회원들을 향해 한 번 더 강조했다.

[에헴헴. 조금 전에도 안내드렸다시피, 이번 거래는 예전 방식으로 진행합니다. 회원 한 분당 구매하실 수 있는 양은 뿔브의 최상급 눈물 딱 한 병뿐입니다. 다시 말해서 선착순

열 분이 뽈브의 최상급 눈물 열 병을 받아가시게 될 겁니다. 에헴헴.]

[그래서 가격이 얼마요?]

[얼마에 파냐니까?]

회원들이 아우성을 쳤다.

크라포 족 상인은 오른 주먹을 번쩍 들어 판매가를 밝혔다.

[30 밀리리터에 얼마냐? 파격적인 가격! 최상급 리노의 비늘 2개에 모시겠습니다.]

리노 일족의 최상급 비늘은 아주 귀한 재료였다. 또한 이 비늘은 차원이동 통로의 주재료이기도 해서 이탄도 쉽게 내놓을 생각이 없었다.

다만 다른 한편으로 생각해 보면, 뽈브 일족의 최상급 눈물 30 밀리리터에 리노의 비늘 2개를 바꾸는 것은 나름 괜찮은 조건이었다.

'마침 내게는 최상급 리노의 비늘이 10개나 있잖아? 무조건 구매하자.'

이탄은 결심이 선 즉시 무한의 언령을 발동했다.

째깍, 째깍, 째애깍, 째애애애~깍.

이탄 주변의 시간이 무한대에 가깝게 느려졌다. 오뉴월 엿가락처럼 늘어진 시간 속에서 이곳에 모인 모든 회원들의 생체시계는 거의 0으로 멈추다시피 했다. 그 안에서 오직 이탄만이 자유롭게 움직였다.

이탄은 아공간의 박스를 열어서 최상급 리노의 비늘 2개를 꺼냈다. 이어서 그는 반짝이는 비늘 2개를 둥그런 신분패 위에 올려놓고 전송 버튼을 눌렀다.

이탄의 눈길이 무대 위의 크리스털 병으로 향했다.

솔직히 이탄의 마음속에는 '이왕 시간을 멈춘 김에 무대 위의 크리스털 병 10개를 몽땅 훔쳐올까?' 라는 생각도 살짝 깃들었다.

이탄은 이내 그 생각을 머릿속에서 지웠다.

'에이, 그건 아니지. 내가 도둑도 아니고.'

그런 추잡한 도둑질을 하면 이탄이 단기적으로는 큰 이득을 얻을 것이다. 쁠브 일족의 최상급 눈물을 무려 300 밀리리터나 얻을 테니까 말이다.

대신 이탄의 도둑질로 인하여 블랙마켓은 큰 혼란에 빠질 것이다. 크라포 족의 상업 활동이 위축되는 것도 당연한 수순이었다.

'멀쩡하던 쁠브의 눈물이 갑자기 사라진다? 그런 이상한 일이 벌어졌다가는 크라포 족이 블랙마켓 자체를 닫아버릴 수도 있겠지.'

게다가 물건을 훔치는 행위는 이탄의 성향에도 맞지 않

았다. 이탄은 언령의 힘을 사용하여 뻘브의 눈물 한 병을 선착순 구매하는 것으로 만족했다.

째애애애~깍, 째애깍, 째깍, 째깍.

정지되다시피 했던 시간이 다시 정상으로 돌아왔다. 크라포 족 상인은 객석 열 곳을 빠르게 손가락으로 가리켰다.

[요기, 조기, 저기, 저어기. 모두 모두 축하드립니다. 이분들이 최상급 뻘브의 눈물 구매에 성공하셨습니다. 에헴 헴.]

크라포 족 상인의 말이 떨어지기 무섭게 10명의 여노예들이 객석으로 내려왔다. 여노예들은 미끈한 팔을 머리 위로 들어서 반짝거리는 크리스털 병을 회원들에게 최대한 잘 보이게 노출했다. 그런 다음 각자의 목적지를 향해서 객석 곳곳으로 흩어졌다.

[크으으읏. 부럽다.]

[젠장. 내가 저걸 가졌어야 했는데.]

회원들은 질투와 탐욕이 얼룩진 눈으로 크리스털 병을 노려보았다.

10명의 여노예들은 오히려 더 보란 듯이 엉덩이를 씰룩거리면서 10명의 당첨자들에게 다가가더니 뻘브 일족의 최상급 눈물을 하나씩 전달했다.

당연히 이탄도 선택받은 10명 중 하나였다.

최상급 뽈브의 눈물이 판매되면서 객석의 열기가 바짝 달아올랐다. 그런데도 크라포 족 상인은 속이 쓰렸다.

　'젠장. 큰 손해를 봤어. 뽈브의 최상급 눈물 한 병을 리노의 최상급 비늘 2개와 맞바꾸면 수지타산이 맞지 않는다고. 그런데 이렇게 손해나는 장사를 한 병도 아니고 무려 열 병이나 하다니. 제기랄.'

　만약 여우 왕의 막대기 때문에 회원들의 불만이 폭등하지 않았더라면, 크라포 족 상인은 절대 이런 손해 보는 거래를 하지 않았을 것이다. 상인은 분노한 회원들을 달래기 위해서 막심한 손해를 감수했다.

　어쨌거나 그 덕분에 회원들은 다시 잠잠해졌다.

Chapter 5

　크라포 족 상인은 새롭게 마음을 다잡았다.

　'어휴, 지난 일은 할 수 없지만, 지금부터라도 제대로 해 보자.'

　크라포 족 상인이 객석을 쭉 둘러보았다.

　[당첨자들께 다시 한번 축하를 드립니다. 이어서 회원님들께 세 번째 거래품을 소개하겠습니다.]

크라포 족 상인은 오른손을 활짝 펼쳐 무대를 가리켰다.

여노예 2명이 무대 아래쪽에서 스르륵 올라왔다. 그녀들은 뚜껑이 덮인 금쟁반을 하나씩 든 상태였다.

크라포 족 상인이 자신 있게 외쳤다.

[여러분, 저 속에 뭐가 들어있는지 아십니까?]

[뭐가 들었소?]

[답답하니까 빨리 말해주쇼.]

회원들이 상인을 다그쳤다.

[여러분, 놀라지 마십시오.]

크라포 족 상인이 진한 미소와 함께 손가락을 튕겼다.

신호를 받은 여노예들이 황금빛 쟁반으로 다가가 뚜껑을 열고 그 속에 든 보물을 공개했다. 그것은 빨주노초파남보 일곱 가지 빛깔이 감도는 알이었다.

2개의 쟁반에 각각 하나씩, 무지갯빛 알은 총 2개였다. 크라포 족 상인은 조심스럽게 양손으로 알을 하나 들더니, 객석을 향해 내밀었다.

[혹시 부이부 일족이라고 아십니까?]

[헙.]

[부이부!]

상인의 뇌파가 발산되기 무섭게 몇몇 회원들이 헛바람을 집어삼켰다.

반면 대다수의 회원들은 부이부에 대해서 들어본 적이 없어 어리둥절했다.

크라포 족 상인은 입을 쩌억 벌려 크게 웃음기를 머금은 다음, 천천히 뇌파를 이었다.

[이 알은 바로 그 부이부 일족의 것입니다. 우후후훗. 저희들이 정말 어렵사리 구한 보배이지요.]

상인은 손바닥 위의 무지갯빛 알을 내려다보면서 눈동자에 기이한 열기를 품었다.

회원들은 알의 정체도 잘 모르면서 홀린 듯이 무지개빛 알을 쳐다보았다.

츠츠츠츠츳.

2개의 알에서 풍기는 괴이한 기운은 수많은 회원들을 요상한 기분에 휩싸이게 만들었다. 기묘하면서도 끈적끈적한 기운이 객석 전체에 광범위하게 퍼졌다.

이탄의 시선도 무지갯빛 알에 고정되었다.

크라포 족 상인은 알을 다시 황금 쟁반 위에 올려놓은 뒤, 객석을 향해서 손가락 하나를 내밀었다.

[딱 한 분.]

객석은 쥐 죽은 듯이 조용했다.

상인이 뇌파를 이었다.

[딱 한 분의 회원님만 모시겠습니다. 알이 2개인데 왜 한

분이냐? 이 알의 가치를 아시는 분은 그 이유도 아실 거라 믿습니다.]

회원들이 서로의 얼굴을 쳐다보았다.

무지갯빛 알은 분명 2개였다. 그런데 왜 단 한 명의 당첨자만 뽑는 것인지, 그 이유를 정확하게 아는 회원은 거의 없었다.

그 와중에도 부이부 알에 대해서 알고 있는 회원들은 침을 꿀꺽 삼키며 깊은 생각에 잠겼다.

크라포 족 상인은 가면 속에서 묘한 표정을 지었다.

잠시 후 상인의 뇌파가 계속되었다.

[안타깝게도 이번 거래는 선착순이 아닙니다. 첫 번째 거래와 마찬가지로 최고가 입찰 방식으로 거래를 진행하고자 합니다.]

[우우우우우—.]

객석에서 또 다시 야유가 터졌다.

[설마 이번에도 또 깜깜이냐?]

[어우, 우리에게 알의 정체도 알려주지 않고서 무조건 입찰가를 제시하라고? 그게 말이나 돼?]

사방에서 불만이 쏟아졌다.

크라포 족 상인은 그래도 물러서지 않았다.

[에헴헴. 어차피 무지갯빛 부이부 알의 가치를 아시는 분

만 입찰에 참여하시겠지요. 싫으신 분은 참여 자체를 하지 않으시면 될 일입니다. 에헤헤헴.]

상인이 고자세로 나오자 회원들은 더욱 혼란스러웠다.

'상인이 저렇게까지 튕기는 걸 보면 무지갯빛 알이 아주 귀중한 물건인가?'

'대체 저 알의 특징이 뭐야? 최소한 그거라도 알려줘야 입찰을 하든가 말든가 하지.'

상당수의 회원들은 이러한 의문을 품었다.

반면 부이부에 대해서 알고 있는 소수의 회원들은 전혀 다른 고민에 빠졌다.

'크라포 일족이 드디어 미친 겐가? 어떻게 부이부의 알을 판매할 수 있지?'

'간이 부었구나. 크라포 녀석들이 드디어 간이 부었어.'

'저 알을 꼭 갖고 싶기는 한데, 과연 내가 그 뒷감당을 할 수 있을까? 성체 부이부가 알의 냄새를 맡고 나를 찾아오면 어떻게 하지?'

'이건 기회야. 반드시 저 알을 가져야 해.'

극소수의 회원들은 탐욕과 우려가 뒤섞인 눈으로 무지갯빛 알을 올려다보았다.

크라포 족 상인이 씨익 웃었다.

[후후훗. 이제 판매를 한 번 해볼까요? 자, 입찰 참여를

원하시는 회원님들은 지금 곧바로 신분패를 손에 쥐고 입찰가를 적어내기 바랍니다. 이 가운데 최고가를 제시하신 회원님께 부이부의 알 2개를 넘겨드리겠습니다. 에헴헴.]

상인의 안내 멘트가 나오자 극소수의 회원들이 빠르게 손가락을 놀렸다. 그들은 부이부 알의 가치를 눈치 채고는 어떻게든 저 보물을 손에 넣으려고 마음먹은 자들이었다.

이탄도 신분패를 꺼내들었다.

솔직히 이탄은 무지갯빛 알에 대해서는 전혀 알지 못했다. 대신 이탄은 알블—롭 일족의 기억의 바다에서 부이부 일족에 대한 단편적인 정보를 몇 개 얻었다.

그 정보들이 이탄의 뇌 깊은 곳에서 튀어나와 하나로 취합되었다.

— 부이부: 도마뱀을 연상시키는 외모의 음험한 일족.

— 주 서식지: 외계 성역

— 특성: 흡수, 동화

— 기타 도움이 될 만한 정보 1: 부이부는 매우 보기 드문 외계 성역 종족이라 실생활에서 그들을 마주칠 가능성은 거의 없음.

— 기타 도움이 될 만한 정보 2: 부이부 일족은 알을 통해 태어나는데, 부화 가능성이 매우 희박함.

― 기타 도움이 될 만한 정보 3: 부이부 일족은 흉포하고 음험하여 그들을 잘못 부화시키면 오히려 멸망의 길로 들어서게 됨.

이상이 이탄이 가진 정보였다.

Chapter 6

'흐으음. 도마뱀을 닮은 외계 성역의 종족이라. 특성은 흡수와 동화란 말이지? 저 일곱 색깔 알을 부화시키면 그 속에서 부이부 일족의 새끼가 튀어나오겠네.'

이탄이 어깨를 으쓱했다.

'그래서 뭐, 어쩌라고?'

이탄은 테이머(Tamer: 조련사)가 아니었다. 그는 저 알을 애지중지 품어서 부화시킬 만큼 열정도 없었고, 부이부 새끼를 키우고 싶은 마음은 더더욱 전무했다.

그렇다고 해서 부이부의 알이 지난 번 블랙마켓에서 소개되었던 기브흐의 알처럼 이탄을 잡아끄는 느낌도 없었다.

당시 이탄은 액체도 고체도 아닌 뾰족뾰족한 알껍데기에

이끌려 그것을 차지하려 했다가 그만 껍질째 흡수해버리고 말았다. 그 결과 이탄의 뱃속에 뭉쳐있는 음차원 덩어리가 쿠르릉 쿠르릉 자전을 하게 되었다.

한데 부이부의 알은 기브흐의 알과는 달리 이탄을 잡아끌지 않았다.

그럼에도 불구하고 이탄은 이대로 입찰을 포기하는 것은 아깝다고 생각했다.

'저게 그렇게 귀중한 알이라면 나중에 비싼 값에 팔면 되겠지.'

사실 이탄이 여우왕의 막대기를 구매한 이유도 이와 비슷했다. 이탄은 여우왕의 지팡이를 무기로 사용할 생각은 없었다. 그저 나중에 비싼 가격에 물물교환을 할 수도 있기에 구해놓았을 뿐이었다.

이탄에게는 부이부 일족의 무지갯빛 알도 여우왕의 막대기와 마찬가지였다.

'그렇다면 입찰에 얼마를 써볼까?'

이탄은 잠시 고민하다가 둥그런 신분패에 입찰가를 넣었다.

 * 입찰가: 최상급 음혼석 2개

처음에 이탄은 최상급 음혼석 한 개만 제시하려 했었다.

그런데 중간에 마음을 고쳐먹었다. 어차피 이탄은 최상급 음혼석을 2개 소유하고 있는데, 이것들이 이탄에게는 별 쓸모가 없어서 그냥 2개 다 질러보았다.

이탄이 신분패에 입찰가 입력을 마치고 결과를 기다리는 동안, 다른 회원들도 눈을 부릅뜨고 무대 위의 크라포 족 상인을 바라보았다.

잠시 후, 크라포 족 상인이 씨익 웃었다.

'우후훗.'

이번에는 크라포 장로회에서도 입찰의 결과 공개를 막지 않았다. 크라포 족 상인은 흡족함을 느끼고는 또랑또랑한 뇌파로 결과를 공표했다.

[에헴헴. 드디어 부이부 알의 주인이 정해졌습니다. 축하드립니다.]

크라포 족 상인의 손가락이 객석 오른쪽 앞줄을 가리켰다.

[누구야? 누가 저 알을 샀지?]

회원들의 눈과 귀가 상인의 손가락이 가리킨 곳으로 집중되었다. 이탄도 자연스럽게 객석 오른쪽 앞줄로 향했다.

'응?'

이탄의 눈이 이채를 머금었다. 눈알이 3개 달린 뱀 가면을 쓴 여자, 즉 서리를 판매하는 뱀이 그곳에 앉아있기 때문이었다.

서리를 판매하는 뱀 주변에는 비슷한 종류의 뱀 가면을 쓴 자들이 호위를 하듯이 그녀를 둘러쌌다.

'오호라. 저 여자도 이번 블랙마켓에 참석했었구나. 그런데 저 여자가 부이부의 알을 샀단 말인가? 흐으음.'

이탄이 흥미로워하는 가운데 크라포 족 상인이 뇌파를 덧붙였다.

[여러분 놀라지 마십시오. 저 회원님께서는 최상급 음혼석 2개와 구아로 일족 귀족의 시체 한 구, 그리고 상급 음혼석 300개라는 엄청난 가격을 치르고 부이부의 알을 구매하셨답니다.]

객석 여기저기서 회원들의 탄성이 터졌다.

[오오오, 최상급 음혼석이 2개라니!]

[거기다가 5대강족 가운데 하나인 구아로 일족의 시체라고? 그것도 무려 귀족의 시체란 말이지?]

[최상급 음혼석과 구아로 귀족의 시체만으로도 부족해서 상급 음혼석을 300개나 추가했다잖아.]

[도대체 부이부의 알이 뭐야? 그게 어떤 종류의 보물이기에 저렇게 어마어마한 가격을 감수하면서까지 입찰에 참여했을까?]

회원들 가운데 대다수는 단순히 놀라는 정도였으나, 몇몇 회원들은 강한 탐욕이 어린 눈빛으로 서리를 판매하는 뱀을 훑어보았다. 실제로 일부 회원들은 자리에서 은밀하게 일어나 서리를 판매하는 뱀 곁으로 이동했다.

'훗.'

이탄이 가소롭다는 듯이 그 광경을 지켜보았다.

예선 블랙마켓에서 이탄도 한 번 이런 경우를 겪었었다. 물론 이탄을 노렸던 자들은 모두 그의 손에 찢겨 죽었지만 말이다.

어쨌거나 서리를 판매하는 뱀에게도 귀찮은 일이 발생할 것이 자명했다. 서리를 판매하는 뱀은 불쾌한 기색으로 크라포 족 상인을 노려보았다.

[에헴헴.]

크라포 족 상인은 어깨를 한 번 으쓱하고는 곧바로 다음 상품을 소개했다.

[이번에는 재미진 입찰을 한 번 해볼까 합니다.]

상인이 옆으로 손을 뻗자 건장한 남자 노예 18명이 무대 아래쪽에서 올라왔다. 노예들은 철제 상자를 어깨에 짊어지고 운반하느라 땀을 뻘뻘 흘렸다.

쿠웅, 쿵, 쿵, 쿵.

노예들이 상자 내려놓는 소리가 무대를 둔중하게 울렸

다. 철제 상자 자체도 무겁지만, 그 안에 들어있는 물건들도 보통 무게는 아닌 듯했다.

크라포 족 상인은 웃음을 참기 힘든 듯 입가를 씰룩거렸다.

[이번 거래는 좀 독특한 방식으로 진행해볼 예정입니다. 이른바 랜덤박스라는 방식이지요. 에헴헴.]

[오오올!]

랜덤박스라는 말에 객석이 웅성거렸다.

이탄은 처음 겪는 일이지만, 사실 크라포 족의 블랙마켓에서는 이벤트처럼 가끔씩 랜덤박스를 풀었다.

두 번째 블랙마켓 III

Chapter 1

상인이 랜덤박스의 방식을 설명해주었다.

[여기 보시는 18개의 철제 상자 안에는 여덟 종류의 서로 다른 보물들이 들어있습니다. 어떤 상자에 어떤 보물이 들어 있는지는 저희도 모른답니다. 하지만 한 가지는 확실히 보장합니다. 이 철제 상자 속 물건들은 최소한 상급 음혼석 20개부터 시작하여, 최대 최상급 음혼석 3개의 가치를 가졌습니다. 그렇다면 이 철제 상자 하나의 가격은 얼마냐? 상급 음혼석 1,000개에 모시겠습니다. 회원님들은 각자의 신분패를 준비해주십시오. 그 다음 선착순으로 18명의 회원님을 선발한 다음, 그 분들께 각자 하나씩 철제 상

자를 고를 기회를 드리겠습니다. 에헴헴.]

회원들이 으르렁거렸다.

[뭐요? 상급 음혼석 1,000개면 너무 비싼 거 아뇨?]

[그러다 상급 음혼석 20개가 들어 있는 상자를 고르면 완전 망하는 것 아냐. 쳇. 이런 빌어먹을 거래가 어디 있어?]

크라포 족 상인은 기다렸다는 듯이 대꾸했다.

[자, 그런 불평도 나올 수 있지요. 이해합니다. 하지만 이 철제 박스 안에는 조금 전의 저 회원님께서 부이부 알 값으로 내놓으신 구아로 귀족의 시체도 들어 있답니다.]

크라포 족 상인이 턱으로 가리킨 대상은 다름 아닌 서리를 판매하는 뱀이었다.

[오오, 구아로 귀족의 시체라고?]

[그런 귀한 보물을 상급 음혼석 1,000개에 살 수 있다면 완전히 땡큐지.]

회원들의 이목이 다시 한 번 서리를 판매하는 뱀에게 쏠렸다.

[흥!]

서리를 판매하는 뱀은 불쾌한 듯 상인을 향해 눈을 부라렸다.

크라포 족 상인은 능청맞게 어깨를 한 번 으쓱한 다음 뇌파를 이었다.

[또 다른 철제 상자에는 뭐가 들어 있는 줄 아십니까? 리노 일족 왕의 재목이 사용하던 마법무기가 들어 있습니다. 그 무기에는 최상급 리노의 뿔만 무려 3개가 박혀 있지요. 후후훗.]

그 말에 회원들이 잔뜩 흥분했다.

[와아, 왕의 재목이 사용하던 애병을 랜덤박스에 넣어서 판다고?]

[그건 꼭 갖고 싶다.]

회원들은 가면 속에서 입맛을 다셨다.

크라포 족 상인은 파리를 잡아먹은 두꺼비처럼 흡족하게 입술을 우물거렸다.

[후후후, 이래도 상급 음혼석 1,000개가 비쌉니까? 이게 비싸다고 생각하는 가난뱅이 회원님들은 거래에 참여하지 않아도 됩니다. 후후훗.]

무시하는 듯한 상인의 태도가 회원들의 마음속에 불을 싸질렀다.

[누가 비싸대? 얼른 시작이나 히리고.]

[그러게 말이야. 얼른 거래나 하자고.]

절반 이상의 회원들이 손에 신분패를 움켜쥐고 눈에 핏발을 곤두세웠다. 이들은 모두 상급 음혼석 1,000개를 가진 부자들이었다.

[쳇. 부럽다.]

[어우, 신경질 나.]

반면 지불 능력이 부족한 회원들은 아쉬움에 입맛만 다셨다.

이탄도 당연히 거래에 끼어들었다. 이탄은 철제 상자에서 가장 좋은 보물을 차지할 자신이 있었다. 그러니 거래에 참여하는 것이 당연했다.

이탄이 의지를 일으키자 무한의 언령이 발동했다. 만자비문 가운데 시간과 관련된 문자도 저절로 떠올랐다.

거의 0으로 수렴된 시간의 흐름 속에서 이탄만이 홀로 손가락을 놀렸다. 이탄은 상급 음혼석 1,000개를 아공간 박스 속에서 꺼내어 크라포 시스템에 전송을 마쳤다.

이탄의 박스 속에는 1,000개를 전송한 이후에도 무려 7,197개의 상급 음혼석이 남아 있었다. 이탄은 그만큼 부유했다.

이탄의 행동은 여기서 멈추지 않았다.

"이제 한 번 상자를 살펴볼까?"

이탄은 시간을 정지해놓은 상태에서 비행 법보를 구동하여 무대 위로 휙 날아갔다. 그런 다음 조각상처럼 정지한 노예들 사이를 헤집으며 18개의 철제 상자를 하나씩 열어보았다.

"상급 음혼석 20개, 또 상급 음혼석 20개, 이 상자 속에는 상급 음혼석 50개. 하하하. 상급 음혼석을 무려 1,000개나 지불해놓고 이런 상자를 뽑으면 엄청나게 속이 쓰리겠는걸. 하하하하."

이탄은 차례로 상자를 살펴보다가 아홉 번째 상자에서 눈을 반짝 빛냈다.

"옳거니. 이게 바로 구아로 귀족의 시체구나. 이빨도 모두 멀쩡하고 발톱도 2개만 빼고는 상태가 아주 좋아. 이런 질 좋은 시체라면 상급 음혼석 1,000개도 아깝지 않지. 다른 게 마땅치 않으면 이걸 골라야겠다."

이탄은 일단 아홉 번째 상자를 머릿속에 담아두었다.

이어서 열 번째 상자에는 상아빛 뿔 3개가 나란히 박힌 전차가 튀어나왔다. 마법으로 작게 축소되어 있으나 실제로 이 전차의 크기는 어지간한 규모의 도시 하나, 즉 수십 킬로미터나 될 정도로 거대했다.

전차의 표면에는 리노 일족의 최상급 비늘들로 빼곡하게 뒤덮여 있어 보는 것만으로도 눈이 황홀했다. 전차의 바퀴는 정체불명의 가죽으로 만들어졌는데, 그 바퀴에 고대의 문자들이 새겨진 모습이 범상치 않았다.

단, 앞에서 전차를 끌어줄 동물이 없는 점은 아쉬웠다.

"아무래도 크라포 족 상인이 언급한 무기가 바로 이 전차를 의미하는 듯하구나. 리노 일족 왕의 재목이 사용했다던 무기 말이야."

이탄은 손으로 자신의 턱을 쓸었다.

"한데 이상하다. 이 정도로 가치가 높은 무기라면 상급 음혼석으로는 도저히 수지타산이 맞지 않는데. 이런 걸 고작 랜덤박스 방식으로 판매한다고?"

리노 일족의 전차는 구아로 귀족의 시체와는 비교도 되지 않는 무기였다. 이번 랜덤박스 거래를 통해서 크라포 족 상인이 얻을 수 있는 대가는 18개의 철제 상자를 다 판매하여도 고작 18,000개의 상급 음혼석이 전부였다. 그런데 이 전차 하나의 가치가 상급 음혼석 18,000개보다 훨씬 더 높았다.

"희한하네. 크라포 족 상인이 왜 이렇게 적자 거래를 하지?"

이탄은 도무지 이 상황이 이해가 되지 않았다. 그래도 이탄은 일단 열 번째 상자를 고르기로 마음먹었다.

이어서 열 번째, 열한 번째 철제 상자 속에는 이탄의 눈에 차는 물건이 들어있지 않았다. 그 다음도 마찬가지였다.

그러다 열일곱 번째 상자가 다시 한 번 이탄의 마음을 흔들었다.

"어랍쇼? 이게 왜 여기에 들어있어?"

이탄의 눈앞에 영롱하게 빛나 구슬이 하나 튀어나왔다. 순백의 구슬 속에는 짙은 황색의 뇌전이 번쩍번쩍 뛰놀았다.

이것은 벨린다의 오행주, 즉 파이브 스피어(Five Sphere) 가운데 하나였다. 흙 속성의 파이브 스피어 말이다.

"허어. 나와 오행주가 인연이 있나? 오래 전에 뿔뿔이 흩어졌다는 법보가 왜 이렇게 계속 내 앞에 등장하지?"

이탄은 영문을 모르겠다는 듯이 중얼거렸다.

Chapter 2

어쨌거나 이 오행주가 이탄의 마음을 다시 한 번 바꿔놓았다. 리노 일족의 전차도 탐이 나지만, 이탄은 벨린다의 오행주에 더 마음이 쏠렸다.

"아무래도 전차를 포기하고 오행주를 차지해야겠구나."

이탄은 열일곱 번째 철제 상자를 선택하기로 마음을 바꾸었다. 단순히 가치만 따지면 흙 속성의 오행주보다 리노의 전차가 더 뛰어났다. 하지만 오행주를 전부 모았을 때를 가정하면 당연히 흙 속성의 오행주를 선택하는 것이 옳았다.

이탄은 마지막 상자까지 열어보았다. 이 열여덟 번째 상자에는 적린석이 가득 채워져 있었다.

이탄은 적린석에도 관심이 있었으나 오행주를 대신할 정도는 아니었다.

상자 속 물건들의 확인을 마친 뒤, 이탄은 다시 자리로 돌아왔다.

이탄이 언령의 힘을 거둬들이자 멈춰졌던 시간이 다시 흘렀다. 회원들은 정신없이 손가락을 놀려 거래에 참가했다.

이윽고 크라포 족 상인이 당첨자를 발표했다.

[지금부터 아리따운 여노예들이 객석으로 내려갈 겁니다. 그녀들이 18명의 회원님들을 선택하여 무대 위로 모셔올 테지요. 에헴헴. 그 18명의 회원님들이 바로 랜덤박스의 당첨자입니다. 저는 그분들에게 철제 상자를 하나씩 고를 기회를 드리겠습니다. 에헴헴헴.]

상인이 설명을 하는 가운데 18명의 여노예들이 객석으로 내려갔다. 회원들은 혹시나 하는 심정으로 여노예들의 행선지를 지켜보았다.

그 중 여자 노예 한 명이 이탄을 향해 쭉쭉 걸어오더니 보드라운 손을 내밀었다.

[회원님, 저와 함께 무대로 가시겠습니까?]

이탄은 아무 말 없이 자리에서 일어섰다.

이탄의 뒤쪽에서 불평 섞인 뇌파가 터져 나왔다.

[쳇. 이 뼈다귀 가면 녀석은 조금 전에도 쁠브 일족의 최상급 눈물을 당첨 받았잖아. 그런데 이번에도 또야?]

[운이 좋은 게야? 아니면 손이 빠른 게야?]

그 가운데 살벌한 기운을 풍기는 회원들이 서로 눈짓을 주고받았다. 이탄은 그들의 작당모의를 눈치 채고는 피식 입 꼬리를 비틀었다.

한편 서리를 판매하는 뱀도 18명의 당첨자에 포함되었다. 그녀는 무대 위로 올라오면서 다른 당첨자들을 쭉 둘러보았다. 그러다 이탄을 발견하고는 눈을 반짝 빛냈다.

이탄이 무대 바로 밑에서 서리를 판매하는 뱀에게 까딱 목례를 했다.

서리를 판매하는 뱀도 이탄에게만 들리도록 뇌파를 보냈다.

[어쩌다 언데드님을 여기서 뵐 줄을 몰랐네요.]

[그러게요. 나도 서리를 판매하는 뱀님이 여기 계셔서 놀랐습니다.]

둘은 가볍게 서로의 안부를 물으며 무대 위로 올라갔다.

크라포 족 상인은 무대에 올라온 18명의 회원들을 선착순으로 줄 세웠다. 이탄이 1등이었다. 서리를 판매하는 뱀은 3등을 차지했다.

크라포 족 상인이 이탄을 보며 미소를 지었다.

[조금 전에 안내드린 바와 같이 1등을 하신 회원님부터 먼저 선택권을 드리겠습니다. 자, 회원님께서는 어떤 상자를 뽑으시겠습니까?]

이탄은 잠시 고민하는 척하다가 열일곱 번째 철제 상자를 골랐다.

[이걸로 하겠소.]

[오오, 그러시군요. 그럼 그 상자 안에 뭐가 들어 있는지 곧바로 개봉해주시겠습니까?]

크라포 족 상인의 말에 이탄이 눈을 찌푸렸다.

[모두가 보는 앞에서 상자를 공개하란 말이오?]

크라포 족 상인은 당연하다는 듯이 대꾸했다.

[그렇습니다. 랜덤박스 행사는 사실 저희 크라포 일족이 손해를 보면서 진행하는 이벤트입니다. 소중하신 회원님들께 재미와 즐거움을 드리기 위해서요. 따라서 18명의 당첨자께서는 자신이 무엇을 뽑았는지 모두에게 공개해야 한답니다. 에헴헴.]

그러자 객석의 회원들은 [빨리 공개하쇼.]라고 외쳐댔다.

[하.]

이탄은 짧은 한숨과 함께 철제 상자를 열었다.

커다란 상자 속에서 튀어나온 것은 순백의 구슬이었다.

무대 아래의 회원들이 웅성거렸다.

[에게, 저게 뭐야? 그냥 별 볼일 없는 구슬 같은데.]

[꽝인가? 꽝일 테지?]

회원들은 꽝이기를 바라는 마음으로 중얼거렸다. 다들 랜덤박스의 행운을 잡지 못한 자들이다 보니 18명의 당첨자를 보는 시선이 곱지 않았다. 그들의 삐뚤어진 마음이 뇌파를 통해 드러났다.

대부분의 회원들은 이탄이 별 볼일 없는 구슬을 상급 음혼석 1,000개에 구매한 셈이라며 고소하게 생각했다.

이들 중에 벨린다의 파이브 스피어를 알아보는 이는 거의 없었다. 다만 서리를 판매하는 뱀은 파이브 스피어를 알아보고는 요상하다는 눈빛으로 이탄을 보았다.

'어쩌다 언데드님은 지난번에도 내게서 파이브 스피어를 구매하더니, 이번에도 또 다른 파이브 스피어를 얻었단 말이야. 이게 과연 우연일까?'

서리를 판매하는 뱀이 고개를 갸웃했다.

한편 이탄의 바로 뒤에 서있던 건장한 체격의 사내도 시커먼 안광을 내뿜으면서 파이브 스피어를 관찰 중이었다.

사내는 이탄에 이어서 두 번째로 빨리 구매 절차를 마친 당첨자였으며, 왼쪽 절반은 붉고 오른쪽 절반은 푸른 가면을 얼굴에 쓰고 있었다.

파이브 스피어의 가치를 알아본 자는 이들 둘만이 아니었다. 크라포 족 상인도 묘한 눈길로 이탄을 살폈다.

'내가 준비한 18개의 철제 상자, 즉 랜덤박스 중에 15개는 상급 음혼석 1,000개보다 값어치가 낮지. 반면 나머지 3개의 상자에는 아주 고가의 보물들을 넣어두었는데, 그것들이 바로 리노 일족의 전차, 파이브 스피어, 그리고 구아로 귀족의 시체란 말이야. 어쩌다 언데드. 지난 번 알블—롭 행성에서 개최되었던 블랙마켓에서도 눈에 두드러졌었다고 들었는데, 이번에도 마찬가지군. 손이 빠를 뿐 아니라운도 아주 좋아. 아니면 운이 아니라 실력인가? 혹시 이 자가 투시금지 마법이 걸린 철제 상자 속을 꿰뚫어 볼 수 있는 특수한 능력을 지녔을까?'

크라포 족 상인의 머릿속에는 얼핏 이런 의구심이 깃들었다. 하지만 상인은 이내 그 생각을 털어버렸다.

'아니지. 그건 아니야. 파이브 스피어도 물론 중요한 보물이기는 해. 하지만 이미 파이브 스피어를 구성하는 5개의 구슬 가운데 하나가 부서져서 가치가 대폭 떨어졌어. 어쩌다 언데드가 만약 철제 상자 속을 투시해서 볼 수 있었다면 파이브 스피어 대신 리노 일족의 전차를 선택했을 게야.'

이것이 크라포 족 상인이 내린 결론이었다.

Chapter 3

이탄에 이어서 붉고 푸른 가면을 쓴 사내가 철제 상자를 고를 차례였다.

[자, 고객님께서는 과연 어떤 상자를 선택하시겠습니까?]

크라포 족 상인이 질문을 끝마치기도 전에 사내가 몸을 움직였다.

[이걸로 하지.]

사내가 고른 것은 다름 아닌 열 번째 철제 상자였다. 리노 일족의 전차가 들어 있는 바로 그 상자 말이다.

민무늬 가면 속에서 크라포 족 상인의 안색이 딱딱하게 굳었다.

이탄도 흠칫했다.

크라포 족 상인은 당황한 기색을 억지로 억누르며 뇌파를 보냈다.

[에헴헴헴, 그 상자를 고르셨군요. 그러면 객석의 회원님들께서 모두 보실 수 있도록 상자를 오픈해주시겠습니까?]

[내키지는 않지만 그게 규칙이라면 할 수 없지.]

사내가 무뚝뚝하게 상자를 열어젖혔다.

그 안에서 튀어나온 것은 마법으로 인해 작게 축소된 전차였다. 전차 앞쪽에는 상아빛 뿔 3개가 나란히 달려 있었다. 전차의 몸체에는 리노 일족의 최상급 비늘로 장식되었다. 이 보물 전차로부터 무지막지한 기세가 풍겨 나왔다.

[헉!]

강렬한 기세만으로도 이 전차의 가치가 짐작되었다. 객석의 회원들이 깜짝 놀라 몸을 부르르 떨었다.

서리를 판매하는 뱀도 두 눈을 휘둥그레 떴다.

크라포 족 상인은 애써 뇌파를 가다듬었다.

[추, 축하드립니다. 하하. 제가 준비한 보물들 가운데 가장 뛰어난 것을 얻으셨네요. 하하. 하하하. 하하하하.]

사내는 크라포 족 상인을 무시한 채 성큼 걸어서 자신의 자리로 돌아갔다.

상인은 뒷목에 흐르는 땀을 옷소매로 닦았다. 그리곤 서둘러서 세 번째 당첨자, 즉 서리를 판매하는 뱀을 무대 앞으로 끌어내었다.

[다음 회원님, 앞으로 나와서 철제 상자를 골라주시죠.]

[흐음, 이걸로 고르죠.]

서리를 판매하는 뱀은 철제 상자들을 쭉 살펴보다가 그

가운데 아홉 번째 상자를 선택했다.

이탄이 눈을 반짝 빛냈다.

'저 안에는 구아로 귀족의 시체가 들어 있는데? 설마 서리를 판매하는 뱀은 그 사실을 알고서 고른 건가?'

조금 전 서리를 판매하는 뱀은 크라포 족 상인에게 물물교환의 대가로 구아로 귀족의 시체를 내놓았다.

한데 그녀가 다시 그 시체를 상급 음혼석 1,000개에 되사간 셈이 되었다. 다른 회원들이 오해를 하기에 딱 좋은 상황이 벌어진 것이다. 크라포 족 상인의 목덜미에는 더 많은 땀방울이 맺혔다.

'크흐흑. 이거 다들 왜 이래? 랜덤박스 중에서 가장 좋은 3개를 앞에서 싹쓸이 해가면 나보고 어떻게 하라는 게야? 이들 3명이 모두 투시 능력이라도 가지고 있나? 다들 왜 이러냐고? 우흐흑.'

상인은 정말이지 울고 싶었다.

크라포 족 상인이 진땀을 흘리는 것과 상관없이 이벤트는 계속 진행되었다. 서리를 판매하는 뱀은 철제 상자를 열어서 구아로 귀족의 시체를 회원들에게 공개했다.

[어라? 이게 다시 저에게 되돌아왔네요.]

서리를 판매하는 뱀이 자못 놀랍다는 듯이 뇌까렸다. 한데 그녀의 연기가 어딘지 모르게 어색했다.

객석에서는 격앙된 반응이 터져 나왔다.

[으잉? 저 시체가 다시 원주인 여자에게 돌아갔다고?]

[말도 안 돼. 이거 뭔가 수상하잖아.]

회원들은 강한 의구심을 느꼈다. 그들은 오늘 블랙마켓 직영점 행사가 어딘지 모르게 불공정한 것 같다고 느낄 수밖에 없었다.

[조작이다. 이건 조작이야.]

누군가 이렇게 외쳤다.

[윽.]

크라포 족 상인이 찔끔하여 목을 움츠렸다.

다행히 대다수의 회원들은 의심보다는 보물에 더 주목했다.

[와아아. 랜덤박스에 굉장한 보물들이 많이 들었나봐. 맨 처음 나온 하얀 구슬은 쓰레기 같았지만, 그 이후에 등장한 전차와 시체는 모두 다 굉장한데?]

[다음은 또 뭐가 나올까?]

회원들의 기대치가 한껏 고조되었다.

크라포 족 상인은 그제야 안도의 한숨을 내쉬었다.

하지만 그 안심은 그리 오래 가지 못했다. 이어서 공개된 15개의 철제 상자가 회원들의 기대에 찬물을 끼얹었기 때문이었다. 연속해서 밝혀진 꽝에 가까운 결과에 객석이 싸늘하게 얼어붙었다.

특히 상급 음혼석 20개를 뽑은 회원들은 이글거리는 눈으로 상인을 노려보았다. 그들은 상급 음혼석을 무려 1,000개나 주고 당첨권을 구매했다. 그런데 결과가 고작 상급 음혼석 20개라는 사실에 심장이 터질 것 같았다. 열다섯 회원들의 눈에서 뿜어진 살기가 넘실넘실 뻗어와 크라포 족 상인을 난도질할 것 같았다.

'제기랄. 오늘 일진이 왜 이 따위지? 계속해서 일이 꼬이네.'

크라포 족 상인은 얼굴을 찌푸렸다가 다시 편 다음, 서둘러 상황을 진정시키려 애썼다.

[자자자, 랜덤박스 이벤트는 이것으로 모두 끝났네요. 아하하. 아하하하. 회원님들은 이제 다시 본인의 자리로 돌아가시면 됩니다. 아하하.]

크라포 족 상인은 18명의 당첨자들을 서둘러 무대 아래로 내려 보냈다. 그런 다음 오늘의 마지막 판매물품을 회원들에게 선보였다.

[아하하. 이제 마지막 순서입니다. 회원님들께만 선보이는 저희 크라포 시스템의 비장의 무기! 기대하시라!]

상인이 손을 힘차게 뻗었다.

그 즉시 무대 아래쪽에서 보석으로 치장한 여노예 한 명이 보드라운 융단을 들고 올라왔다. 융단 위에는 현무암처럼 구멍이 숭숭 뚫린 스톤이 얹혀 있었다.

크라포 족 상인은 자신만만하게 뇌파를 내뿜었다.

[이게 무어냐? 여러분도 아실 겝니다. 이따금씩 외계 성역의 초강자들이 나타나서 여러 행성들을 발칵 뒤집어놓곤 한다는 사실을 말입니다. 그럼에도 불구하고 그 외계 성역의 초강자들이 어떤 마법을 익혔는지, 그들은 어떻게 그렇게 강한지, 그들이 사용하는 무기는 어떤 것인지, 이런 비밀들은 아직까지도 베일에 감춰져 있지요.]

[으음.]

외계 성역의 초강자가 언급되자 객석이 갑자기 조용해졌다.

크라포 족 상인은 여기서 뇌파를 한 번 끊었다가 회원들을 반응을 살핀 다음 다시 설명을 이었다.

[이 스톤이 무엇이냐? 이게 바로 외계 성역의 비밀을 풀어줄 단초가 될 수 있습니다. 이 물건이야말로 외계 성역의 초강자로부터 저희가 입수한 물건이니까요.]

[어억!]

상인의 설명이 끝나기도 전에 회원들의 안색이 돌변했다.

Chapter 4

그릇된 차원에서는 다섯 종족을 높이 평가하여 5대 강족이라고 높여 부르고 있으되, 알만한 몬스터들 사이에서는 이미 5대 강족보다도 외계 성역의 신비로운 초강자들이 훨씬 더 강력하다는 점이 알려져 있었다.

대표적인 사례가 바로 알블―롭의 신왕 프사이였다.

한 때 신왕은 알블―롭 일족의 전성기를 주도한 강자 중의 강자였다. 신왕이 한창 활약하던 시대에는 5대 강족이 아니라 6대 강족이라는 표현이 온 우주를 진동했다.

그 강력하던 신왕이 늙은 왕 나라카에게 단숨에 잡아먹혔다.

나라카.

닉스.

츠롭클.

이상 3명의 늙은 왕들은 신비로운 외계 성역 출신들로, 초강자라는 진부한 표현을 뛰어넘어 '절대자', 혹은 '최상위 포식자'라는 용어로 불리곤 했다.

늙은 왕들이 얼마나 오랜 세월을 살아왔는지는 알려진 바가 없었다. 늙은 왕들의 무력이 얼마나 강한지, 그들의 주특기가 무엇인지도 파악되지 않았다.

하지만 나라카에 의해 신왕 프사이가 한 입에 잡아 먹혔다는 소문이 퍼지면서 그릇된 차원 모든 몬스터들 사이에서는 외계 성역의 최상위 포식자들에 대한 두려움이 가슴속 깊이 자리 잡게 되었다.

이러한 상황에서 크라포 족 상인은 외계 성역의 비밀을 한 꺼풀 벗겨줄 스톤을 판매품으로 내놓은 것이다.

[진짜?]

[저런 보물을 판매한다고?]

회원들은 경악하다 못해 어리둥절했다.

'외계 성역의 신비로운 지식이 담긴 스톤을 왜 팔까?'

'그러게 말이야. 크라포 족이 저 스톤을 보유한 채 상세히 연구하는 편이 더 나을 텐데?'

이게 바로 회원들이 품은 의문이었다.

크라포 족 상인은 이에 대한 해답을 재빨리 내놓았다.

[이 귀한 보배를 왜 팔려고 할까? 회원님들, 지금 이렇게 의심하고 계시죠? 에헴헴. 솔직히 말씀드리겠습니다. 사실 저희 크라포 일족도 이 스톤을 손에 넣은 뒤 꾸준히 연구해 왔답니다. 에헴헴. 그런데 이 스톤에 걸려 있는 차단마법이 어찌나 강력한지 왕의 재목의 권능으로도 해제가 불가능하였습니다.]

상인의 고백에 회원들이 웅성거렸다.

[허어, 왕의 재목도 차단마법을 풀지 못했다고?]

[그 정도란 말이야?]

크라포 족 상인이 설명을 계속했다.

[저희가 판단컨대 이 스톤을 제대로 사용할 수 있는 분은 왕의 재목보다 더 위여야 합니다. 즉 진정한 왕만이 이 스톤에 걸려 있는 마법의 자물쇠를 해제하고 스톤 안에 담겨 있는 지식을 꺼내볼 수 있다는 판단이지요.]

[아!]

회원들 사이에서 다시금 탄성이 터졌다.

크라포 족 상인은 처량하게 읊조렸다.

[그런데 말입니다. 저희 크라포 일족에는 아쉽게도 왕이 없습니다. 저희는 상업이 주업종이라 앞으로도 왕이 탄생할 가능성이 없습니다. 그래서 저는 오늘 눈물을 머금고 이 귀한 스톤을 회원님들께 판매하고자 합니다. 자고로 아무리 귀한 보배도 제대로 주인을 만나야 그 가치를 발휘하는 것 아니겠습니까?]

상인이 객석을 향해 동의를 구하듯 물었다.

[그렇지. 크라쏘 족이 상업으로는 뛰이니니 무력이 강한 종족은 아니잖아.]

[저런 귀한 보물의 주인은 따로 있는 법이지.]

회원들은 위아래로 고개를 끄덕였다. 외계 성역의 지식

이라는 소리에 홀린 탓일까? 회원들의 눈에는 기이한 열기가 감돌았다.

크라포 족 상인은 아쉽다는 듯이 스톤을 바라보았다.

[에효오오~. 안타깝게도 저희 크라포 일족은 이 스톤의 진정한 주인이 아닌가봅니다. 이것도 운명이라면 운명이겠지요. 대신 저는 오늘 이 자리에서 우리 회원님들의 운을 한 번 시험해보고자 합니다. 이 귀중한 스톤의 주인이 될 회원님이 과연 누구인지, 그것을 이 자리에서 가려보도록 하겠습니다.]

[우와아아아아아—.]

상인의 뇌파가 떨어지기 무섭게 모든 회원들이 우레와 같은 함성을 터뜨렸다.

크라포 족 상인은 입가에 묘한 미소를 지은 뒤, 스톤의 판매 방식을 설명했다.

[지금부터 스톤의 주인을 정해볼 예정입니다. 방식은 지금까지와 같이 선착순으로 하겠습니다. 스톤의 판매가는 최상급 음혼석 2개!]

[헉.]

객석 여기저기서 비명이 터졌다. 상급 음혼석은 비교적 물량이 많은 편이지만 최상급 음혼석은 정말 구하기 힘든 보물이었다. 블랙마켓의 회원들 중에서도 최상급 음혼석을 가진 회원은 전체의 10분의 1이 채 되지 않았다.

크라포 족 상인이 객석을 빠르게 훑었다.

최상급 음혼석이 없는 회원들은 낙담한 듯 어깨를 축 늘어뜨렸다.

최상급 음혼석이 있기는 하지만 그것을 팔 형편이 되지 않아 거래에 참여할 수 없는 회원들은 분통이 터진 듯 씩씩거렸다.

반면 최상급 음혼석을 2개 이상 가졌고, 거래에 참여도 가능한 회원들은 신분패를 만지작거리며 흥분된 기색을 감추지 못했다.

그 수가 얼추 수십 명은 넘는 것 같았다. 크라포 족 상인이 씨익 웃었다.

'부이부 일족의 알, 리노 일족의 전차, 그리고 외계 성역의 스톤은 반드시 타 종족에게 떠넘겨 버려야 해. 게다가 이왕이면 이 세 가지 물건들을 각기 다른 종족들에게 흩어 버리는 편이 더 좋지.'

오늘 크라포 족은 직영점을 통해서 여러 가지 보물들을 팔았다.

이 가운데 가장 가치가 높은 세 가지가 바로 부이부의 알, 리노 일족의 전차, 그리고 외계 성역의 스톤이었다.

사실 이 세 가지 보물은 크라포 족이 우연히 사들인 시체

속에서 튀어나온 유품들이었다. 그리고 그 시체의 정체는
다름 아닌 외계 성역 초강자였다.

크라포 족의 장로회에서는 이 일을 절대 극비에 부치는
한편, 부이부의 알과 외계 성역의 스톤을 깊이 있게 연구했
다.

제3화
데자뷰

Chapter 1

깊이 있는 조사 결과, 크라포 족의 장로회는 다음과 같은 결론을 내게 되었다.

[이 물건들은 늙은 왕의 것은 아니로되 늙은 왕과 연결이 되어 있도다.]

[혹시라도 늙은 왕들의 분노가 우리 크라포 일족에게 미칠 지도 모르느니라. 서둘러서 이 세 가지 물건들을 타 종족에게 띠넘겨리. 그러지 않으면 큰 일이 날 게다.]

[서둘러라. 서둘러. 다음 번 블랙마켓을 통하여 이 물건들을 반드시 팔아치워야 한다.]

[또한 하나의 종족에게 세 가지 물건을 모두 판매해서는

안 돼. 이왕이면 이것들을 온 우주로 뿔뿔이 흩어버려야 할 터이다. 그래야 혹시 모를 추적에 대비할 수 있어.]

크라포 족 장로들은 이렇게 주장했다.

사실 장로들은 지난 번 블랙마켓에서 기브흐의 알이 신비롭게 사라진 이후로 겁을 잔뜩 내어 몸을 사리는 중이었다.

크라포 족 상인들 가운데 한 명이 장로회의 명을 받들어 세 가지 물건, 즉 부이부의 알, 리노 일족의 전차, 그리고 외계 성역 스톤의 처분 임무를 맡았다. 상인은 세 가지 불길한 물건들을 블랙마켓 첫 날에 모두 내놓았다.

이 세 가지 물건 가운데 부이부의 알은 3개의 눈알이 달린 뱀 가면 여자(서리를 판매하는 뱀)에게 돌아갔다.

리노 일족의 전차는 붉고 푸른 가면을 쓴 사내가 구매했다.

'이제 외계 성역의 스톤만 처분할 차례지. 그리고 아마도 구매자는 어쩌다 언데드가 될 게야.'

크라포 족 상인은 스쳐지나가는 눈길로 이탄을 훑어보았다.

지금까지 거래 결과를 보면 이탄의 손이 압도적으로 빨랐다. 이탄은 선착순 거래에서 1등의 자리를 놓쳐본 적이 없었다.

크라포 족 상인이 지켜보는 가운데 이탄은 이미 신분패 위에 손가락을 올려놓은 상태였다.

'그 말인즉슨, 어쩌다 언데드가 이번 거래에 참여하겠다는 뜻이지. 후후훗.'

마침내 크라포 족 상인이 거래의 시작을 알렸다.

그 즉시 부유한 회원들이 신분패 위에서 현란하게 손가락을 놀렸다.

이탄도 빠른 속도로 거래에 참여했다.

'외계 성역의 지식이 담겨 있다고? 그렇다면 저건 내 차지야.'

이탄이 다시 한 번 무한의 언령을 발동했다. 멈춰진 시간 속에서 이탄은 가장 먼저 최상급 스톤 2개를 크라포 시스템에 전송했다. 이 자리에 모인 회원들 가운데 그 누구도 이탄의 속도를 쫓아올 수 없었다.

이윽고 결과가 공표되었다.

[와아아, 축하드립니다. 스톤의 주인이 드디어 정해졌군요.]

크라포 족 상인은 모두가 보는 앞에서 손가락으로 이탄을 지목했다.

여노예가 엉덩이를 살랑살랑 흔들며 무대 아래로 내려가서 이탄에게 외계 성역의 스톤을 전달하였다.

그 즉시 이탄은 전 회원들의 주목을 받았다.

'이 새끼가 또 다시 보물을 차지했네.'

'요놈 좀 봐라.'

이탄 주변의 회원들이 침을 꿀꺽 삼켰다. 일부 회원들은 서늘한 눈빛으로 이탄의 뒤통수를 노려보았다.

서리를 판매하는 뱀도 저 멀리 앞줄에서 고개를 뒤로 돌려 이탄을 묘한 눈빛으로 응시했다. 붉고 푸른 가면을 쓴 사내도 팔짱을 낀 채 이탄에게 시선을 고정했다.

이탄은 아무렇지도 않게 스톤을 받아서 아공간 박스 속에 넣었다.

크라포 족 상인이 너스레를 떨었다.

[아이고, 이제야 오늘 직영점 행사가 모두 끝났네요. 회원님들 모두 모두 수고하셨습니다. 저는 이만 작별을 고하겠습니다.]

상인은 요란한 인사와 함께 무대 아래로 서둘러 내려가 버렸다. 상인의 뒤를 따라 노예들도 횡하니 사라졌다.

객석에 모인 수많은 회원들은 직영점 행사가 종료되었음에도 불구하고 자리를 뜨지 않았다.

다들 서로의 눈치를 보았는데, 특히 오늘 거래에서 많은 수확을 거둔 자들이 다른 회원들의 주목을 받았다.

[흥.]

서리를 판매하는 뱀이 코웃음을 치며 자리에서 일어났다. 그녀의 주변에는 어느새 뱀 가면을 쓴 자들이 모여서 철벽과도 같은 호위망을 펼쳤다.

절반은 붉고 절반은 푸른 가면을 쓴 사내도 벌떡 일어섰다. 그의 주변에도 비슷한 가면을 쓴 호위들이 빙 둘러쌌다.

[으윽.]

[제기랄. 이미 무리를 이루고 있었구나.]

몇몇 회원들이 아쉬움에 입맛을 다셨다. 서리를 판매하는 뱀이나 붉고 푸른 가면을 쓴 사내는 기세가 범상치 않을 뿐더러 추종자들을 잔뜩 데리고 있었다. 따라서 어지간한 회원들은 감히 그들에게 접근할 엄두도 내지 못했다.

반면 이탄은 혼자였다.

이탄이 주섬주섬 자리에서 일어섰다.

이탄의 주변에 갑자기 텅 빈 공터가 형성되었다. 주변의 회원들은 이탄과의 거리를 확 벌린 채 이탄에게 눈과 귀를 집중했다.

이탄은 아무렇지도 않은 듯 또박또박 발걸음을 옮겼다. 보아하니 이탄은 직영점 건물 밖으로 나가려는 모양이었다.

제법 많은 수의 회원들이 이탄의 뒤를 슬금슬금 밟았다.

'쫓아가자. 저 뼈다귀 가면 녀석을 이대로 보내줄 수는 없잖아?'

'맞아. 일부 보물을 우리에게 양도할 수 있는지 한 번 떠 보기라도 해야지.'

회원들은 이런 대화를 입모양으로 주고받으며 이탄을 추적했다.

직영점 건물 밖에는 개매 새끼 한 마리 지나다니지 않았다. 블랙마켓의 회원들이 모두 건물 안에 들어와 있던 탓에 거리는 한산할 수밖에 없었다.

이탄이 건물 밖으로 나갔다.

회원들은 약간의 거리를 두고 이탄을 뒤따랐다.

아직까지는 섣부르게 이탄을 도모하는 자들이 없었다. 이탄의 무력 수준을 정확하게 가늠하지 못한 까닭이었다.

하지만 결국 일은 벌어지게 마련이었다.

뒤따르던 회원들이 서로 눈치를 보는 사이, 일단의 무리가 휙 나타나 이탄의 앞을 가로막았다.

그들은 모두 붉고 푸른 가면을 쓴 차림이었다.

[뭐냐? 너희들은.]

이탄이 덤덤히 물었다.

선두의 사내가 엄지를 들어 자신의 어깨 뒤를 가리켰다.

[주인님께서 너를 좀 보자신다.]

[주인님?]

이탄이 고개를 쭉 뺐다.

이탄의 눈에 거구의 사내가 들어왔다. 조금 전 직영점에서 리노 일족의 전차를 뽑았던 바로 그 사내였다.

Chapter 2

이탄이 사내에게 물었다.

[나를 보자는 이유가 뭐지?]

이탄의 태도는 여전히 심드렁했다.

거구 사내의 부하들이 이탄의 주변을 빙 둘러쌌다. 거구 사내가 입 꼬리를 비스듬히 비틀었다.

[배짱이 좋군. 그만큼 실력에도 자신이 있나 보지?]

이탄은 대답 대신 거구 사내를 빤히 바라보았다.

거구 사내가 턱으로 옆을 가리켰다.

[시간 좀 잠깐 내라. 우리 저쪽에 가서 이야기 좀 나누자.]

사내가 가리킨 방향에는 근거리 이송마법진이 설치되어 있었다.

크라포 족은 블랙마켓 주변에 독립 공간을 마련한 다음,

그 공간으로 이동하는 이송마법진을 곳곳에 설치해 놓았다.

이 독립 공간은 블랙마켓에 참여한 회원들 사이에 분쟁이 발생했을 때 그 분쟁을 해결하라고 마련해놓은 장소였다.

[무슨 이야기?]

이탄이 팔짱을 꼈다.

거구의 사내가 진한 미소를 흘렸다.

[크크크. 무슨 이야기냐고? 네 손에 들어간 파이브 스피어, 그리고 외계 성역의 스톤. 나는 이 두 가지 보물에 관심이 있다. 너는 그것들에 대해서 나와 대화를 좀 나눠야 할 게야. 크크크.]

[그래? 좋아. 우리 사이에 대화가 좀 필요할 지도 모르겠군.]

이탄이 선뜻 대화 요청에 응했다. 이탄은 거기서 한 발 더 나가서 이송마법진을 향해서 스스로 발길을 돌렸다.

[으응?]

이탄의 행동이 의외였는지 거구의 사내가 동공을 바짝 수축했다. 사내의 부하들도 어이없다는 듯이 이탄의 뒷모습을 바라보았다.

[크하하, 역시 보통 배짱이 아니야.]

거구의 사내가 바지 뒷주머니에 양손을 슥 끼워 넣고는 어슬렁어슬렁 이탄의 뒤를 따랐다. 사내의 부하들도 일정한 간격으로 늘어서서 이송마법진으로 이동했다. 부하들의 위치는 실로 절묘하여, 이탄이 빠져나갈 만한 방위는 모두 차단했다.

[뭐야?]

[이러다 저 뼈다귀 가면 녀석을 빼앗기겠어.]

주변의 다른 회원들이 불안감을 느끼고는 가까이 접근했다. 그들은 모두 이탄의 보물을 노리던 참이었다. 그런데 그 보물이 거구 사내의 손에 들어가면 빼앗기 불가능할 것이라고 판단한 모양이었다.

[젠장. 서둘러야 해.]

마음이 조급해진 회원 몇몇이 이탄을 향해 빠르게 접근했다.

거구 사내의 부하 가운데 한 명이 뒤로 확 돌았다. 그런 다음 가까이 접근하는 자들을 향해 경고를 날렸다.

[스톱. 더 이상 접근하지 마라.]

경고에도 불구하고 몇몇 회원들은 발걸음을 멈추지 않았다.

[이것들이 감히 내 경고를 우습게 봐?]

거구 사내의 부하가 다가오는 자들을 향해 기세를 개방했다.

쿠왕!

무시무시한 소리와 함께 공기가 폭발했다.

[끄악.]

겁도 없이 접근하던 회원 3명이 강력한 폭발에 휘말려 피투성이가 되어 날아갔다. 3명 가운데 2명은 즉사했다. 나머지 하나도 양팔과 가슴팍이 너덜너덜하게 으깨졌다.

거구 사내의 부하는 죽거나 쓰러진 자들을 비웃었다.

[그러게 주제 파악들 좀 하시지. 실력도 없으면서 간만 부어 있으면 곤란해.]

[으으읏.]

다른 회원들은 기세에 눌려서 더 이상 접근하지 못했다.

한편 이 포악한 장면을 보고서도 이탄은 눈 하나 깜짝하지 않았다. 오히려 이탄은 서슴없이 이송마법진에 들어가 버렸다.

이탄의 거침없는 행동에 오히려 거구 사내가 흠칫했다.

이탄이 거구 사내에게 뇌파를 보냈다.

[대화를 나누자며? 마법진에 들어오지 않을 건가?]

[훗. 웃기는 녀석이군.]

거구 사내는 어깨를 한 번 으쓱하고는 이송마법진에 발을 들였다. 거구 사내의 부하들도 모두 뒤따라 들어왔다.

후오웅!

이송마법진이 밝게 빛났다. 이탄과 거구 사내 일행은 그

자리에서 꺼지듯이 사라져 독립 공간으로 이동했다.

독립 공간으로 이동하는 순간, 이탄은 일종의 데자뷰를 느꼈다.

'아하! 내가 처음 블랙마켓에 참가했을 때도 이런 경험을 했었구나. 그 때는 웬 원숭이 가면 녀석들이 나를 독립 공간으로 끌고 갔었더랬지. 그러더니 결국 그 녀석들은 내 손에 뒈지고 나에게 여러 가지 선물들만 남겨주었지. 그건 참으로 복되었던 순간이었어.'

이탄이 속으로 입맛을 다셨다.

'그렇다면 과연 이 녀석들은 나에게 어떤 선물을 안겨줄까?'

이탄의 눈은 어느새 거구 사내를 훑고 지나갔다. 이탄의 머릿속에 보물 하나가 퍼뜩 떠올랐다.

'옳거니. 최소한 리노 일족의 전차는 내 것이 되겠구나. 우후훗.'

거구 사내를 바라보는 이탄의 눈매가 반달 모양으로 둥글게 휘었다.

'뭐, 뭐야?'

순간적으로 거구 사내는 등에 오한이 돌았다.

'이 미친 뼈다귀 가면 녀석이 왜 이런 요상한 눈웃음을 치지?'

안타깝게도 거구 사내는 자신의 오싹한 육감을 무시해버렸다. 그만큼 본인의 무력을 믿기 때문이었다.

하지만 세상은 넓고 진정한 강자는 많아서, 그런 강자에게 돼지게 쳐맞기 전까지는 자신이 그렇게 쳐맞을 운명이라고는 꿈에도 생각 못하는 것이 어리석은 자들의 행동 양식이었다. 그리고 거구 사내도 어리석은 자의 부류를 벗어나지는 못하였다.

Chapter 3

크라포 일족이 마련해 놓은 독립 공간은 사방이 벽으로 둘러싸인 지하 광장이었다.

울퉁불퉁한 광장 바닥에는 크랙(Crack: 균열)이 쩍쩍 가 있었는데, 그 균열 깊숙한 아래쪽에는 벌건 용암이 흘러가는 모습이 언뜻언뜻 보였다.

크랙을 통해 뿜어지는 유황 연기는 매캐했다. 지하 광장의 천장은 높았다. 벽에는 습기가 뿌옇게 어렸다. 천장에서 자라난 종유석에는 어른의 머리통만한 박쥐 떼가 거꾸로 매달려 코를 씰룩거렸다.

이탄은 지하 광장의 모습을 눈으로 쓱 훑었다.

'이것 또한 데자뷰네. 간씨 세가의 천산산맥 지하 광장에서 코로니 녀석들과 맞부딪친 적이 있었지. 세계의 파편 쟁탈전을 펼칠 때 말이야.'

당시 이탄은 시베리아의 대군벌인 코로니의 수뇌부들을 갈가리 찢어 죽였으며, 코로니의 일반 병사들은 소일 월(Soil Wall: 흙벽) 속에 파묻어놓고는 채굴용 대형 드릴로 한 명 한 명 머리통을 뚫어주었다. 그 때를 떠올리는 것만으로도 가면 속 이탄의 얼굴에는 섬뜩한 기운이 어렸다.

결심한 것을 즉시 실행에 옮기는 것이 이탄의 장점이다.

슈욱―.

이탄은 뱀처럼 구불텅하게 손을 뻗었다. S자로 휘어서 날아간 이탄의 손이 적들 가운데 한 명의 얼굴을 옆에서 붙잡았다.

마치 강물 속에 잠복해 있던 악어가 아가리를 쩍 벌리고 솟구쳐서 사람의 머리통을 물어버리는 것처럼, 이탄의 다섯 손가락이 상대의 얼굴을 붙잡아 그대로 우그러뜨렸다.

콰직!

가면이 부서졌다. 얼굴 살이 뭉개졌다. 이어서 두개골의 절반이 으깨졌다.

이상의 모든 과정이 완료되기까지는 거의 시간이 걸리지 않았다.

꾸르륵.

눈 깜짝할 사이에 얼굴 반쪽이 부서진 사내가 다리를 휘청휘청 거리다가 이탄을 향해 고꾸라졌다.

거구 사내가 화들짝 놀랐다.

[이런 미친!]

거구 사내는 반사적으로 이탄에게 공격당했던 부하의 몸을 잡아챘다. 하지만 이미 그 부하의 얼굴 반쪽은 완전히 뜯겨나가 뇌수가 허옇게 쏟아지는 중이었다.

[놈이 선공을 퍼부었다.]

[저 뼈다귀 가면 녀석을 마법진에 가둬라.]

거구 사내의 부하들이 황급히 마법진을 구축했다.

평소에 강도 높은 훈련을 받은 듯, 거구 사내의 부하들은 눈 깜짝할 사이에 정교한 진형을 갖추고 그 안에 이탄을 가두었다.

마법진에 갇히고도 이탄은 전혀 개의치 않았다. 오히려 여유롭게 목을 왼쪽 오른쪽으로 가볍게 돌렸다.

거구 사내가 이탄을 향해 분노를 쏟아냈다.

[네놈이 정녕 죽고 싶은 게냐? 보물을 내어놓고 싹싹 빌어도 모자랄 판에 먼저 손을 써? 어엉?]

거구 사내의 허리춤에서 상급 음혼석 수십 개가 떠올랐다. 거구 사내는 음혼석에서 뿜어지는 음차원의 마나를 쭉 빨아들인 다음, 기세로 전환하여 내뿜었다.

츠츠츠츠츳.

거구 사내의 몸에서 뿜어지는 기세는 짙은 안개처럼 위로 솟구치더니, 허공에 뭉쳐서 커다란 몬스터의 형상을 갖추었다.

키는 약 70미터.

몬스터의 머리통은 악어를 연상시켰다. 뭉툭하고 긴 수둥이에는 억센 이빨 수백 개가 빼곡하게 박혔다. 4개의 눈은 파충류의 그것을 떠올리게 만들었다. 몸통은 이족보행을 하는 사람과 흡사했다. 다만 이 존재는 사람과 달리 팔이 2개가 아니라 8개라는 점이 다를 뿐이었다.

키가 70미터나 되는 악어형 몬스터의 손에는 8개의 서로 다른 무기가 들려 있었다.

양날검, 칼, 해머, 도끼, 각진 몽둥이, 창, 낫, 그리고 철퇴.

이상 8종의 무기들은 각기 붉고 푸른빛을 내뿜었다. 그 빛에 노출된 것만으로도 피부가 따끔따끔할 정도였다.

거대한 몬스터의 형상이 구체화되면서 붉고 푸른 가면을 쓴 거구 사내는 어느새 자취를 감추었다.

'무형의 기세를 유형화하여 몬스터의 모습으로 바꾼 뒤, 그 몬스터와 일체를 이루는 방식인가? 이것도 일종의 신체변형이겠지?'

이탄이 속으로 중얼거렸다.

그릇된 차원의 몬스터들은 마법, 영력, 그리고 신체변형이 주특기였다. 이탄은 상대의 특기를 유추한 다음, 천천히 한 발을 앞으로 내디뎠다.

그러는 동안 거구 사내의 부하들도 모두 신체변형에 돌입했다.

부하들의 변신 형태는 거구 사내와 다를 바가 없었다. 다들 악어의 머리에 사람의 몸통, 그리고 8개의 팔을 가진 거대 몬스터들로 변신하여 이탄의 주변을 빙 둘러쌌다. 거대 몬스터들은 하나하나의 키가 40미터에 달했으며, 총 여덟 종의 무기, 즉 양날검과 칼, 해머, 도끼, 각진 몽둥이, 창, 낫, 철퇴를 손에 꽉 움켜쥔 모습들이었다.

또한 이들 몬스터들이 구축한 마법진은 6개의 꼭짓점을 가진 별의 형태였다. 이른바 육망성이라 불리는 별 말이다.

육망성의 여섯 꼭짓점에는 거대 몬스터가 두 마리씩 짝을 이뤄 자리했다. 한편 거구 사내는 육망성 마법진 바깥쪽에 위치했다.

악어형의 몬스터들이 쿵쿵 게걸음을 걸었다.

콰르르르르─.

거대 몬스터들이 옆으로 걸으면서 이탄을 중심으로 빙글

빙글 회전하자 지하 광장에 억센 돌개바람이 일었다.

거구 사내가 8개의 팔을 번쩍 들었다. 그리곤 기다란 머리를 위로 치켜들더니 우렁찬 포효를 터뜨렸다.

[크우워어어.]

마치 지옥 밑에서 울려나온 듯한 굉음이 지하 광장을 무너뜨릴 듯 뒤흔들었다.

우두머리의 울음과 함께 땅바닥이 쩍쩍 갈라졌다. 그 틈새로부터 유령처럼 희끄무레한 것들이 툭툭 튀어나와 마법진 안으로 밀려들었다.

그와 호응이라도 하듯이 12명의 악어형 몬스터들은 더욱 빠르게 회전했다.

우두두두.

말 수백 마리가 한꺼번에 내달리는 듯한 소리가 지하 광장을 떨어 울렸다. 12명의 악어형 몬스터들은 미친 듯이 빠르게 회전하는 것만으로 그치지 않았다. 그들은 회전과 동시에 각자의 무기를 챙챙챙 맞부딪쳤다.

붉은 무기와 푸른 무기가 부딪칠 때마다 자줏빛 뇌전이 튀어나와 마법진 안으로 스며들었다.

츠츠츠츠츠—.

땅의 틈새에서 튀어나온 유령과 자줏빛 뇌전이 결합했다. 그 여파로 육망성 마법진 내부가 벌겋게 달아올랐다.

우두머리 몬스터가 8개의 팔을 마구 흔들면서 한 번 더 포효를 터뜨렸다.

[크우워어어어—.]

그러자 육망성 마법진이 극한으로 활성화되었다. 마법진이 그려진 지반이 와르르 붕괴하고, 그 속에서 거대한 생명체가 솟구쳐 올라왔다.

아니, 이건 생명체가 아니었다. 지하 세상의 유령과 자줏빛 뇌전이 결합하여 소환된 특수한 음령, 즉 음차원의 정령이었다.

Chapter 4

챙챙챙챙챙!

12명의 악어형 몬스터들은 주술 의식이라도 행하는 것처럼 8개의 무기를 더욱 빠르게 부딪쳤다. 그러면서 몬스터들은 이탄을 중심으로 빙글빙글 회전하는 속도도 한층 더 높였다.

더욱더 많은 양의 음차원 마나가 마법진 안으로 유입되었다. 그 음습하고 불길한 마나가 자줏빛 음령에게 한층 더 큰 힘을 실어주었다.

자줏빛 음령은 그 힘을 바탕으로 이곳 차원에 진입할 기반을 마련했다.

그릇된 차원의 어지간한 귀족들은 이 자줏빛 음령에 스치는 것만으로도 신체가 붕괴하고 뇌가 과열될 것이었다. 귀족들보다 약한 전사들은 음령을 접하는 것만으로도 피를 토하며 쓰러질 판국이었다.

자줏빛 음령의 지름은 무려 1.5 킬로미터에 육박했으며, 길이는 파악하기 불가능할 정도로 길었다.

음령의 머리통은 이곳 세상 지하 광장에 진입해 있으되, 그 몸통부터 꼬리까지는 그릇된 차원이 아니라 다른 차원에 머무르는 중이었다.

70 미터 크기의 악어형 몬스터, 즉 거구 사내가 이탄에게 악담을 퍼부었다.

[네 녀석은 살점 한 조각 남기지 못하고 갈가리 해체되어 죽으리라. 음령을 접하는 자, 반드시 죽음이 찾아오리니 이를 피할 수 있는 자는 없도다.]

거구 사내가 자신감을 드러낼 만도 한 것이, 육망성 마법진을 통해 음령을 소환하는 마법은 흐로클 일족이 수만 년 동안 대를 이어 발전시켜온 최강의 공격법이었다. 또한 거구 사내는 흐로클 일족이 자랑하는 왕의 재목이었다.

그릇된 차원의 몬스터들은 원래 그 마력의 근원을 음차

원에 두고 있었다. 이로 인해 몬스터들은 음차원의 정령인 음령들에게 유독 취약했다. 음령이 스쳐지나가는 것만으로도 그릇된 차원의 귀족들이 죽어나자빠지고 전사들이 가루로 흩어지는 이유가 바로 여기에 있었다.

심지어 왕의 재목도 예외는 아니었다. 왕의 재목들을 가장 손쉽게 죽일 수 있는 방법이 바로 음령을 소환하여 상대하는 것이었다.

그릇된 차원의 몬스터들 가운데 음령으로부터 자유로울 수 있는 존재는 진정한 왕 뿐.

왕들은 신체의 안과 밖을 완전히 뒤바꿔서 거듭난 존재들인지라 음령을 앞에 두고도 전혀 두려워하지 않았다.

하지만 왕을 제외한 나머지 몬스터들은 음령만 만나면 기겁을 할 수밖에 없었다.

[가라, 음령이여.]

거구 사내가 자줏빛 음령을 향해 8개의 손을 높이 치켜들었다.

[단숨에 날아가서 저 시건방진 뼈다귀 가면 녀석을 완전히 녹여버려라. 녀석으로 하여금 공포에 질린 비명을 터뜨리도록 만들라.]

꾸우우우우웃—.

거구 사내의 주문이 떨어진 즉시 거대한 자주빛 음령이

이탄을 향해 달려들었다. 지름이 1.5 킬로미터나 되는 거대한 음령이 달려들자 이탄의 몸은 어느새 강한 자줏빛 전하에 파묻혀 제대로 보이지도 않았다.

이 무렵 이탄은 뱃속이 간질간질하던 참이었다.

"거 참 희한하다. 뱃속에 똘똘 뭉쳐 있는 음차원에서 아주 가느다란 실, 아니 실이라고 부를 수도 없이 미세한 디엔에이(DNA) 한 가닥이 꼼지락거리는 듯한 느낌인데?"

이탄이 머리를 갸우뚱했다.

그 느낌이 틀리지 않았다.

거구 사내과 그의 부하들이 소환한 음령은 본디 음차원의 정령이었다. 한데 지금 그 음차원은 통째로 우그러져서 이탄의 뱃속에 똘똘 우겨넣어진 상태였다.

지금 음차원의 음령이 소환마법진에 의해 소환되어 이곳 그릇된 세상에 머리통을 들이밀었으나, 음령의 몸통과 꼬리는 아직도 음차원 내부, 즉 이탄의 뱃속에 머무르는 중이었다. 이런 상황에서 음령이 마구 요동을 치다보니, 이탄은 뱃속의 아주 미세한 디엔에이 한 가닥이 꼼지락거리는 듯한 느낌을 받을 수밖에 없었다.

그렇게 이탄이 잠시 딴 생각을 하는 사이, 거대한 음령이 자줏빛 전하를 몰고 다가와 이탄을 덮쳤다.

음령을 구성하는 얼개가 이탄의 세포 하나하나를 파괴했

다. 음령이 스쳐지나간 것만으로도 이탄의 존재 자체가 부정을 당했다.

푸스스스스.

이탄은 단숨에 한 줌의 재로 스러졌다.

아니, 그렇게 스러져야 마땅했다. 왕들을 제외한 그릇된 차원의 모든 존재는 태생적으로 음령에게 취약할 수밖에 없으니까. 음령에 스치는 순간 체내의 모든 세포가 해체될 수밖에 없으니까.

거구 사내는 그렇게 믿었다.

그 믿음이 깨지는 데는 그리 오랜 시간이 걸리지 않았다. 이탄과 스쳐지나간 순간, 이탄의 세포가 부서지는 것이 아니라 음령이 산산이 흩어졌다.

뀨우웃? 뀨우우우웃.

무언가를 느낀 듯 음령은 미친 듯이 몸서리를 치더니, 그대로 온몸이 터져서 자주색 빛 알갱이로 변했다.

허공에 찬란하게 흩뿌려진 빛 알갱이들은 마치 유리파편처럼 쫙 퍼졌다가 한 순간에 이탄의 뱃속으로 촤라락 빨려들어갔다.

음령이 강제로 역소환되면서 그 타격이 육망성 마법진에 고스란히 전달되었다.

콰앙!

마법진이 새겨져 있던 지하 광장 바닥이 수십 센티미터 크기의 파편으로 조각조각 붕괴했다. 그 다음 지하 저 깊은 곳으로 와르르 함몰되었다.

[크헉. 이게 무슨 일이냣?]

[끄어억.]

육망성 마법진을 구축했던 12명의 악어형 몬스터들은 피를 내뿜으며 뒤로 나자빠졌다. 그들의 신체변형도 어느새 다시 풀렸다. 40미터 크기의 악어형 몬스터는 사라지고 없었다. 대신 붉고 푸른 가면을 쓴 사내들이 지하 광장에 나뒹굴었다.

부하들뿐만이 아니었다. 거구 사내도 치명적인 타격을 받았다.

[끄왁, 우웨엑.]

거구 사내가 구역질을 했다.

거구 사내는 육망성 마법진 바깥쪽에서 마법진 전체를 진두지휘하던 중이었다. 그것도 2명의 몫을 혼자서 소화해내느라 음차원의 마나를 잔뜩 쥐어짜고 있었다.

원래 이 소환 마법진은 육망성의 열두 꼭짓점을 구성하는 마법전사가 12명, 그리고 마법진 밖에서 음령을 부릴 지휘자가 2명 요구되었다.

한데 거구 사내의 부하들 가운데 한 명이 지하 광장에 들어오자마자 이탄의 손에 죽임을 당했다.

덕분에 거구 사내는 혼자서 2명의 몫을 떠맡을 수밖에 없었다.

Chapter 5

이게 사단을 일으켰다. 소환 마법진이 부서졌을 때 거구 사내가 받은 충격도 두 배로 늘어난 것이다.

그 여파로 거구 사내의 신체변형이 단숨에 해체되었다. 거구 사내가 들고 있던 여덟 종류의 대형 무기들은 따다당 소리를 내면서 바닥에 떨어졌다. 거구 사내도 무너지듯 제자리에 주저앉았다. 사내의 입과 귀, 코와 눈에서는 검푸른 핏물이 콸콸콸 흘러내렸다.

이탄은 거구 사내를 거들떠보지도 않았다. 그저 무심하게 발걸음을 옮겨서 바닥에 나뒹구는 12명의 적들을 한 명 한 명 찾아갈 따름이었다.

그 중 한 사내의 앞에서 이탄이 으스스하게 뇌까렸다.

[어라? 이것들은 피가 검푸른 색이네? 꼴 보기 싫게 말이야.]

이탄이 발로 상대의 머리통을 지그시 지르밟았다.

와직.

[꾸웩.]

발밑에 깔린 적의 머리통이 달걀 껍데기처럼 으스러졌다.

이탄이 발을 다시 들자 찌이꺽 소리와 함께 검푸른 피가 질척하게 딸려 올라왔다. 피에는 허연 뇌수와 두개골 파편이 뒤섞여 있었다.

[으으으. 안 돼.]

우두머리 거구 사내가 괴성을 질렀다. 거구 사내는 지금 눈앞에서 벌어지는 일을 믿을 수 없었다.

[이건 말도 안 돼. 음령이 통하지 않다니. 오히려 음령이 역소환을 당하다니. 어찌 그럴 수가 있지? 설마 네놈이 왕이란 말이냣? 왕의 재목을 뛰어넘은 왕?]

이탄의 향한 거구 사내의 눈동자가 파르르 흔들렸다.

[정녕 네놈이 왕이란 말이더냐?]

거구 사내가 절규하듯 다시 물었다.

이탄은 가타부타 대답이 없었다. 이탄은 육망성의 각 꼭짓점들을 하나씩 찾아다니며 거구 사내의 부하들을 하나씩 지르밟아 죽이느라 바빴다. 그래서 이탄은 거구 사내의 질문을 가뿐히 묵살했다.

거구 사내의 부하들은 그렇게 한 명 한 명 죽어나갔다.

[으으으아, 저리 가.]

[제발 살려주세요.]

마구 발버둥 치면서 이탄으로부터 도망치려던 자는 이탄의 손에 발목이 붙잡혀 강제로 질질 끌려왔다. 그런 다음 이탄의 주먹질 한 방에 가면과 얼굴이 피떡이 되어 죽었다.

[으어어어어.]

엉금엉금 기면서 벌벌 떨던 자들은 이탄의 발에 뒤통수가 짓밟혔다. 그들의 머리는 납작하게 으깨져서 땅 속에 파묻혀버렸다. 머리를 잃은 몸통만이 비참하게 남아서 산낙지 다리처럼 꿈틀거렸다.

[크흡.]

두 눈을 꽉 감고 죽음을 기다리던 자들은 이탄의 손가락이 두개골 속으로 파고드는 고통이 어떤 것인지를 온몸으로 느끼며 엉엉 울었다.

이탄은 규칙적으로 한 명 한 명 목숨을 앗아갔다. 이탄은 서두르지 않았다. 자비도 없었다. 그저 기계적으로 적들을 분쇄할 뿐이었다.

거구 사내가 부들부들 몸을 떨었다.

[내가 대체 누구를 건드린 거지? 내가 누구를?]

거구 사내는 비로소 후회했다.

흐로클 일족이 자랑하는 왕의 재목.

장차 왕이 되어 흐로클 일족을 통치할 지배자.

음령의 소환자.

이러한 수식어들은 모두 다 허상이었다. 겁도 없이 이탄에게 시비를 걸고 이탄을 적대시한 바로 그 순간부터 거구 사내를 꾸며주었던 화려한 수식어들은 아무런 의미도 없이 물거품처럼 스러졌다.

그렇게 수식어를 잃고 발가벗겨진 거구 사내의 앞에 이탄의 그림자가 길게 늘어졌다.

지하 광장 안에 일정한 간격으로 박혀 있는 발광하는 곤충들도 이탄이 두려운지 빛을 빠르게 명멸했다.

[크흡.]

거구 사내가 손으로 자신의 입을 막았다. 거구 사내는 자신의 입에서 계집애처럼 비명이 터질까봐 두려워했다. 거구 사내는 죽더라도 당당하게 죽고 싶었다.

그 바램은 이루어지지 않았다.

거구 사내는 이탄의 손에 머리통을 붙잡힐 때까지만 해도 견딜 만했다. 그러나 상대의 손가락이 머리통 속으로 조금씩 파고들기 시작하자 끝내 겁먹은 울음을 터뜨릴 수밖에 없었다.

[안 돼. 우흐흑. 제에에발. 끄아아악, 우흐흐흐흑.]

뿌드득, 뿌드드득.

이탄의 손가락이 거구 사내의 붉고 푸른 가면을 부수고 머릿살을 뭉그러뜨렸다. 이어서 그 손가락이 거구 사내의 두개골에 직접 닿아 안으로 파고들었다.

이것은 실로 섬뜩한 느낌이었다. 거구 사내는 이 생생하면서도 경악스러운 느낌을 산채로 맛보아야만 했다.

이탄이 거구 사내에게 아무런 구속을 하지 않았음에도 불구하고 거구 사내는 손가락 하나 까딱할 수 없었다. 이탄에게 저항하기는커녕 도망칠 수조차 없었다.

두려움이 거구 사내의 신경 체계를 망가뜨린 탓이었다. 공포가 거구 사내를 잠식한 덕분이었다.

뽀각.

마침내 거구 사내의 두개골에 10개의 구멍이 뚫렸다. 이탄은 10개의 손가락을 상대의 두개골 속으로 깊숙이 밀어넣어 뇌를 곤죽으로 만들었다.

대신 이탄은 뇌를 제외한 두개골의 형태는 그대로 보존해 두었다. 시체를 온전히 남기기 위해서였다.

[으어어어.]

마침내 거구 사내가 입에서 침을 질질 흘리며 축 늘어졌다. 그 때 이미 거구 사내의 뇌는 짓뭉개진 진흙덩이처럼 엉망으로 변한 뒤였다.

[에이, 더러워.]

이탄이 손에 묻은 검푸른 피와 뇌수를 거구 사내의 옷에다 슥슥 닦았다. 그런 다음 손을 툭툭 털고 일어났다.

[쳇. 처음에 똥폼을 잡던 것과 달리 너무 약하잖아? 괜히 입맛만 버렸네.]

죽은 자들을 훑어보는 이탄의 눈동자에는 가소롭다는 빛이 역력했다.

흐로클 일족을 상대하면서 이탄은 싸우는 재미를 전혀 느끼지 못하였다. 상대가 유리잔처럼 허약했던 까닭이었다.

대신 거구 사내가 남긴 보물들을 살펴보는 재미는 쏠쏠했다.

"어디 이 녀석들은 얼마나 귀한 보물을 가지고 있으려나? 씨클롭의 외눈박이들만큼은 가졌을 테지? 흐응응응~."

이탄이 콧노래를 부르며 거구 사내의 몸을 뒤졌다.

Chapter 6

이내 이탄의 안색이 변했다.

"뭐야? 왜 없지?"

이탄은 거구 사내의 몸에서 아무런 아공간 아이템도 발견하지 못했다. 당황한 이탄이 다시 한 번 꼼꼼하게 거구 사내를 살폈다.

여전히 아공간 아이템은 눈에 띄지 않았다. 그저 바닥에 나뒹구는 여덟 종류의 무기들만 남아있을 뿐이었다.

"최소한 리노 일족의 전차는 가지고 있을 텐데. 분명히 어딘가에 있을 거야."

이탄은 거구 사내의 시체를 내팽개치고 그 부하들의 시체를 자세히 살펴보았다.

13명의 시체를 샅샅이 뒤진 결과, 그 중 한 명의 몸에서 허리띠가 발견되었다. 울퉁불퉁하고 반짝반짝한 재질의 허리띠는 아무래도 악어가죽으로 만든 것 같았다.

"간씨 세가 세상의 기준으로 보면 악어가죽 허리띠가 나름 명품이잖아. 흐흐."

이탄은 별로 웃기지도 않은 농담을 지껄이면서 악어가죽 허리띠, 즉 아공간 아이템을 강제로 개방했다.

"오오오. 있다. 있어."

이탄은 기쁜 기색을 숨기지 않았다.

아공간 허리띠에서 가장 먼저 튀어나온 것은 다름 아닌 리노 일족의 전차였다. 이탄은 손바닥 크기로 작게 축소된 전차를 세심하게 들여다보았다.

전차의 앞쪽에 달린 순백색의 뿔 3개는 모두 다 최상급이 분명했다.

"리노 일족의 최상급 뿔 3개만 해도 가치는 충분하지."

이탄이 기분 좋게 고개를 주억거렸다.

하지만 이 전차의 가치는 이것만이 아니었다. 전차 전체를 둘러싼 비늘들은 전부 다 순백색을 띄고 있으며, 비늘의 테두리는 은은한 황금빛을 발산했다. 이것들은 모두 리노 일족의 최상급 비늘들이었다.

전차의 바퀴도 특별했다. 이탄은 두 짝의 바퀴가 쁠브 일족의 다리 가죽을 벗겨서 만들어졌다는 사실을 알아차렸다.

또한 바퀴에 새겨진 고대의 문자도 범상치 않았다.

"나중에 시간을 내서 이 문자들을 해독해 봐야겠구나."

이탄은 이렇게 다짐했다.

전차의 손잡이는 새카만 털을 꼬아서 만들어졌다. 이탄이 보기에 이 손잡이는 츄루바 일족의 최상급 털로 만들어진 것 같았다.

"오호라. 최소한 5대 강족 가운데 세 종족의 최상급 재료들을 동원하여 만들어진 전차로구나. 그렇다면 이 전차는 왕의 재목의 시체보다 훨씬 더 가치가 높겠느걸. 아하하하."

이탄이 통쾌하게 웃었다.

사실 이탄은 철제 상자 속에서 이 전차를 처음 발견했을 때부터 꼭 갖고 싶었다. 그런데 파이브 스피어가 더 필요하기에 전차에 대한 욕심을 버렸다.

그 전차가 돌고 돌아 다시 이탄의 손아귀에 들어온 셈이었다. 이탄은 거구 사내의 등을 토닥여주었다.

"어이구, 기특한 녀석 같으니. 내가 이 전차를 원하는 것을 어떻게 알고 이렇게 내게로 와서 죽어주고 또 전차도 내주었을까?"

이탄은 리노 일족의 전차를 자신의 아공간 박스 속 5번 슬롯에 잘 옮겨 담았다. 5번 슬롯에는 휴대용 플래닛 게이트를 보관해놓는 곳이었다.

"나중에 전차의 속도를 한 번 시험해봐야겠다. 전투에 이것을 써먹을 생각은 없지만, 속도가 빠르면 타고 다녀야지."

이탄이 기분 좋게 미래를 계획했다.

아공간 허리띠에서 튀어나온 두 번째 보물은 음혼석 주머니였다. 이탄이 주머니를 열자 그 속에서 최상급 음혼석 4개와 상급 음혼석 1,804개가 튀어나왔다.

"오오오. 이것도 괜찮네. 음혼석 자체는 나에게 별 쓸모가 없지만, 화폐 대신 사용할 수 있어서 아주 편하더라고."

특히 이탄은 최근에 최상급 음혼석 2개를 모두 소비한 터라 주머니 속 4개의 최상급 음혼석이 무척 반가웠다.

이 음혼석들은 7번 슬롯으로 들어갔다. 이 슬롯은 이탄에게는 별로 쓸모가 없지만 물물교환을 위한 보물들을 보관하는 용도였다.

이탄이 아공간 허리띠에서 건진 세 번째 보물은 놀랍게도 파이브 스피어 가운데 하나였다.

"어라? 이건 오행주 가운데 금(金)속성의 구슬이잖아? 녀석이 이런 것도 가지고 있었어?"

이탄이 새하얀 구슬을 손에 집어 들었다. 순백의 구슬 속에서 금색 뇌전이 날카롭게 번뜩였다.

이 구슬을 보자 이탄은 퍼뜩 짚이는 바가 있었다.

조금 전 거구 사내는 이탄을 독립 공간으로 끌고 오면서 파이브 스피어와 외계 성역의 스톤을 내놓으라고 협박했었다.

"아하! 이래서 녀석이 흙 속성의 오행주를 욕심냈었구나? 자기도 이미 금 속성의 오행주를 가지고 있으니까 흙 속성 구슬에도 욕심을 내었던 거야. 녀석은 이참에 오행주를 모두 모아볼 계획이었나?"

어쨌거나 거구 사내는 죽었고, 그가 지니고 있던 금 속성의 오행주는 이탄의 것이 되었다. 이로써 벨린다의 오행주 가운데 4개가 이탄의 손에 들어온 셈이었다. 이탄은 기쁜 마음으로 금 속성의 오행주를 아공간 박스 4번 슬롯에 담았다.

이탄이 획득한 네 번째 보물은 원통형 크리스털 병에 담긴 가느다란 털 한 가닥이었다.

노란 빛깔이 감도는 이 털은 츄루바 일족의 검은 털과는 생김새가 완전히 달랐다. 츄루바 일족의 것처럼 신묘한 기운을 내뿜지도 않았다. 이탄이 보기에 이 노란 털은 너무나도 평범했다.

그래서 오히려 더 수상했다.

"평범한 털을 보호마법이 걸린 크리스털 병 속에 보관할 리 없지. 녀석이 이 털을 소중하게 보관한 것을 보면 분명히 이유가 있을 거야."

이탄은 노란 털을 좀 더 세심하게 살폈다.

이 노란 털에서 왠지 고양이 냄새가 나는 것 같았다.

"이상하다? 크리스털 병 속에 담겨 있어서 냄새가 맡아질 리는 없는데, 왜 자꾸 고양이가 연살될까?"

이탄이 고개를 갸웃했다.

이탄은 노란 털을 다시 한 번 훑어보았지만 딱히 떠오르는 바가 없었다.

"나중에 짬을 내서 찬찬히 살펴봐야지."

이탄은 일단 노란 털을 아공간 박스 속 4번 슬롯에 보관해두었다.

이어서 이탄은 아공간 허리띠 속에서 씨앗을 하나 꺼내 들었다.

엄지손톱 크기의 이 씨앗도 크리스털 병 속에 곱게 보관 중이었다. 씨앗의 색깔은 검푸른 빛을 띠었다.

이 씨앗도 정체를 알 수 없었다. 다만 씨앗 표면에 희미 하게 새겨진 문양들이 심상치 않아 보였다.

"거 참, 내가 알지 못하는 것들을 많이도 모아두있네."

이탄은 검푸른 씨앗도 나중에 천천히 조사해보기로 하고 는 아공간 박스 속 4번 슬롯으로 이동시켰다.

Chapter 7

이탄이 그 다음으로 발견한 보물은 유리관 속에 담긴 시 체였다.

이탄이 보기에 시체의 보관 상태는 무척 양호했다. 다만 시체의 피부는 다소 거무튀튀했으며, 시체의 얼굴 생김새 가 거구 사내와 꽤 많이 닮아 있었다.

"녀석의 선조의 시체인가? 시체에서 풍기는 기운은 왕의 재목 같은데, 정확한 종족을 모르겠단 말이야."

어느 종족이건 간에 왕의 재목의 시체라면 비싼 값에 거래되기 마련이었다. 이탄은 유리관을 자신의 아공간 박스 속 4번 슬롯에 챙겨 넣었다.

원래 이 4번 슬롯은 용도가 불명확한 보물들을 챙겨두는 공간이었다. 그런데 최근 이 슬롯에 들어오는 물건들이 꽤 많아졌다.

이탄이 아공간 허리띠에서 찾아낸 일곱 번째 보물은 최상급 리노의 뿔이었다. 아쉽게도 뿔의 수량은 단 한 개에 불과했다.

이탄이 찾아낸 여덟 번째 보물은 최상급 구아로의 이빨 한 개였다.

아홉 번째는 최상급 토트의 등껍질 2개.

그리고 열 번째는 크리스털 병에 담긴 최상급 쁠브의 눈물이었다.

"이 정도면 얼추 100 밀리리터는 되겠는걸. 하하하."

이탄은 액체가 찰랑거리는 크리스털 병을 흔들면서 환히 웃었다.

이탄은 리노의 뿔부터 시작해서 쁠브의 눈물까지 모두 다 아공간 박스 속 1번 슬롯에 쓸어 담았다. 이 1번 슬롯에는 이탄이 차원 이동을 위해서 수집 중인 최상급 재료들만 선별하여 담아두었다.

여기까지 정리한 뒤, 이탄은 자신이 입수한 보물들을 쭉 읊조렸다.

"리노 일족의 전차 한 개, 최상급 음혼석 4개, 상급 음혼석 1,804개, 금 속성의 오행주 하나, 정체불명의 노란 털한 가닥, 역시나 정체를 알 수 없는 검푸른 씨앗 한 알, 리노 일족의 최상급 뿔 한 개, 구아로 일족의 최상급 이빨 한개, 토트 일족의 최상급 등껍질 2개, 뿔브 일족의 최상급 눈물 100 밀리리터 한 병."

이만하면 수입이 꽤 짭짤했다.

"아하하하하."

이탄은 시원하게 웃음을 터뜨린 다음, 아공간 허리띠 안에 담긴 나머지 잡다한 물건들을 땅바닥에 우르르 쏟아놓았다.

리노 일족의 상급 비늘 215개가 우선 이탄의 눈에 띄었다.

토트 일족의 상급 등껍질 81개도 이탄의 눈앞에 수북하게 쌓였다.

씨클롭 일족의 상급 눈알 16개가 그 다음으로 튀어나왔다.

이 밖에도 아공간 허리띠에는 중급 음혼석 2,000개가 박스 채 들어 있었다. 휴대용 플래닛 게이트도 한 개가 발견되었다.

원통형의 통도 톡 떨어졌다.

"이 통은 뭐지?"

이탄이 통 안에서 오래된 지도 한 장을 발견했다.

"지도잖아?"

지도 안에는 수없이 많은 별들이 표시되어 있었다. 안타깝게도 이 별들이 어느 장소를 가리키는 것인지는 알 길이 없었다.

"지도에 대해서는 좀 더 시간을 두고 천천히 알아볼 수밖에."

이탄은 리노 일족의 상급 비늘과 토트 일족의 상급 등껍질을 2번 슬롯에 담았다.

2번 슬롯도 1번 슬롯과 마찬가지로 차원 이동을 위한 재료들을 보관하는 장소였다. 다만 1번 슬롯의 재료들보다는 이곳의 재료들이 한 단계 품질이 떨어졌다.

씨클롭의 상습 눈알들은 비록 가치는 높았지만 차원이동 통로를 만들 때 필요하지는 않았다. 따라서 이탄은 이것을 물물교환용 재료들 사이, 즉 7번 슬롯 한 구석에 처박아 두었다.

마찬가지로 중급 음혼석 박스도 7번 슬롯으로 분류되었다.

"휴대용 플래닛 게이트와 오래된 지도는 5번 슬롯에 넣어둬야지."

용도에 따라 깔끔하게 보물들을 정리한 뒤, 이탄은 뿌듯함을 느꼈다.

하지만 아직 일이 끝난 게 아니었다.

"이제 시체를 챙길 차례야."

이탄은 거구 사내를 비롯하여 그 부하들의 시체도 차곡차곡 챙겼다.

거구 사내의 시체는 비교적 멀쩡했다. 두개골에 10개의 구멍이 뚫린 점만 제외하면 상태가 무척 좋은 편이었다.

반면 나머지 12개의 시체는 하나 같이 머리통이 박살났고 몸뚱어리만 덩그러니 남았다.

"그래도 적당한 가격에 팔아치울 수는 있겠지. 이 12명 모두 귀족의 수준은 되어 보이니까 몸통만으로도 어딘가에 쓸모가 있을 거라고."

이탄은 열세 구의 시체들을 아공간 박스 속 4번 슬롯에 욱여넣었다.

이제 남은 것은 여덟 종류의 무기들뿐이었다. 이탄은 일단 종류별로 무기들을 모아서 묶음을 만들었다.

양날검 열세 자루.

칼 열세 자루.

해머 열세 자루.

도끼 열세 자루.

각진 몽둥이 열세 자루.

창 열세 자루.

낫 열세 자루.

마지막으로 철퇴 열세 자루.

"쳇. 이런 것들을 어디다 쓰라고."

이탄이 입술을 삐죽거렸다.

땅바닥에 나뒹구는 붉고 푸른 무기들은 나름 뛰어난 아이템들이었다. 이탄에게 이런 취급을 받을 만한 무기들은 결코 아니었다.

하지만 아쉽게도 이탄은 이런 무기보다는 자신의 두 주먹과 몸뚱어리를 선호했다.

"이것들도 다 팔아치워야 하나?"

그러다 이탄의 생각이 다른 곳에 미쳤다.

"오호라. 이 푸른 무기들은 청금으로 만들어진 것 같네? 그리고 붉은 무기들은 적금이 기본 바탕인 것 같아. 게다가 크기가 꽤 커서 이것들을 녹이면 청금과 적금을 잔뜩 확보할 수 있겠는걸. 아하하하. 내가 왜 그 생각을 진즉에 못했지?"

이탄은 손바닥으로 자신의 이마를 탁 쳤다.

나중의 일이지만, 무기를 녹여서 청금과 적금을 확보하겠다는 이탄의 계획은 실제로 실현되었다. 흐나흐 일족의 축제가 끝나기 전, 이탄은 여덟 종류의 무기들을 대형 용광로에 처넣어서 청금과 적금을 각각 10,900 킬로그램씩 정제해 내었다.

차원이동 통로 제작에 필요한 청금과 적금이 각각 12,000 킬로그램이었다.

그런데 이탄이 이미 보유 중인 청금과 적금도 몇 천 킬로그램씩은 되었다. 따라서 이탄은 이번 한 방에 청금과 적금의 필요 수량을 거의 다 채운 셈이었다.

다만 최상급의 재료 몇 가지와 흑금과 백금, 적린석 등의 재료는 여전히 부족했다.

이제 독립 공간에서 일은 모두 마무리가 되었다. 독립 공간을 빠져나가 전, 이탄은 악어가죽으로 만든 아공간 허리띠도 주머니 속에 쑤셔 넣었다.

물론 이탄은 이렇게 번쩍거리는 허리띠를 직접 착용할 생각은 없었다. 다만 허리띠의 재질이 좋아 보여서 가까운 지인에게 선물로 줄 요량이었다.

Chapter 8

이탄은 거구 사내 일행을 쳐죽이고 뼈 한 조각까지 모두 빼앗았지만, 그들이 착용한 가면—물론 이 가면들은 대부분 박살나서 파편만 남은 상태지만—과 크라포 시스템의 신분패만은 남겨두었다.

이것이 블랙마켓의 규칙이기 때문이었다.

후오옹!

이탄이 근거리 이송마법진을 이용하여 다시 블랙마켓으로 돌아왔다. 마침 이송마법진 앞에는 다수의 회원들이 진을 치고 기다리는 중이었다.

[어랍쇼?]

[뼈다귀 가면만 돌아왔잖아?]

[이게 어찌된 일이지?]

회원들이 서로의 얼굴을 마주보았다.

이 자리에 모인 회원들 가운데 대다수는 '뼈다귀 가면 녀석은 독립 공간에서 죽고, 거구 사내와 그 부하들만 돌아오겠구나.'라고 짐작했다.

한데 결과는 회원들의 예측과 정반대였다. 이탄은 멀쩡했다. 반면 거구 사내와 그 부하들은 단 한 명도 복귀하지 못했다.

이탄이 회원들을 쭉 훑어보았다.

[여기서 이렇게 기다리고 있는 것을 보니 나와 대화하고 싶은 자가 또 있나 보지?]

이탄은 무표정하게 질문을 던졌다. 그러면서 엄지로 자신의 어깨 뒤쪽을 가리켰다. 이탄의 엄지가 가리키는 곳에는 독립 공간으로 통하는 이송마법진이 위치했다.

[으으음.]

회원들 몇 명이 신음을 흘렸다.

회원들 중에 선뜻 나서는 자는 없었다. 그렇다고 이탄의 앞에서 물러나 길을 열어주는 자들도 보이지 않았다.

어정쩡한 대치 상태가 답답했기 때문일까? 이탄이 먼저 선수를 쳤다.

후왕ㅡ.

이탄이 바람처럼 몸을 날리더니 자신의 정면에 서있던 사내의 목을 움켜잡았다. 성게처럼 가시가 삐쭉삐쭉한 가면을 쓴 사내였다.

[크윽, 끅. 이거 왜 이래? 크윽. 놓으라고.]

성게 가면 사내는 이탄에게 목이 붙잡혀 허공으로 떠오른 채 발을 버둥거렸다.

이탄이 상대를 올려다보며 하얀 이빨을 드러내었다.

[왜? 나와 대화를 나누고 싶어서 기다린 것 아니었나?]

이탄은 성게 가면의 목을 붙잡고는 강제로 이송마법진으로 끌고 갔다. 성게 가면이 아무리 발버둥 쳐도 이탄의 손아귀에서 벗어날 수가 없었다.

[크윽. 아니야. 난 대화할 생각이 없다고. 크으윽. 안 돼애—.]

성계 가면 사내의 비명은 이송마법진이 완전히 발동하여 환한 빛을 터뜨린 이후까지도 길게 이어졌다.

잠시 후, 이탄이 다시 이송마법진에 나타났다. 이탄과 함께 독립 공간으로 들어갔던 성계 가면은 어디로 갔는지 보이지도 않았다. 다만 이탄의 소매에 붉은 피가 점점이 뿌려진 모습만이 회원들의 시야에 확대되어 들어올 뿐이었다.

[으으으.]

회원들이 질겁했다.

이탄은 다들 들으라는 듯이 대놓고 투덜거렸다.

[쳇. 가난뱅이였어. 아무런 영양가도 없었다고.]

이탄의 투덜거림은 사실이었다. 조금 전 이탄은 독립 공간에서 성계 가면의 몸을 다섯 갈래로 찢어 죽인 다음, 그의 아공간 주머니를 열어보았다. 그 결과 상급 음혼석 61개와 중급 음혼석 133개만 얻었을 뿐 소득이 영 시원치 않았다.

이탄이 잔뜩 심통이 난 눈빛으로 회원들을 훑었다.

[큭.]

회원들이 흠칫했다. 대다수의 회원들은 이탄과 시선을 마주하지 못하고 고개를 슬쩍 돌려 외면했다.

이탄이 회원들을 윽박질렀다.

[누구 또 나와 대화하고 싶은 자가 있나?]

[으으윽.]

회원들이 움찔 놀라 뒷걸음질 쳤다. 특히 이탄과 비교적 가까이 있던 회원들은 황급히 거리를 벌렸다.

이탄이 성큼 발을 내디뎠다.

[우와악.]

그 즉시 절반 정도의 회원들이 등을 돌려 아예 이 자리를 떠났다.

이탄이 또 한 발을 성큼 내디뎠다.

[우와아악. 우린 대화하고 싶은 생각이 없다고요.]

남은 회원들 가운데 4분의 3이 추가로 자리를 떴다. 이제 이탄의 앞을 가로막은 회원은 불과 수십 명에 지나지 않았다.

이탄이 비릿하게 미소를 지었다.

[너희들은 나와 대화를 나누고 싶은가 보지?]

후우웅―.

이탄은 예고도 없이 별안간 자세를 낮추고 몸을 날렸다.

이탄의 움직임이 어찌나 신속했던지 대다수 회원들은 이탄이 몸을 날리는 모습을 보지도 못했다.

회원들 가운데 물고기 가면을 쓴 노파가 이탄의 손에 어깨를 붙잡혔다.

[으헉?]

노파의 안색이 대번에 창백하게 변했다.

그 때 이미 이탄의 다섯 손가락은 노파의 살을 뚫고 어깨 안으로 파고들었다.

[이이익, 놔라.]

노파가 팔을 뱀장어처럼 변형하여 빠져나가려고 들었다.

어림도 없는 일이었다. 이탄의 악력이 어찌나 억셌던지 노파의 한쪽 팔이 부우욱 찢겨졌다. 뜯겨나간 절단면에서 시뻘건 피가 분수처럼 뿜겨졌다.

[크왁. 내 팔.]

노파는 처절한 비명을 지르더니, 세 바퀴의 텀블링을 통해 신체를 작은 공으로 변형시켰다. 그런 다음 뒤도 돌아보지 않고 도주했다.

이탄의 손아귀 안에는 뜯겨진 노파의 팔뚝만 남아서 펄떡 펄떡 요동쳤다.

[이런. 대화 좀 나누자니까 매정하게 그냥 가버리네.]

이탄은 노파의 팔뚝을 바닥에 내팽개쳤다.

그 때 이미 이탄의 앞은 텅 비어 있었다. 회원들 가운데 는 이제 이탄의 보물을 털어보겠다는 자가 전무했다.

[쳇. 재미없어라.]

이탄은 어깨를 한 번 으쓱한 다음, 숙소로 돌아갔다.

　이곳 블랙마켓에는 직영점 외에도 용역 의뢰 건물이 따로 세워져 있었기에 그곳으로 인파가 몰리는 중이었다.

　하지만 오늘 이탄은 더 이상 다른 곳을 둘러볼 마음이 없었다.

제4화
블랙마켓의 마무리

Chapter 1

다음 날인 9월 15일.

이탄은 직영점 오픈 시간에 맞춰서 숙소를 나섰다.

이탄이 거리에 나타나자 주변의 회원들이 움찔했다.

[저 자가 바로 그 뼈다귀 가면이야.]

[들리는 소문에 아주 흉측한 놈이라던데.]

[맞아. 나도 들었어. 아주 흉흉하다더라고.]

웅성거리는 뇌파들이 이탄의 뇌리로 스며들었다.

이탄은 아무런 반응도 보이지 않았다. 마음의 동요도 없었다. 그저 무덤덤하게 걸어서 직영점 건물로 들어설 뿐이었다.

이탄이 객석 한 곳에 착석했다. 어제 앉았던 바로 그 자리였다.

어제와 달리 이탄의 주변에 20미터 이내에는 아무도 앉지 않았다. 그렇게 텅 빈 공간에 여자 한 명이 다가와 털썩 주저앉았다.

다름 아닌 서리를 판매하는 뱀이었다.

[어쩌다 언데드님, 하루아침에 꽤 유명 인사가 되셨던데요?]

서리를 판매하는 뱀이 이탄에게 먼저 뇌파를 걸었다.

[내가 말이오? 무슨 이유로?]

이탄이 검지로 자신의 얼굴을 가리켰다.

그 뻔뻔한 태도에 서리를 판매하는 뱀이 혀를 내둘렀다.

'햐아아. 어제 무려 15명의 회원들을 쳐죽이고, 노파의 팔까지 뜯어놓고서는 이렇게 영문 모르겠다고 딴청을 피다니, 어쩌다 언데드님은 참으로 얼굴 가죽도 두껍구나.'

어제 크라포 족에서 조사한 바에 따르면, 독립 공간 안에는 생존자가 전무하다고 했다. 그저 독립 공간의 바닥에 반경 2킬로미터에 달하는 거대한 구멍이 뚫려서 지하 깊은 곳까지 함몰되었고, 붕괴의 현장의 주변에 군데군데 검푸른 피가 흥건하게 고여 있다는 점을 제외하면, 붉고 푸른 가면을 쓴 14명의 사내들은 모두 사라지고 없었다는 것이 크라포 족의 조사관이 내린 결론이었다.

물론 성계 가면 사내도 보이지 않았다.

다만 독립 공간 안에는 붉고 푸른 가면의 파편들과 성계 가면의 파편, 그리고 15개의 신분패만이 바닥에 어지럽게 널려있을 뿐이었다.

크라포 족의 조사관은 가면의 파편을 회수하여 15개가 맞는지 맞춰보았다. 신분패 15개도 전량 회수했다.

회원이 사망했을 때 죽은 회원의 가면과 신분패를 제대로 회수하지 못하면 나중에 블랙마켓에 사칭 회원, 혹은 불량 회원이 발생할 우려가 컸다. 그래서 크라포 족 조사관은 가면과 신분패 회수에 신경을 썼다.

다른 한편으로 조사관은 혹시라도 리노 일족의 전차가 혹시라도 어딘가에 떨어져 있나 싶어서 드넓은 독립 공간 전체를 샅샅이 뒤졌다.

그 어디에도 전차의 흔적은 보이지 않았다.

크라포 족 조사관이 추측한 바에 따르면, 그 전차는 어쩌다 언데드, 즉 이탄의 손에 들어간 것이 분명했다.

블랙마켓의 규정 상 회원들 사이에 시비가 붙으면 독립 공간으로 이동하여 스스로 시시비비를 가리는 것이 원칙이었다.

그렇게 시비를 가린 뒤, 회원들의 생사나 보물에 대해서는 크라포 시스템이 일절 관여하지 않았다.

따라서 이탄이 거구 사내로부터 리노 일족의 전차를 강탈했다고 하더라도 크라포 족 조사관이 이탄에게 제재를 가할 방법은 없었다.

반대로 거구 사내가 독립 공간 안에서 이탄의 보물을 빼앗고 이탄을 죽였다고 해도 크라포 족 조사관은 거구 사내를 그냥 내버려둬야만 했다.

이 소문이 빠르게 퍼졌다.

[뼈다귀 가면 사내가 붉고 푸른 가면 사내들을 모두 참살한 다음 리노 일족의 전차를 빼앗았을 거야. 틀림없어.]

회원들 사이에서는 이런 이야기가 떠돌았다.

서리를 판매하는 뱀도 그 의견에 동의했다. 정황 상 리노 일족의 전차는 이탄의 소유가 되었음이 분명했다.

'리노 일족의 전차는 그렇다고 쳐도, 외계 성역의 스톤은 우리가 회수해야 했는데. 하아아아. 미치겠네.'

서리를 판매하는 뱀이 입술을 꼭 깨물었다. 생각 같아서는 그녀도 이탄을 끌고 독립 공간으로 데려가고 싶었다.

서리를 판매하는 뱀은 그곳에서 이탄을 죽이겠다는 뜻이 아니라, 이탄과 잘 이야기를 해서 외계 성역의 스톤을 구매하기를 원했다.

'쉬운 일이 아니지. 이런 이야기를 잘못 꺼냈다가는 어

쩌다 언데드님과 싸움이 붙을 가능성이 커.'

서리를 판매하는 뱀의 판단에 따르면, 어제 전차를 뽑았던 거구 사내는 왕의 재목인 듯했다. 거구 사내를 따르던 부하들도 모두들 귀족 같아 보였다.

'풍기는 기세로 보건대 녀석들은 흐로클 일족이 분명해. 세상에는 잘 알려져 있지 않지만 사실 흐로클은 만만한 곳이 아니지. 우주의 5대 강족들도 흐로클 녀석들을 쉽게 깔보지는 못하니까 말이야.'

그 흐로클의 왕의 재목이 이탄과 짧게 면담을 마치고는 실종되었다. 거구 사내를 추종하던 13명의 부하들도 모두 사라져 버렸다. 다만 그 자리에는 검푸른 피와 가면의 파편만 흩뿌려져 있을 뿐이었다.

'어쩌다 언데드님이 그렇게 짧은 시간 안에 왕의 재목과 귀족들 13명을 참살했다? 그렇다면 어쩌다 언데드님의 무력은 이미 왕의 재목의 수준을 뛰어넘은 거야. 어쩌다 언데드님을 함부로 건드리면 안 돼.'

서리를 판매하는 뱀은 어쩌다 언데드와 사이가 틀어지면 안 된다고 판단했다.

그렇다고 해서 어쩌다 언데드의 손에 들어간 외계 성역의 스톤을 그냥 내버려 둘 수도 없었다.

'끄으응. 이 사태를 어쩐담?'

가면 속 서리를 판매하는 뱀의 얼굴빛이 점점 어두워졌다.

'하아아.'

서리를 판매하는 뱀은 복잡한 심정으로 이탄을 곁눈질했다.

Chapter 2

그러는 동안 객석이 꽉 찼다. 무대 위에는 건장한 남자 노예들이 올라와 울룩불룩한 근육을 자랑했다.

이어서 민무늬 가면을 쓴 여자 상인이 등장했다.

[회원님들, 안녕하세요? 호호호, 반갑습니다.]

여상인은 양손을 반짝반짝 흔들면서 활기차게 인사했다.

일부 회원들은 여상인의 굴곡진 몸매를 노골적으로 훑어보았다.

여상인은 오히려 그 시선을 즐기는 듯 몸을 비틀어 가슴과 엉덩이를 강조한 채로 이야기를 풀어내었다.

[오호호호. 다들 목이 빠지게 기다리고 계셨겠지요? 그렇다면 오늘의 첫 번째 상품부터 소개 올리겠습니다.]

여상인이 손을 뻗었다.

무대 아래쪽에서 대기 중이던 남자 노예들이 커다란 상자를 짊어지고 올라왔다. 상자는 16명의 노예가 함께 들어야할 정도로 묵직했다.

'그릇된 차원의 몬스터들은 언노운 월드의 노예들보다 훨씬 더 힘이 세잖아. 그런데도 16명이나 동원될 정도면 상자의 무게가 수십 톤 이상 나간다는 소린데…….'

이탄이 관심을 가지고 무대 위를 지켜보았다.

여상인은 회원들이 보기 좋게 상자를 기울이고는 뚜껑을 열었다. 상자 속에서 거무스름한 금속이 그 모습을 드러내었다.

[보시다시피 이 재료는 흑금입니다. 적금, 청금, 백금과 함께 4대 금속이라 불리는 바로 그 귀한 물질이지요.]

[오!]

객석에서 작은 탄성이 터졌다.

여상인이 설명을 계속했다.

[이미 흑금의 가치를 알아보시는 회원님들도 많으시군요. 호호호. 그렇습니다. 다들 아시다시피 흑금은 마법을 흡수하는 성질이 있어 방어구를 제작할 때나 성채에 방어 마법진을 두를 때 꼭 필요한 재료랍니다. 저희 크라포 시스템에서는 최근에 모 행성에서 대량의 흑금 광산을 발굴해 내었고, 이를 통해 회원님들께 질 좋은 흑금을 대량으로 공

급할 수 있는 망을 갖추었답니다. 호호호.]

여상인의 뇌파에는 자신감이 넘쳤다.

'흑금!'

이탄이 눈을 반짝 빛냈다.

흑금은 이탄에게 꼭 필요한 재료였다. 이탄이 부정 차원으로 통하는 차원이동 통로를 제작하려면 흑금 12,000 킬로그램이 반드시 필요했다. 한데 지금 이탄이 확보한 흑금은 9,100 킬로그램뿐이었다.

'저걸 2,900 킬로그램 이상 사야 할 텐데.'

이탄이 이글거리는 눈빛으로 흑금 상자를 노려보는 동안, 여상인은 매혹적인 뇌파를 이어갔다.

[지금 회원님들께서 보고 계시는 흑금은 총 60 톤이나 됩니다. 저는 오늘 이 자리에서 60 톤의 흑금을 총 20명의 회원님들께 나눠서 판매할 예정입니다. 호호호]

이탄의 머릿속이 빠르게 돌아갔다.

'60 톤의 흑금을 20으로 나누면 한 명에게 3 톤, 즉 3,000 킬로그램씩 돌아가잖아? 아싸. 딱 맞는구나.'

이탄에게 필요한 수량이 2,900 킬로그램인데, 여상인은 3,000 킬로그램 단위로 판매한다고 공표했다.

'아싸. 어쩜 이렇게 딱딱 맞아떨어지는지. 하하하.'

이탄은 일이 너무 잘 풀려서 어깨춤이 저절로 나올 지경이었다.

여상인이 거래 조건을 제시했다.

[판매 방식은 예전과 똑 같습니다. 저는 흑금 3,000 킬로그램을 저렴한 가격, 즉 상급 재료 12개에 판매하겠습니다. 제가 받고자 하는 상급 재료는 리노 일족의 상급 뿔이나 비늘, 구아로 일족의 상급 이빨이나 발톱, 뻘브 일족의 상급 눈물, 씨클롭 일족의 상급 눈알, 츄루바 일족의 상급 털입니다. 토트 일족의 상급 등껍질도 괜찮지만, 그것은 두 배인 24개를 내주셔야 거래를 할 겁니다.]

이탄은 이 재료들을 꽤 많이 보유한 상태였다. 다만 이 가운데 리노의 뿔과 비늘, 뻘브의 눈물 등은 이탄에게도 필요한 재료들이라 이것으로 구매하기는 곤란했다.

'아공간 박스 속에 씨클롭의 상급 눈알이 17개 있지? 이 가운데 12개를 주고 흑금을 사야겠구나.'

이탄은 마음의 결정을 내리고는 거래가 개시되기만을 기다렸다.

마침내 여상인의 뇌에서 구매 시작을 알리는 뇌파가 터져 나왔다.

[자, 구매를 원하시는 회원님들은 즉시 거래를 신청해주세요. 아시다시피 선착순 스무 분만 모시겠습니다.]

'옳거니.'

이탄은 즉시 무한의 언령을 동원하여 시간을 조작했다. 무서울 정도로 고요해진 세상 속에서 이탄은 씨클롭 일족의 상급 눈알 12개를 꺼내 신분패 위에 올려놓았다. 이탄의 손가락이 빠르게 움직였다.

옆자리에서는 서리를 판매하는 뱀이 신분패 위에 막 검지를 접촉하던 참이었다. 그 상태에서 서리를 판매하는 뱀은 돌조각처럼 몸이 굳었다.

'훗.'

이탄이 오묘한 미소를 머금었다.

째애애애—깍, 째애깍, 째깍, 째깍, 째깍.

멈춰졌던 시간이 다시 정상적으로 작동했다.

서리를 판매하는 뱀은 그제야 미친 듯이 손가락을 놀려 리노 일족의 상급 비늘 12개를 크라포 시스템에 전송했다.

반면 이탄은 이미 모든 전송 절차를 마치고 여유롭게 팔짱을 끼었다.

[아니, 어떻게 그렇게 손이 빠르세요?]

서리를 판매하는 뱀이 화들짝 놀란 눈으로 이탄을 바라보았다.

[후후.]

이탄은 미소로 대답을 대신하였다.

[정말 믿을 수가 없군요.]

서리를 판매하는 뱀은 고개를 절레절레 내저었다.

잠시 후 결과가 공개되었다.

여상인의 지시에 따라 건장한 남자 노예들이 흑금 3,000 킬로그램이 담긴 묵직한 박스를 들고 이탄의 앞으로 다가왔다.

당연히 이번에도 이탄이 선착순 1등이었다. 서리를 판매하는 뱀도 5등으로 선발되어 흑금 한 박스를 구매하는 데 성공했다.

[또 저 뼈다귀 가면이야?]

[정말 독하다, 독해.]

주변의 회원들이 수군거렸다.

하지만 아무도 이탄을 노리는 자는 없었다. 어제 벌어졌던 사건 덕분이었다.

Chapter 3

무대 위에서는 곧바로 두 번째 상품이 소개 중이었다. 이번에도 건장한 노예들이 제법 부피가 큰 박스를 들고 올라왔다.

여상인이 뇌파를 높였다.

[두 번째로 저희가 선보일 상품은 다름 아닌 적린석입니다. 회원님들께서도 아시다시피 적린석은 불의 기운을 다량 함유하고 있어서 불과 관련된 마법 아이템 제작에 꼭 필요하지요. 또한 적린석을 원하는 종족들이 많기에 마치 화폐처럼 사용된다는 점도 아실 겝니다. 호호호. 자, 오늘 저는 적린석 5,000개를 준비했습니다.]

[와아, 적린석을 그렇게나 많이 판매한다고?]

[역시 크라포 족이로구나.]

일부 회원들이 찬사를 보냈다.

또 다른 부류의 회원들은 시큰둥하게 팔짱만 끼었다.

[크흠. 적린석이 뭐 대수라고.]

[맞아. 어째 오늘은 신통치가 않네.]

이런 시큰둥한 반응이 나올 법도 한 것이, 적린석은 화염과 관련된 마법전사가 아니면 별로 필요치 않았다.

게다가 블랙마켓 첫 날 판매되었던 어마어마한 보물들에 비하면 오늘 거래되는 흑금이나 적린석은 가치가 많이 떨어지는 것이 사실이었다.

그 점을 아는지 모르는지, 여상인은 객석을 향해 힘차게 손을 내뻗었다.

[자, 이제부터 선착순으로 회원님들을 모시겠습니다. 선착순 딱 열 분에게 1,000개의 적린석을 판매할 생각입니

다. 가격은 1,000개들이 한 박스에 상급 음혼석 30개.]

일부 회원들이 신분패를 열심히 눌렀다. 이들은 주로 화염과 관련된 마법전사들이었다.

그 밖에 적린석이 필요치 않은 회원들은 거래에 참여하지 않았다. 서리를 판매하는 뱀도 적린석을 구매하지 않고 패스했다.

반면 이탄은 적린석이 필요했기에 이번에도 무한의 언령을 발동시켰다. 거의 0으로 수렴한 시간 속에서 이탄이 일착으로 상급 음혼석 30개를 크라포 시스템에 전송했다.

잠시 후, 결과가 발표되었다. 근육질의 남자 노예가 적린석 1,000개가 들어 있는 박스를 이탄에게 배달해주었다.

이것으로 이탄이 보유한 적린석의 개수는 총 2,320개가 되었다.

'차원이동 통로 제작에 들어가는 적린석이 총 3,000개니까 아직도 680개가 부족하네. 쩌업. 이왕이면 적린석을 2,000개씩 팔지 쩨쩨하게 1,000개가 뭐야.'

이탄이 아쉽게 입맛을 다셨다.

이탄이 또 1등을 하자 주변의 회원들이 눈을 찌푸렸다.

[또야?]

[하아아, 징하다. 징해.]

하지만 이번 반응은 이전처럼 노골적이지 않았다. 다들

이제는 이탄이 1등을 해도 그러려니 하는 분위기였다.

여상인이 세 번째 물건을 소개했다.

[이어서 판매할 물건을 소개 올리겠습니다. 이번 물건은 바로 리노 일족의 상급 뿔 20개입니다.]

객석의 반응은 뜨뜻미지근했다. 리노 일족의 상급 뿔은 충분히 뛰어난 재료였으나, 어제 직영점이 선보인 보물들에 비하면 가치가 떨어졌다.

여상인은 회원들의 반응에 개의치 않고 열심히 설명했다.

[회원님들도 아시다시피 리노 일족의 뿔은 마나의 전도도가 좋아서 여러 가지 마법 아이템 제작에 꼭 필요하지요. 게다가 경도와 강도가 모두 훌륭하여 마법 무기나 방어구의 필수 재료랍니다. 저는 20개의 뿔을 네 묶음으로 묶어서 판매할 예정입니다. 상급 뿔 5개의 가격은 다음과 같은 상급 재료로만 받겠습니다. 구아로의 상급 이빨 5개, 츄루바의 상급 털 다섯 가닥, 씨클롭의 상급 눈알 5개. 이 밖에 다른 재료들은 관심 없습니다. 선착순으로 지원해주십시오.]

리노의 상급 뿔도 귀중한 재료기는 하지만, 구아로의 상급 이빨이나 츄루바의 상급 털, 씨클롭의 상급 눈알도 구하기 힘든 것들이었다.

게다가 재료들의 가치도 서로 엇비슷하여 이걸 교환한다고 해서 회원들에게 이득이 돌아가는 것도 아니었다.

대부분의 회원들은 거래에 참여하지 않았으되, 이탄만큼은 이번에도 신분패를 작동시켰다. 이탄은 별로 필요도 없는 씨클롭의 상급 눈알을 내주고 리노 일족의 상급 뿔을 구매할 요량이었다.

이번에는 거래 참가자가 많지 않았다.

따라서 이탄도 무한의 언령을 발동하지 않았다. 그는 순수하게 실력만 가지고 선착순 거래에 뛰어들었다.

그 결과 이탄은 전체 4등으로 아슬아슬하게 당첨자 명단에 들었다. 1등은 서리를 판매하는 뱀이 차지했다.

오늘 직영점의 물건들이 영 신통치 않다고 느꼈을까?

객석의 분위기는 상당히 냉랭했다.

그래도 여상인은 꿋꿋하게 다음 물건을 팔았다.

[호호호. 아유, 회원님들 왜 그렇게 맹숭맹숭하게 계세요. 자 이제 벌써 네 번째 물건을 소개할 차례가 되었답니다. 이번에 제가 소개할 재료는 바로 이것입니다.]

건장한 노예들이 무대 위에 등껍질을 짊어지고 올라왔다.

여상인이 뇌파의 출력을 높였다.

[다들 알아보셨죠? 바로 토트 일족의 상급 등껍질입니다. 이건 정말 설명이 필요 없는 우주 최고의 방어구죠.]

[호오?]

시큰둥하던 회원들이 다시 관심을 보였다. 토트 일족의 등껍질은 방어에 최적화되어서 구매를 원하는 이들이 많았다.

여상인이 기분 좋게 외쳤다.

[저는 오늘 이 상급 등껍질 40개를 4개씩 묶어서 열 분의 회원님께 선착순으로 판매하겠습니다. 하면 토트 일족의 상급 등껍질 4개 한 묶음의 가격은 얼마냐? 정말 파격적인 가격. 완전히 밑지고 파는 가격. 상급 음혼석 4개에 판매하렵니다.]

[헉, 싸다.]

[이건 무조건 사야해.]

회원들의 눈이 홱 뒤집혔다.

토트 족의 상급 등껍질이 비록 아주 눈에 차는 재료는 아니지만, 그래도 가격이 워낙 파격적이라 너도나도 거래에 뛰어들었다.

이탄도 가벼운 한숨과 함께 신분패를 손에 들었다.

'하아, 또 참여해야겠구나.'

이탄이 사용하는 언령은 그야말로 사기나 다름없어서 일단 그가 이 권능을 발휘하면 1등은 따 놓은 당상이나 다름없었다.

당연히 이번에도 이탄이 선착순 1등에 자리매김하였다. 서리를 판매하는 뱀은 전체에서 6등을 차지했다.

이탄은 토트 일족의 상급 등껍질 4개를 아공간 박스 속에 집어넣고는 다음 물품을 기다렸다.

Chapter 4

크라포 족 여상인이 판매한 다섯 번째 물건과 여섯 번째 물건은 이탄의 관심사가 아니었다. 게다가 거래를 통해 크게 이득을 볼 것 같지도 않았다. 하여 이탄은 두 번의 거래를 그냥 건너뛰었다.

[하아아, 이제 오늘의 마지막 물건입니다.]

여상인이 아쉽다는 듯이 뇌까렸다. 건장한 노예들이 붉은 천으로 뒤덮인 커다란 물건을 무대 위로 끌고나왔다.

마지막 물건이라는 소리에 회원들의 입술이 댓 발이나 튀어나왔다.

[젠장. 벌써 마지막이야?]

[어이쿠, 오늘도 별 소득이 없었네. 이럴 거면 내가 왜 비싼 비용을 치르면서 블랙마켓의 입장권을 쌌을꼬?]

여상인은 미안함을 느낀 듯 객석을 향해 두 손을 모으고 머리를 꾸벅이더니, 오늘의 마지막 거래 품목을 공개했다.

[오늘의 하이라이트. 우리 회원님들께 드리는 절호의 찬스. 이 찬스를 절대 놓치지 마시기 바랍니다. 자, 공개합니다. 제가 오늘 회원님들께 소개 올리는 마지막 보물은 바로 이것입니다.]

여상인은 붉은 천을 휙 잡아당겼다. 그 속에서 튀어나온 것은 살아 있는 생명체처럼 꿈틀거리는 커다란 나무뿌리였다.

이탄은 나무뿌리의 정체를 한 눈에 알아보았다.

'수프리 나무의 뿌리로구나. 그것도 최상급의 뿌리야.'

이탄의 아공간 속에는 최상급의 수프리 나무뿌리가 3개나 들어 있었다. 하지만 이탄이 차원이동 통로를 만들기 위해서는 아직도 최상급의 뿌리가 2개나 더 필요했다.

크라포 족 여상인이 나무뿌리에 대해서 설명했다.

[회원님들 중에 몇몇 분들은 수프리 나무뿌리에 대해서 이미 알고 계실 겝니다. 이 나무뿌리를 땅에 심으면 그 즉시 거대한 나무군락을 이루며 번식해나가지요. 이 나무군락 자체가 적의 공격을 방어하고 아군에게는 안락한 주거지를 제공한답니다. 실제로 알블—롭 늑대 일족들은 이 수프리 나무뿌리에 근거하여 삶의 터전을 이루고 있답니다. 회원님들께서 이 나무뿌리를 구매하시면, 그것은 곧 살아

있는 도시, 혹은 살아 있는 요새를 구매하시는 것과 똑 같습니다.]

[그래서 얼마에 팔겠다는 거요?]

회원들 사이에서 질문이 튀어나왔다.

여상인이 손가락 하나를 치켜세웠다.

[가격이 얼마냐? 저는 오늘 이 귀하디귀한 최상급 수프리 나무뿌리를 다른 종류의 최상급 재료와 교환하고자 합니다. 리노 일족의 최상급 뿔? 구아로 일족의 최상급 이빨? 씨클롭 일족의 최상급 눈알? 토트 일족의 최상급 등껍질? 어느 것이든 좋습니다. 최상급 재료이기만 하면 됩니다. 선착순으로 당첨자를 뽑을 생각이니 다들 서둘러주세요.]

회원들이 여상인을 향해 야유를 퍼부었다.

[우우우, 말도 안 된다.]

[흥. 세상의 그 어떤 바보가 최상급 리노의 뿔이나 최상급 씨클롭의 눈알로 수프리 뿌리를 사겠어?]

소수의 회원들이 반론을 제기했다.

[토트 일족의 등껍질이라면 수프리 나무뿌리와 가격이 엇비슷하지 않을까?]

이 반론도 곧 비난을 받았다.

[에이, 무슨 소리야. 토트 일족의 등껍질이 더 귀하지.

이건 완전 바가지야. 이전 블랙마켓에서는 이렇게 바가지를 씌우지 않았는데, 크라포 시스템이 초심을 잃은 게 분명해.]

[맞아. 이번 블랙마켓은 완전히 우리를 봉으로 보는 것 같다고.]

다들 뇌파를 높여 떠드는 가운데 이탄은 묵묵히 신분패를 들어 씨클롭 일족의 최상급 눈알을 크라포 시스템에 전송했다.

이탄도 씨클롭의 눈알이 수프리 나무뿌리보다 더 귀하다는 사실을 잘 알았다. 이번 직영점이 이전보다 유난히 비싸게 판다는 것도 잘 알았다.

그럼에도 불구하고 이탄은 거래에 참여했다.

'내게는 씨클롭의 눈알보다 수프리 나무뿌리가 더 중요한데 어떻게 해. 어서 재료를 모두 모아서 차원이동 통로를 뚫어야지.'

이탄이 구매 의사를 밝히자 여상인의 눈이 반짝 빛났다.

[오오옷, 축하드립니다. 회원님께서는 이번에도 1등으로 당첨되셨네요.]

여상인의 손이 이탄을 지목했다.

노예들이 무대 아래로 내려왔다. 노예들은 비지땀을 흘리면서 최상급 수프리 나무뿌리를 이탄에게 전달해주었다.

이 뿌리에 휘감기기라도 하면 그 즉시 죽은 목숨이라 노예들은 무척 두려워했다.

반면 이탄은 수프리 나무뿌리를 두려워하지 않았다. 이탄은 산낙지처럼 꿈틀거리는 나무뿌리를 거침없이 붙잡아 아공간 박스 속에 욱여넣었다.

여상인이 이탄을 향해 정중하게 물었다.

[회원님, 지금 무대 아래에는 최상급의 수프리 나무뿌리가 하나 더 있습니다.]

[응?]

이탄이 고개를 번쩍 들었다.

여상인은 가벼운 한숨과 함께 자신의 입장을 밝혔다.

[휴우우, 사실 저는 2명의 당첨자를 선별하여 이것들을 각각 한 뿌리씩 판매할 생각이었거든요. 그런데 다른 회원님들은 안타깝게도 수프리 나무뿌리에 별로 관심이 없는 것 같습니다. 그래서 회원님께 여쭤봅니다. 혹시 동일한 가격으로 한 뿌리 더 사실 의향이 있으신가요?]

마침 이탄은 최상급의 수프리 나무뿌리가 하나 더 필요하던 참이었다. 반면 씨클롭 일족의 최상급 눈알은 이탄에게 직접적인 쓸모는 없었다.

이탄이 신분패를 통해 한 번 더 거래 의사를 밝혔다.

이탄의 호쾌한 결정에 여상인의 얼굴이 확 밝아졌다.

[아이고, 감사합니다. 호호호호.]

이탄이 마지막 재료들을 쓸어 담으면서 오늘의 직영점 거래는 종료되었다. 회원들은 아쉬움이 가득한 눈빛으로 자리에서 일어났다.

이탄도 자리를 툭툭 털었다.

서리를 판매하는 뱀이 이탄을 붙잡았다.

[어쩌다 언데드님, 혹시 오늘 다른 일정이 있으신가요?]

[나 말이오?]

이탄은 절레절레 머리를 가로저었다.

[아니, 딱히 정해진 일정은 없소, 그냥 심심함을 해소할 겸 용역 의뢰나 둘러볼 생각이었소.]

짝!

서리를 판매하는 뱀이 손뼉을 마주쳤다.

[그거 잘 되었네요. 마침 저도 용역 의뢰를 둘러볼 요량 이었는데. 괜찮으시면 제가 동행해도 될까요?]

Chapter 5

서리를 판매하는 뱀은 이런 말을 꺼낸 것이 부끄러운 듯 고개를 살짝 숙이고 발가락을 꼼지락거렸다.

이탄은 잠시 고민하다가 상대의 요청을 받아들였다.

[그럽시다.]

[아! 고마워요.]

서리를 판매하는 뱀이 뛸 듯이 기뻐했다. 사실 그녀는 어떻게든 이탄과 붙어 다니고 싶었다.

그 첫 번째 이유는 이탄이 가진 외계 성역의 스톤 때문이었다. 이어서 두 번째 이유는 이단이 어떤 종족인지, 이탄의 무력은 얼마나 강한지 직접 헤아려볼 필요가 있다고 판단해서였다.

이탄과 서리를 판매하는 뱀은 어깨를 나란히 한 채 옆 건물로 이동했다. 뱀 가면을 쓴 사내들이 뒤에서 호위하듯 따라붙었다.

걸음을 옮기면서 서리를 판매하는 뱀이 이탄에게 이것저것 물었다.

이탄은 건성으로 대답했다.

서리를 판매하는 뱀은 둔한 여자가 아니었다. 그녀는 이탄의 마음속에 단단한 벽이 쳐져있다는 사실을 깨닫고는 속으로 한숨을 삼켰다.

'하아아. 어쩌다 언데드님은 나에 대해서 눈곱만큼의 관심도 없구나. 하긴, 나도 어쩌다 언데드님을 필요에 의해서 이용할 생각으로 접근한 것뿐이지.'

서리를 판매하는 뱀은 문득 마음 한 구석에 공허한 바람
이 싸늘히 스쳐지나가는 듯한 느낌을 받았다.

서로 겉도는 대화를 나누는 와중에 이탄과 서리를 판매
하는 뱀은 용역 의뢰 건물에 도착했다.

붉은 벽돌로 세워진 건물은 직영점보다도 더 넓었다. 건
물 입구에서는 토끼 가면을 쓴 여노예들이 등록증을 판매
중이었다.

[회원님들, 여기서 등록증을 판매하고 있습니다. 용역 의
뢰를 받기 위해서는 먼저 이 등록증을 구매하셔야 합니다.]

여노예들은 어떻게든 더 많은 등록증을 팔기 위해서 갖
은 애교를 다 떨었다.

이탄은 지난 번 블랙마켓에서 이미 등록증을 구매한 경
험이 있어 당황하지 않았다. 이탄이 여노예에게 다가가 물
었다.

[이번 블랙마켓도 의뢰등급 별로 등록증 가격에 차이가
있나?]

토끼 가면 여노예들이 반색을 했다.

[아하. 이미 다 알아보고 오셨군요.]

[회원님의 말씀이 맞습니다. 파란 나무판에 게시된 용역
거래에 참여하시려면 하급 음혼석 한 개를 등록증 가격으
로 지불하시면 됩니다. 이게 바로 3등급입니다. 혹은 회원

님께서 파란 나무판뿐 아니라 하얀 나무판의 용역 거래까지 참여하기를 원하시면 중급 음혼석 한 개로 2등급 등록증을 구매하시면 됩니다. 마지막으로 검은 나무판에 게시된 용역 의뢰에 참여하시려면 상급 음혼석 한 개가 필요합니다. 이게 바로 1등급입니다.]

[만약 회원님께서 1등급 등록증을 구매하시면 2등급과 3등급 나무판에 게시된 의뢰도 모두 참여 가능하십니다.]

띠링!

이탄은 여노예가 설명을 끝마치기도 전에 상급 은혼석을 신분패 위에 올려놓고 1등급 등록증을 샀다.

띠링!

서리를 판매하는 뱀도 별 고민 없이 1등급 등록증을 구입했다.

둘은 우선 검은 나무판으로 다가가 어떤 의뢰들이 게시 목록에 올라왔는지부터 살폈다.

검은 나무판 주변에는 기세가 등등해 보이는 회원들이 고개를 쭉 빼고 목록을 눈 여겨 보는 중이었다.

이곳 검은 나무판(1등급 의뢰)은 상대적으로 한산했다.

반면 하얀 나무판(2등급 의뢰)이나 파란 나무판(3등급 의뢰)에는 구름처럼 많은 인파가 몰려들어 장사진을 이루었다.

그런 자들을 보면서 서리를 판매하는 뱀이 혀를 찼다.

[쯧쯧쯧. 어리석네요. 아낄 걸 아껴야죠.]

[궁핍한 자들이겠지. 저들도 마음 같아서는 1등급 의뢰를 받고 싶을 거요.]

[그렇겠죠?]

서리를 판매하는 뱀이 어깨를 으쓱했다.

이탄은 서리를 판매하는 뱀과 뇌파를 주고받으면서도 눈으로는 검은 나무판에 게시된 용역 의뢰 내용들을 훑었다.

이번에도 가장 많은 의뢰는 '살해청부' 였다.

검은색 나무판에 올라온 1등급 의뢰답게 대가는 후했으나, 이탄의 관심을 받지는 못했다. 청부대상이 현재 머무는 곳에 너무 멀리 떨어져 있거나, 혹은 청부대상 자체가 모호했기 때문이다.

'시간이 오래 걸리는 의뢰는 아니야.'

이탄은 고개를 좌우로 흔들었다.

살해청부 다음으로 많은 용역 의뢰는 '호위 계약' 이었다.

이탄은 이 항목도 통째로 젖혔다.

'호위 계약은 살해청부보다도 오히려 더 시간이 걸릴 테지? 이런 의뢰는 받으면 손해라고.'

검은 나무판에 게시된 목록을 위에서부터 아래로 쭈욱 훑어 내려가던 중 이탄이 눈에 이채를 머금었다.

'어라? 이것은!'

— 블랙 98번: 저주마법 해석

— 요청 사항: 고대의 저주마법에 대한 상세한
풀이 및 해석을 요청함

— 용역 완수 기한: 한 달 이내

— 용역 수행 방법: 신분패를 통한 자세한 문답
풀이

— 용역 성공 대가: 저주마법 풀이 완료시 최상
급 구아로의 이빨 한 개

이것은 예전에 이탄이 수행했던 용역 의뢰와 완전히 동
일했다. 용역이 성공했을 때 받는 성공 대가도 이전과 다르
지 않았다.

'오오옷, 이런 의뢰야말로 꿀이지. 내가 직접 머리를 싸
맬 필요 없이 아나테마 영감에게 시키면 뚝딱 해치울 거
야.'

이탄은 앞뒤 가리지 않고 블랙 98번 의뢰에 신분패를 접
촉했다.

띠링!

경쾌한 소리와 함께 이탄의 신분패에 알람이 떴다.

[어쩌다 언데드님께서는 블랙 98번 용역에 지원하셨습니다. 이번 일감을 맡긴 의뢰자가 어쩌다 언데드님과의 거래를 승낙하면 그 즉시 업무에 착수하시면 됩니다.]

이탄이 다른 목록들을 살펴보려고 할 때였다. 띠링! 소리와 함께 이탄의 신분패에 알람이 한 번 더 떴다.

Chapter 6

이탄은 곧바로 메시지를 확인했다.

[어쩌다 언데드님, 축하드립니다. 용역 의뢰 번호 블랙 98번, 저주마법 해석의 임무가 의뢰자의 선택에 의하여 어쩌다 언데드님께 배정되었습니다. 어쩌다 언데드님께서는 앞으로 한 달 이내에 고대의 저주마법에 대한 상세한 풀이 및 해석을 완료하신 뒤, 신분패를 통해서 그 결과를 의뢰자에게 보내시면 됩니다. 임무 완수 시 보상으로는 최상급 구아로의 이빨 한 개가 지급될 예정입니다.]

이와 같은 설명이 이탄의 뇌리에 전달되었다.

이 말인즉슨, 의뢰자가 이탄의 지원 사실을 확인하자마자 곧바로 승낙 버튼을 눌렀다는 뜻이었다.

'하하하. 이거 혹시 동일인 아냐? 전에 나에게 저주마법 해석을 의뢰했던 그 의뢰자와 동일한 몬스터인가 봐. 그러니까 내 아이디를 확인하자마자 곧바로 승낙 버튼을 눌렀겠지.'

이탄은 손바닥으로 자신의 이마를 탁 쳤다. 이것 또한 인연이라면 재미있는 인연이었다.

'또 다른 의뢰들은 뭐가 있을까? 내 입맛에 맞는 것이 좀 있으면 좋겠는데.'

이탄은 게시판의 내용을 좀 더 살펴보았다.

― 블랙 190번: 흐나흐 일족의 일곱 흉성 제거

― 요청 사항: 흐나흐 일족 마그리드 휘하 7명의 흉성을 제거할 것

― 용역 완수 기한: 30년 이내

― 용역 수행 방법: 일곱 흉성을 살해 혹은 활동이 불가능할 정도로 망가뜨린 뒤, 이를 증명하면 됨

― 용역 성공 대가: 일곱 흉성 한 명 당 뻘브 일족의 최상급 눈물 50 밀리리터

우선 이 의뢰가 이탄의 눈에 띄었다.

'마그리드의 일곱 흉성을 제거해달라고? 옳거니. 이건 샤룬이나 샤론 남매가 의뢰한 건수로구나.'

이탄은 블랙 190번에 자신의 신분패를 가져다 대었다.

흐나흐 일족의 일이라면 거리도 가깝고 시간도 오래 걸리지 않아 용역을 맡아도 전혀 부담스럽지 않았다.

띠링!

[어쩌다 언데드님께서는 블랙 190번 용역에 지원하셨습니다. 이번 일감을 맡긴 의뢰자가 어쩌다 언데드님과의 거래를 승낙하면 그 즉시 업무에 착수하시면 됩니다.]

이탄은 빙그레 미소를 지은 다음, 다른 의뢰들에 눈을 돌렸다.

　　— 블랙 201번: 기브흐의 알껍데기 수배

　　— 요청 사항: 신비의 종족 기브흐의 알껍데기
　를 찾아올 것

　　— 용역 완수 기한: 무제한

　　— 용역 수행 방법: 신분패를 통해서 기브흐의
　알껍데기를 전송해야함

　　— 용역 성공 대가: 최상급 음혼석 10개

이 의뢰를 보자마자 이탄은 뒤통수를 긁었다.

'쩝. 기브흐 일족의 알껍데기라면 지난 번 블랙마켓에서 내가 우연히 흡수해버린 그것이잖아. 그게 대체 뭔데 최상

급 음혼석을 무려 10개나 대가로 내걸었을까?'

이탄은 액체도 아니고 고체도 아닌 뾰족뾰족한 알껍데기를 머릿속에 떠올랐다.

'으으음.'

잠시 고민을 한 뒤, 이탄은 블랙 201번에도 신분패를 접촉했다. 이탄은 기브흐의 알껍데기를 구할 자신이 있어서 이 의뢰에 지원한 것이 아니었다. 그저 기브흐가 어떤 일족인지, 그 알이 어떤 효능이 있는지 궁금해서 일단 지원해본 것이었다.

다음으로 이탄이 관심을 둔 의뢰는 블랙 225번이었다.

— 블랙 225번: 흐나흐 일족 샤룬, 샤론 남매 암살

— 요청 사항: 흐나흐 일족 왕의 재목인 샤룬, 샤론 남매 가운데 한 명 이상 암살

— 용역 완수 기한: 100년

— 용역 수행 방법: 암살의 성공을 증명하기 위하여 샤룬, 샤론 남매의 잘린 머리를 전송해야 함

— 용역 성공 대가: 한 명 암살할 때마다 쁠브 일족의 최상급 눈물 100 밀리리터

'아하! 샤룬, 샤론 남매만 마그리드를 노린 게 아니네. 이

의뢰는 분명히 마그리드 일파에서 내걸었을 거야. 하하하.'

이탄이 무릎을 쳤다.

물론 이탄은 샤룬, 샤론 남매를 적대시할 생각은 없었다.

그럼에도 불구하고 이탄은 블랙 225번 의뢰에도 지원해놓았다.

'내가 먼저 신뢰를 깰 생각은 없어. 하지만 그들 남매가 이상한 짓을 하려 들면 그냥 두지는 않지. 그 때를 대비해서 이것도 일단 지원해놓자.'

이것이 이탄의 생각이었다.

이어서 블랙 300번 의뢰가 이탄의 눈에 들어왔다.

— 블랙 300번: 리종 일족의 눈알 입수

— 요청 사항: 흉포한 리종 일족의 눈알을 구하라

— 용역 완수 기한: 무제한

— 용역 수행 방법: 리종 일족의 눈알을 입수한 뒤, 그 눈알의 영상을 스톤에 기록하여 신분패로 전송하면 됨

— 용역 성공 대가: 구아로 일족 왕의 시체(털 끝 하나 상한 곳 없이 완벽히 보존되어 있음)

이탄은 두 가지 면에서 놀랐다.

우선 의뢰자의 요청사항이 선뜻 이해가 되지 않았다.

'리종이 어떤 종족인지는 모르겠다만, 그 리종의 눈알을 구해달라는 것도 아니고, 리종 일족의 눈알을 입수한 다음 그것의 영상만 찍어서 보내주면 된다고? 거 참. 무슨 의뢰가 이래?'

두 번째로 이탄이 놀란 점은 용역 성공 시 받는 대가 부분이었다.

'왕의 재목도 아니고, 왕의 시체란 말인가? 허어어. 이거 정말 대단한 의뢰네.'

이탄은 선뜻 믿기지가 않았다. 구아로 일족 왕의 시체는 그 일족에서도 최상위 권력자가 아니면 가지고 있지 못했다. 그렇게 희귀한 시체를 상품으로 내걸다니, 이탄은 이 의뢰가 허풍이 아닌가 의심스러웠다.

'그래도 일단 지원은 해놓자. 혹시 알아? 내가 우연히 리종의 눈알을 구할지? 그렇다면 그 눈알의 영상만 기록해서 보내면 왕의 시체를 얻게 되는 거잖아. 이 의뢰가 진실이라는 가정 하에 말이야.'

이탄은 블랙 300번에 신분패를 접촉했다. 띠링! 소리와 함께 이탄의 지원 사실이 메시지로 전달되었다.

Chapter 7

블랙 98번, 저주마법 해석 의뢰.

블랙 190번, 마그리드 휘하 일곱 흉성의 제거.

블랙 201번: 기브흐의 알껍데기 구하기.

블랙 225번, 샤룬, 샤론 남매의 암살.

블랙 300번, 리종 일족의 눈알 영상 찍어서 보내기.

이탄은 짧은 시간 안에 이상 다섯 가지 의뢰에 지원했다. 이 가운데 블랙 98번은 지원과 동시에 의뢰자로부터 선택을 받았다.

이탄은 좀 더 시간을 들여서 나무판을 훑어보았으나, 딱히 마음에 드는 의뢰는 찾지 못하였다.

'5개만 해도 되지. 너무 많이 지원해놓으면 나중에 귀찮기만 할 거야.'

이탄은 하얀 나무판의 2등급 의뢰나 파란 나무판에 내걸린 3등급 의뢰는 쳐다볼 생각도 없었다.

용무를 마친 뒤, 이탄이 서리를 판매하는 뱀에게 다가가 뇌파를 걸었다.

[서리를 판매하는 뱀님.]

[앗, 어쩌다 언데드님. 벌써 게시판을 다 훑어보셨어요?]

서리를 판매하는 뱀은 빼곡하게 메모까지 해가면서 게시

판에 수록된 의뢰 목록을 구분 짓는 중이었다.

이탄이 고개를 끄덕였다.

[내가 할 만한 게 몇 가지 없더라고요. 그래서 대충 5개 정도만 지원했소. 서리를 판매하는 뱀님은 원하는 것을 많이 찾았소?]

[에효오. 저는 아직까지 한 개도 지원을 못했는걸요. 그저 관심이 있는 후보군 열댓 개 정도만 골랐을 뿐이죠. 휴우, 이제부터 이것들을 좀 압축해 보려고요.]

서리를 판매하는 뱀이 소매로 이마의 땀을 닦는 시늉을 했다.

물론 가면 위에 땀이 흐를 리는 없었다. 게다가 서리를 판매하는 뱀은 태생적으로 땀이 없는 종족이었다.

이탄이 다짜고짜 서리를 판매하는 뱀에게 작별을 고했다.

[그럼 찬찬히 살펴보시오. 나는 피곤해서 이만 숙소로 돌아가겠소.]

[어머? 벌써요?]

서리를 판매하는 뱀이 눈을 동그랗게 뜨고 이탄을 응시했다.

솔직히 서리를 판매하는 뱀은 이곳 게시판에 올라온 의뢰를 선별하는 일보다 이탄에 대해서 조사하는 것이 더 급했다. 특히 그녀는 외계 성역의 스톤에 대해서 이탄과 이야기를 나눠야 했다.

그런데 이탄이 여지를 주지 않았다.

[오늘 직영점에서 구매한 물품들도 정리 좀 해야 하고, 그밖에도 할 일이 좀 있소. 기회가 되면 내일 다시 봅시다.]

이탄은 딱 잘라 말하고는 등을 돌렸다.

서리를 판매하는 뱀이 이탄의 등을 향해 손가락을 멈칫멈칫 했다. 입술도 몇 번이나 달싹거렸다.

하지만 서리를 판매하는 뱀은 끝내 이탄을 불러 세우지는 못했다.

[하아아아, 어렵구나.]

서리를 판매하는 뱀이 한숨처럼 내뱉은 넋두리가 바닥에 묵직하게 깔렸다.

블랙마켓 사흘 째 아침이 밝았다.

오늘은 블랙마켓의 마지막 날이었다. 흐나흐 일족의 주행성 지하에서 비밀리에 개최되는 이번 블랙마켓은 유독 기간이 짧아서 회원들 모두의 아쉬움을 샀다.

게다가 흐나흐의 주행성은 상업이 번창하기로 유명한 장소였다. 한데 그런 곳에서 개최되는 블랙마켓답지 않게 회원들 간의 직거래도 금지되었고 오로지 직영점과 용역 의뢰 기능만 제한적으로 오픈되어 회원들의 아쉬움은 더 컸다.

오늘 직영점 무대에는 턱살이 길게 늘어진 풍채 좋은 상인이 올라왔다.

이탄은 무대를 바라보면서 지루함을 느꼈다.

이탄만 그런 것이 아니었다. 다른 회원들도 가끔씩 하품을 하는 꼴이, 오늘 직영점 행사에 영 집중하지 못하는 것 같았다.

그도 그럴 것이, 눈에 확 띄는 상품이 없었다. 크라포 족 상인은 고만고만한 물건들만 계속해서 팔았다.

이탄은 팔짱을 끼고 거래에 참여하지도 않았다.

[오늘은 어째 신통치가 않네요. 이렇게 부실할 줄 알았으면 오지도 않는 건데, 괜히 비싼 입장료만 낭비했어요. 쯧쯧쯧.]

옆자리에 앉은 해골 가면 사내가 이탄에게 살갑게 뇌파를 건넸다.

이탄이 울상을 짓는 스켈레톤의 가면을 썼다면, 이 사내는 방실방실 웃고 있는 해골 가면을 쓰고 있었다.

이탄은 대꾸 없이 무대만 지켜보았다.

해골 가면 사내는 민망했는지 더 이상 이탄에게 뇌파를 보내지 않았다.

대신 반대편에서 고혹적인 뇌파가 날아들었다.

[뭔가 좀 이상하지 않아요?]

이 뇌파의 주인공은 서리를 판매하는 뱀이었다. 오늘도 그녀는 여지없이 이탄의 옆자리를 꿰차고 앉았다.

이번에는 이탄도 반응했다.

[뭐가 이상하다는 거요?]

이탄의 물음에 서리를 판매하는 뱀이 자신의 의견을 피력했다.

[블랙마켓 첫날에는 모두가 깜짝 놀랄만한 보물들을 쏟아내었잖아요. 리노 일족의 전차를 비롯하여 파이브 스피어에, 여우왕의 막대기에, 뿔브 일족의 최상급 눈물에…… 하여간 첫날에는 눈에 휙휙 돌아갈 정도의 보물들이 쏟아졌거든요. 그런데 어제도 신통치 않고, 오늘도 별 볼일 없고. 이거 뭔가 크라포 일족이 첫날에 후다닥 할 일을 끝마친 다음 나머지 이틀은 건성으로 직영점을 때우는 느낌이에요.]

서리를 판매하는 뱀의 직감은 놀라울 정도로 예리했다.

실제로 크라포 족 장로들은 늙은 왕과 연관이 되어 보이는 불길한 물건 3개를 황급히 처분하기 위해서 이번 블랙마켓을 급조한 것이었다.

[흐으음.]

이탄도 이상함을 느꼈는지 묵묵히 고개를 끄덕였다.

그나마 어제 직영점에서는 이탄에게 필요한 재료들이 몇 가지가 판매되어 괜찮았는데, 오늘은 영 분위기가 나빴다.

객석이 축 가라앉자 크라포 족 상인도 울상을 지었다.

'이런 식으로 회원들을 실망시키면 크라포 시스템의 명성에 금이 가게 마련이야. 앞으로 블랙마켓이 위축될 수 있다고.'

결국 상인은 자신에게 주어진 재량을 총동원하여 분위기를 한 번 띄워봐야겠노라고 결심했다.

'물론 내 힘만으로 회원들의 실망을 완전히 상쇄시킬 수는 없겠지. 그래도 막판에 화끈한 보물을 한 번 터뜨려서 회원들의 인식을 바꿔놓아야 해.'

크라포 족 상인은 미리 계획해놓았던 물건들을 모두 판매한 다음, 거기서 직영점의 문을 닫지 않고 추가 이벤트를 한 번 더 진행했다. 적자를 감수하고서라도 그가 직접 보유 중인 보물창고를 개방한 것이다.

Chapter 8

상인이 넉살 좋게 기합을 한 번 넣었다.

[야아압~. 이제 진짜로 마지막 물건입니다. 회원님들께서 오늘 호응이 별로 없으시고 어깨들도 축 쳐져계신 것 같아서 제가 눈물을 머금고 한 번 특별 이벤트를 진행해보겠습니다.]

[오올!]

특별 이벤트라는 소리에 회원들이 동공을 크게 떴다.

크라포 족 상인은 두둑한 턱살과 뱃살을 출렁거리면서 최선을 다해 무대의 분위기를 띄웠다.

노예들이 상인의 명을 받아 특별 이벤트에서 판매될 보물들을 무대 위로 날랐다.

회원들이 흥분했다.

[오호라. 드디어 최상급 재료들이 등장하는구나.]

[그래. 이래야 직영점답지. 흐하하핫.]

크라포 족 상인이 내어놓은 것은 리노 일족의 최상급 뿔 2개, 씨클롭 일족의 최상급 눈알 2개, 토트 일족의 최상급 등껍질 3개, 그리고 유바 귀족의 시체 한 구였다.

이 가운데 가장 가치가 높은 것은 유바 귀족의 시체였다.

유바의 귀족들은 주변 수 킬로미터 영역을 투명하게 만드는 권능을 지니고 있어 전투에서 효용성이 무척 높았다. 이 권능은 시체가 된 이후에도 사라지지 않아 유바 귀족의 시체를 원하는 종족들이 많았다.

반면 이탄은 유바의 시체에 무관심했다. 씨클롭의 눈알도 이탄의 관심 밖이었다.

'리노의 뿔을 사야지. 그리고 혹시 기회가 더 주어지면 토트의 등껍질 차례야.'

이탄은 이미 리노 일족의 최상급 뿔을 5개나 보유했다. 그러나 차원이동 통로를 제작하려면 아직도 5개가 추가로 필요했다.

이탄은 토트 일족의 최상급 등껍질도 무려 14개나 가지고 있었으나, 차원이동 통로에 들어가는 최상급 등껍질은 무려 20개였다.

'그러니 이것도 6개는 더 모아야해.'

이탄이 단단히 마음을 다잡았다.

크라포 족 상인이 거래 방법을 제시했다.

[제가 특별 이벤트에 내놓은 보물이 모두 8개 아니겠습니까. 그런데 이 보물들이 한 종류가 아니란 말이죠. 그래서 고민 끝에 랜덤박스 방식으로 회원님들께 즐거움 드리기로 결정했습니다.]

[오오, 랜덤박스.]

[그거 좋지.]

객석의 반응은 우호적이었다.

크라포 족 상인은 턱살을 출렁이며 8명의 당첨자를 선발했다.

[이제부터 선착순으로 당첨자를 뽑을 텐데 말입니다, 우선 이벤트에 지원하는데 필요한 비용은 중급 음혼석 5개로 책정했습니다.]

상인이 손가락 5개를 쫙 폈다.

[회원님들도 아시다시피 이 비용은 선불입니다. 당첨에 떨어지셔도 중급 음혼석 5개를 돌려드리지는 않습니다. 그러니 가난한 회원들은 아예 이벤트에 지원도 하지 말아주세용. 흐흐흐. 그러다 운 좋게 당첨이 되셨다? 이 경우 랜덤박스에서 최상급 재료를 뽑으신 회원님은 상급 음혼석 50개를 추가로 내셔야 합니다. 또한 유바의 시체를 뽑으신 회원님께는 상급 음혼석 120개를 받겠습니다.]

최상급 재료 하나 당 상급 음혼석 50개라면 비싼 가격은 아니었다. 더군다나 이탄은 리노의 최상급 뿔을 뽑을 자신이 있었다.

크라포 족 상인이 [시작.]을 외치자마자 이탄은 무한의 언령을 발휘했다. 그 결과 이탄이 1등으로 당첨자 명단에 이름을 올렸다.

이탄은 거기서 그치지 않고 이번에도 시간을 멈춰놓은 상태에서 무대에 올라갔다.

다들 돌조각처럼 몸이 굳어 있는 가운데, 오로지 이탄만

이 홀로 무대 위를 돌아다니며 8개의 상자 안에 무엇이 들어있는지 일일이 확인했다.

"세 번째와 다섯 번째 상자에 리노의 뿔이 들어 있구나."

이탄은 흐뭇한 표정으로 자리에 돌아왔다.

이윽고 8명의 당첨자가 무대 위에 올라왔다.

[회원님, 요새 정말 유명해지신 거 아시죠? 선착순만 뽑았다하면 회원님께서 1등을 먹으시잖아요.]

크라포 족 상인이 이탄에게 살갑게 뇌파를 건넸다.

이탄은 '그런 잡소리 늘어놓지 말고 빨리 진행이나 하쇼.'라는 눈빛으로 상인을 쳐다보았다.

[쩌업. 죄송합니다. 어서 상자를 고르시죠.]

상인은 뒤통수를 한 번 긁고는 이탄에게 랜덤박스를 뽑을 기회를 주었다.

[으음. 나는 세 번째 상자를 고르겠소.]

이탄은 잠시 고민하는 척하다가 3번 상자를 선택했다.

상인이 이탄에게 직접 상자를 열어보라고 권했다.

이미 그 속에 뭐가 들어있을 것인지는 뻔했다. 이탄이 개봉한 상자에서는 리노 일족의 최상급 뿔이 순백의 우아한 자태를 드러냈다.

이탄은 미리 준비해두었던 상급 음혼석 50개를 크라포 시스템에 전송한 다음, 리노의 뿔을 아공간 박스 속에 챙겼다.

우연인지 뭔지 두 번째 당첨자도 리노 일족의 최상급 뿔을 선택했다.

이어서 세 번째 차례는 서리를 판매하는 뱀이 차지했다. 서리를 판매하는 뱀은 남은 6개의 상자를 유심히 보다가 2번을 골랐다.

이탄이 고개를 살짝 기울였다.

'호오? 촉이 좋은 건가, 아니면 특수한 권능을 가진 것일까? 2번 상자에는 유바 귀족의 시체가 들어 있는데.'

이탄이 곰곰이 생각해보니 서리를 판매하는 뱀은 이틀 전 랜덤박스 이벤트에서도 본인이 원하는 바를 정확하게 골라내었다.

이탄과 눈이 마주치자 서리를 판매하는 뱀이 멋쩍게 이야기했다.

[와아, 제가 정말 운이 좋았네요. 저는 씨클롭의 상급 눈알이나 나오면 다행이다 싶었는데 유바 귀족의 시체를 뽑을 줄은 정말 몰랐어요.]

이 뇌파가 진심인지 아닌지는 알 길이 없었다. 이탄의 입장에서 그게 그렇게 중요하지도 않았다.

[하하. 좋은 걸 뽑았구려. 축하드리오.]

이탄은 기꺼이 상대를 축하해주었다.

[헤헤. 고마워요.]

서리를 판매하는 뱀은 귀엽게 혀를 쏙 내밀었다.

Chapter 9

둘이 뇌파를 주고받는 사이 나머지 당첨자들이 차례로 랜덤박스를 오픈했다. 씨클롭 일족의 최상급 눈알을 뽑은 회원은 더 많이 기뻐했다. 토트의 최상급 등껍질을 뽑은 회원은 상대적으로 덜 기뻐했다.

그래도 상급 음혼석 50개로 최상급 재료를 구매했으면 결코 손해를 본 것은 아니었다. 무대 아래의 회원들은 부러운 눈으로 당첨자들을 올려다보았다.

직영점 행사가 끝이 나고, 이탄은 용역 의뢰 건물로 발걸음을 옮겼다.

[어쩌다 언데드님, 같이 가요.]

서리를 판매하는 뱀이 곧장 이탄에게 따라붙었다.

이탄은 서리를 판매하는 뱀과 이런 저런 이야기를 나누면서 나란히 걸었다.

블랙마켓의 마지막 날답게 게시판에는 새로운 용역 의뢰들이 잔뜩 올라왔다. 이탄은 검은색 나무판에 게시된 의뢰 목록을 쭉 훑어보았다.

딱히 이탄의 입맛에 맞는 의뢰는 추가되지 않았다.

[후우.]

이탄이 가볍게 한숨을 내쉬었다.

그 사이 서리를 판매하는 뱀은 2개의 용역 의뢰를 골라서 신분패에 등록을 해두었다.

이탄은 난간에 기대어 주변 풍경만 물끄러미 응시했다.

띠링!

그 때 이탄의 신분패에 알람이 울렸다.

[어쩌다 언데드님, 축하드립니다. 용역 의뢰 번호 블랙 225번, 흐나흐 일족 왕의 재목인 샤룬, 샤론 남매의 암살 의뢰가 의뢰자의 선택에 의하여 어쩌다 언데드님께 배정되었습니다. 어쩌다 언데드님께서는 앞으로 100년 이내에 샤룬, 샤론 남매를 암살한 다음 신분패를 통해서 그들의 머리를 의뢰자에게 전송하시면 됩니다. 암살에 성공할 때마다 임무 완수 보상으로 쁠브 일족의 최상급 눈물 100 밀리리터가 지급될 예정입니다.]

바로 이어서 또 다른 알람도 도착했다.

[어쩌다 언데드님, 축하드립니다. 용역 의뢰 번호 블랙 190번, 흐나흐 일족 마그리드 휘하 일곱 흉성의 제거 임무가 의뢰자의 선택에 의하여 어쩌다 언데드님께 배정되었습니다. 어쩌다 언데드님께서는 앞으로 30년 이내에 일곱 흉

성을 제거한 다음 신분패를 통해서 그 증거를 의뢰자에게 전송하시면 됩니다. 제거에 성공할 때마다 임무 완수 보상으로 뽈브 일족의 최상급 눈물 50 밀리리터가 지급될 예정입니다.]

이탄이 이번 블랙마켓에서 지원한 임무가 총 다섯 가지였다. 이 가운데 저주마법의 해석을 포함하여 3개의 의뢰에 이탄에게 배정되었다.

"5개 가운데 3개를 선택받았으면 나름 괜찮은 확률인가?"

이런 중얼거림이 무색하게도 곧바로 다음 알람이 울렸다.

[어쩌다 언데드님께 알려드립니다. 용역 의뢰 번호 블랙 300번, 리종 일족의 눈알 영상 찍어서 보내기 임무가 의뢰자의 선택에 의하여 모든 지원자들에게 공통으로 오픈되었습니다. 따라서 어쩌다 언데드님께서는 앞으로 다른 지원자들과 경쟁을 하게 될 것이며, 지원자들 가운데 최초로 리종의 눈알 영상을 찍어서 의뢰자께 전송한 회원님이 보상을 받으시게 되었습니다. 어쩌다 언데드님, 부디 분발하셔서 다른 경쟁자들을 물리치고 1등을 차지해보도록 하세요. 크라포 시스템에서는 어쩌다 언데드님을 응원하겠습니다.]

이탄이 헛웃음을 흘렸다.

"하하. 뭐야. 모든 지원자들에게 의뢰를 오픈하고 공개 경쟁을 시킬 수도 있는 거였어? 쳇. 나는 리종 일족에 대해서 아는 바도 전혀 없는데 내가 무슨 1등을 하겠어?"

이탄은 블랙 300번 의뢰는 머릿속에서 지워버렸다. 그는 굳이 이런 의뢰에 시간을 낭비하고 싶지는 않았다.

그런데 신분패가 또 띠링! 소리를 냈다.

[어쩌다 언데드님께 알려드립니다. 용역 의뢰 번호 블랙 201번, 기브흐 일족의 알껍데기 구하기 임무가 의뢰자의 선택에 의하여 모든 지원자들에게 공통으로 오픈되었습니다. 따라서 어쩌다 언데드님께서는 앞으로 다른 지원자들과 경쟁을 하게 될 것이며, 지원자들 가운데 최초로 기브흐 일족의 알껍데기를 구해서 의뢰자께 전송한 회원님이 보상을 받으시게 되었습니다. 어쩌다 언데드님, 부디 분발하셔서 다른 경쟁자들을 물리치고 1등을 차지해보도록 하세요. 크라포 시스템에서는 어쩌다 언데드님을 응원하겠습니다.]

"하."

이탄은 어이없다는 듯이 팔짱을 꼈다. 블랙 300번과 마찬가지로 블랙 201번도 공개경쟁으로 전환되었다.

이탄은 비록 기브흐의 알껍데기에는 관심이 있었으나, 그것을 구하러 이 행성 저 행성 돌아다니고 싶은 마음은 없었다.

"이것도 반쯤은 포기다. 될 대로 되라지."

이탄은 블랙 201번 의뢰도 마음속에서 제거했다.

"으하아암. 이제 두 번째 블랙마켓도 볼 만큼은 둘러본 셈이지?"

이탄은 기지개를 한 번 길게 켜고는, 서리를 판매하는 뱀에게 작별인사를 고했다.

[벌써 가시려고요? 오후에도 계속 새로운 의뢰가 업데이트 될 텐데요.]

서리를 판매하는 뱀이 아쉽다는 듯 발을 동동 굴렀다. 그녀는 오늘도 이탄에게 외계 성역의 스톤에 대한 이야기를 꺼내지 못해서 마음이 조급했다.

이탄이 단호하게 말을 끊었다.

[직영점도 모두 끝났고, 내가 다른 일도 바빠서 말이오. 오늘은 여기서 작별인사를 나누고, 다음번에 블랙마켓이 오픈할 때 기회가 되면 또 봅시다.]

[어휴우, 다음 번 블랙마켓이 언제 열릴지 누가 알겠어요. 그 때를 기다리다가는 제가 목이 빠질 것 같고요, 그 전에 기회를 만들어 볼 게요.]

[기회?]

이탄이 고개를 갸웃했다.

서리를 판매하는 뱀은 입 꼬리를 바짝 끌어올렸다.

[네. 기회요. 제가 신분패를 통해서 어쩌다 언데드님께 용역 의뢰를 할 일이 있을 것 같거든요. 제가 요청을 하면 거절하지 마시고 꼭 승낙 버튼을 눌러주세요. 어쩌다 언데드님, 꼭 누르셔야 되요.]

서리를 판매하는 뱀은 이탄에게 신신당부했다. 이탄을 바라보는 그녀의 눈빛이 반짝반짝 빛났다.

그 매혹적인 눈을 보고 있자니 도저히 거절할 수가 없었다.

[후우, 알겠소.]

이탄은 어쩔 수 없이 긍정적으로 대답했다.

[진짜죠? 꼭 약속해야 해요. 약속이요.]

서리를 판매하는 뱀이 몇 번이고 강조했다.

이탄은 희미한 미소로 답을 대신했다.

정오가 막 지난 이른 오후의 일이었다.

제5화
격투 시합 I

Chapter 1

9월 17일.

이 날은 흐나흐 일족에게 최초로 왕이 찾아온 탄신일이
었다.

흐나흐 일족은 왕의 탄신일인 9월 17일을 중심으로 앞뒤
로 아흐레씩, 총 19일 동안 대규모의 축제를 열었다.

특히 올해부터는 축제의 총책임자가 교체되었다.

마그리드를 대신하여 축제를 책임지게 된 샤룬, 샤론 남
매는 정말 최선을 다해 축제를 성대하게 열었다. 지난 9일
동안 샤룬, 샤론 남매는 죽을힘을 다해 노력했고, 그 결과
백성들로부터 제법 큰 호응을 얻어내는데 성공했다.

한데 막상 샤문과 샤론은 이를 기뻐하지 못하였다.

'아무리 백성들의 호응이 좋으면 뭐 하겠어? 이탄 님이 행방불명되셨다고. 마그리드 고년이 우리 남매에게 허울뿐인 축제의 총책임자 자리를 넘겨놓고 그 사이에 이탄 님을 꾀었나? 아아아, 빌어먹을.'

이른 새벽부터 샤론은 신경질적으로 머리를 긁었다.

[으으읏, 샤론 님.]

샤론의 부하들은 그 앞에 납죽 엎드려 사시나무처럼 온몸을 떨었다.

그 때 여전사 한 명이 문을 벌컥 열고 안으로 뛰어 들어왔다.

[넌 또 뭐야?]

샤론이 여전사를 잡아먹을 듯이 노려보았다.

여전사가 황급히 한쪽 무릎을 꿇고 샤론에게 아뢰었다.

[돌아오셨습니다.]

[뭐?]

[이탄 님께서 숙소에 계십니다.]

[뭐라고? 숙소라면 대체 어떤 숙소를 말하는 게야? 알아들을 수 있게 좀 더 똑똑히 말해봐.]

샤론이 후웅 다가와 여전사의 목을 한 손으로 붙잡았다.

여전사가 기침과 함께 대답했다.

[케엑, 켁켁. 샤론 님, 이곳 황급탑에 배정된 이탄 님의 숙소 말입니다. 지금 이탄 님께서 그곳에 와계십니다.]

[진짜? 언제 돌아오셨대?]

샤론은 여전사를 팍 밀치고는 시둘리 문을 박찼다. 그녀는 이탄을 직접 만나서 설명을 듣지 않으면 마음이 진정되지 않을 것 같았다.

[이탄 님.]

샤론이 이탄의 침실 문을 활짝 열어젖혔다.

이탄은 마뜩치 않은 듯 샤론을 바라보았다.

[노크라도 좀 하지.]

[앗! 죄송합니다. 이탄 님께서 다시 돌아오셨다는 소식에 제가 너무나 마음이 급하여 그만 결례를 범했네요.]

샤론이 당황했다.

샤론이 다시 문을 닫고 노크부터 하려고 들자 이탄이 고개를 가로저었다.

[허. 이미 들어와 놓고 다시 나가는 건 또 무슨 경우야? 그러지 말고 이리로 와서 앉지.]

[넹, 이탄 님.]

샤론은 부하들을 대할 때와 달리 이탄 앞에서는 봄바람을 만난 소녀처럼 사근사근했다. 뇌파에도 애교가 잔뜩 섞였다.

'와아, 샤론 님 태세 전환하는 속도 좀 보소.'

'햐아. 기가 막히네.'

샤론의 부하들은 어이가 없었지만, 감히 그런 내색을 겉으로 드러내지는 못했다.

[아잉, 이탄 님.]

샤론이 코맹맹이 뇌파로 이탄을 불렀다.

이탄은 뜨거운 물을 찻잔에 부어 샤론 앞에 내어주었다.

[그래도 손님인데 아무 대접도 안 할 수는 없잖아? 새벽이라 기온도 낮으니 차라도 한 잔 내줘야지.]

[어머나, 이탄 님. 지금 제가 추울까 봐 걱정해주시는 거예용?]

샤론이 부끄러운 듯 몸을 비틀었다.

여전사들이 뜨악한 표정으로 그 모습을 바라보았다.

이탄은 여전사들에게도 자리를 권한 다음, 차를 한 잔씩 내주었다.

[아유, 이렇게 제 부하들까지 신경을 써주시고요. 정말 감동이에요. 호호호.]

샤론이 손을 휘휘 저었다.

그렇게 숨을 좀 돌리고 난 뒤, 이탄이 샤론에게 물었다.

[이른 새벽부터 내 숙소를 찾은 것을 보니 뭔가 중요하게 할 말이 있는 것 같은데, 그게 뭐지? 혹시 내가 축제 기간

동안 보이지 않아서 궁금했었나?]

[호호호. 아니, 제가 꼭 궁금하지 않았던 것은 아닌데요. 그렇다고 제가 스토커처럼 이탄 님의 행적을 감시하려는 의도는 전혀 없었고요. 다만 이곳 수도는 이탄 님께서 임시로 머무시는 곳이라 길도 익숙하지 않으실 것 같았고요. 오호호호. 그러다가 이탄 님께서 무사히 돌아오셨다는 말에 제가 너무 반가워서 주책을 부렸던 것 같아요.]

샤론은 목덜미까지 붉어진 채 손으로 부채질을 했다. 똑 부러지는 샤론답지 않게 말도 횡설수설했다.

이탄이 샤론의 속마음을 짐작했다.

[이런 축제는 처음이라 혼자서 이곳저곳 기웃거려 보았지. 내가 모습을 감추고자 마음먹으면 나를 찾을 수 있는 자는 없으니까 괜히 애꿎은 부하들을 닦달하지는 마.]

[아유, 이탄 님도 참. 제가 부하들을 닦달할 것처럼 보이나요. 호호호. 저는 전혀 안 그래요. 내 말이 틀렸니? 얘들아.]

샤론이 손사래를 치면서 부하들을 바라보았다.

샤론의 눈짓을 받은 여전사들이 황급히 이탄에게 아뢰었다.

[샤론 님의 말씀이 맞습니다. 샤론 님께서는 저희를 닦달하신 적이 없습니다.]

[그렇습니다. 맹세할 수 있습니다.]

샤론은 거 보란 듯이 이탄에게 시선을 돌렸다.

[그럼 다행이고.]

이탄은 다 알면서도 그냥 넘어가 주었다.

[지난 사흘간 뭘 했냐고? 축제 현장을 이곳저곳 기웃거리느라 바빴지.]

이것이 샤론의 질문에 대한 이탄의 대답이었다.

샤론은 이탄이 혹시라도 마그리드나 여왕의 꼬임에 넘어갔을까 봐 마음을 졸였었다.

한데 그게 아니라니 다행이었다.

'이탄 님의 성격상 마그리드나 여왕님을 몰래 만났다면 곧이곧대로 밝혔을 테지. 일단 내가 우려했던 최악의 상황은 아닌 것 같아서 안심이야. 휴우우우우.'

샤론은 그제야 겨우 안도의 한숨을 내쉬었다. 일단 마음이 진정되자 샤론도 한결 안정감 있게 이탄과 대화를 나눌 수 있었다.

'하아, 이제 우리도 샤론 님의 닦달을 더 이상 받지 않아도 되겠구나.'

'아아아, 다행이다. 이탄 님, 정말 고맙습니다.'

여전사들도 덩달아 안정을 되찾았다.

여전사들은 지난 3일 동안 활활 타오르는 유황불 속에

내팽개쳐진 것 같았는데, 이제야 비로소 되살아난 듯싶었
다.

Chapter 2

새벽이 지나 아침이 되었다.

샤론은 다시 축제 행사장으로 복귀해야만 했다. 더군다
나 오늘은 탄신일 기념식이 성대하게 개최되는 날이라 샤
론은 눈코 뜰 새 없이 바빴다.

샤론은 이탄을 탄신일 기념식에 초대했다.

이탄은 그 초대를 단호하게 거절했다.

[지루한 행사에 나를 끌어들이지는 마. 나는 그런 거 싫
으니까.]

[앗. 죄송해요.]

샤론은 더 이상 이탄에게 기념식 이야기는 꺼내지도 못
했다. 대신 샤론은 축제의 꽃이라고 할 수 있는 격투 행사
에 대해서 설명했다.

[이 격투 행사는요, 저희 흐나흐 일족뿐 아니라 사절단의
귀족과 전사들이 모두 참여하는 신성한 행사거든요. 이탄
님께서 보시면 정말 즐거워하실 거예요. 이탄 님, 이것만큼

은 꼭 참석해주세용.]

샤론이 두 손을 가슴께에 꼭 모으고 기다란 속눈썹을 빠르게 깜빡거렸다.

이탄은 샤론의 애교에 넘어가지는 않았으나, 격투 행사라는 말에 관심이 생겼다.

[그 격투 행사라는 것이 몇 시에 어디서 열리지?]

[기념식 이후에 곧바로 시작되어요. 아니, 예선전은 이미 사흘 전부터 시작되었지요. 오늘은 본선 경기가 열리는 날이고요.]

샤론은 이탄에게 본선에 대한 설명도 덧붙였다. 샤론의 설명에 따르면, 본선 경기는 전사 부문 4강전부터 시작해서 결승전까지, 그리고 귀족 부문 4강전부터 시작해서 결승전까지로 구성되었다.

이탄이 격투장의 위치와 시간을 거듭 캐물었다.

[그래서 몇 시에 어디서 열리냐고.]

샤론은 대답 대신 부하들을 돌아보았다.

[너희들이 시간을 맞춰서 이탄 님을 격투장 귀빈석으로 모셔오너라. 내가 귀빈석에 미리 이탄 님의 자리를 마련해 놓을 터이니 꼭 모셔 와야 한다.]

[옙, 샤론 님.]

[명을 받들겠습니다.]

여전사들이 절도 넘치게 대답했다.

샤론은 봄바람처럼 부드러운 얼굴로 이탄을 돌아보았다.

[이탄 님, 이 아이들에게 일러두었으니 안내를 받아서 오시면 되어요. 제가 좋은 자리를 마련할 테니 꼭 오셔요.]

샤론이 거듭 당부했다.

이탄은 순순히 고개를 끄덕였다.

[그렇다면 한번 시간을 내보지.]

[호호호. 약속하셨어요.]

샤론은 새끼손가락을 거는 시늉을 하고는 서둘러 이탄의 침실을 빠져나왔다. 문밖에서는 축제행사 담당관들이 발을 동동 구르며 샤론을 기다리는 중이었다.

[샤론 님. 늦으셨습니다.]

[하아. 알았어. 알았다고. 어서 가자.]

[네, 샤론 님.]

샤론은 담당관들을 앞장세워 기념식장으로 출발했다.

격투장은 황금탑에서 그리 멀지 않은 곳에 자리했다. 이탄은 순백색의 긴 허리 여우를 타고 단숨에 격투장 입구에 다다랐다.

[이탄 님, 이곳으로 가시면 됩니다.]

샤론의 부하들이 이탄을 격투장 안쪽으로 안내했다.

처처척.

격투장을 지키던 전사들이 창을 거두고 옆으로 비켜서 길을 열었다. 이 전사들이 이탄을 알아보고 길을 열어준 것은 아니었다. 그들은 이탄이 타고 온 순백색의 긴 허리 여우를 보고는 곧바로 옆으로 비켜섰다.

순백의 긴 허리 여우는 100 미터나 되는 기다란 몸체를 빠르게 놀려 원형 격투장의 계단 위로 올라갔다.

나선형의 계단을 빙빙 돌아 격투장 안으로 들어가자 이탄의 시야가 탁 트였다.

[와아아아아─.]

[화이팅! 다 죽여버려라.]

격투장 관중석은 흐나흐 백성들이 가득했다. 백성들은 고래고래 뇌파를 지르며 격투 참가자들을 응원했다.

이 격투는 단지 유흥거리로 끝나지 않았다. 우선 격투를 통해 각 종족의 힘을 겨루는 것이므로 종족의 자존심이 걸려 있었다. 또한 매 경기마다 승패를 놓고 돈을 걸 수 있기에 막대한 재화도 걸려 있는 셈이었다.

그러니 백성들이 마약에 취한 것처럼 광분할 수밖에.

[울칸, 너에게 내 전 재산을 걸었다. 넌 반드시 이번 경기에서 이겨야 해.]

산발머리의 흐나흐 족이 고래고래 악을 썼다. 이 흐나흐 족의 입에선 술냄새가 잔뜩 풍겼다.

이탄이 긴 허리 여우의 등 위에서 격투장을 굽어보았다.

가파른 계단 저 아래 쪽에 직경 2킬로미터의 원형 격투장이 자리했는데, 그곳에는 암석으로 빚은 듯한 전사와 붉은 꼬리가 달린 전사가 서로 대치 중이었다.

'어라? 로셰—랍 일족이네?'

흐나흐 일족과 합류하기 전, 이탄은 신왕의 늑대토템을 탈환하기 위해서 토템탈환대의 임무를 수행 중이었다. 당시 토템탈환대를 안내했던 노인이 바로 바위게 일족, 즉 로셰—랍 족이었다.

'옳거니. 로셰—랍은 흐나흐 일족을 상족으로 모시면서 흐나흐의 하수인으로 살아가는 종족이지? 그러니 로셰—랍의 전사가 흐나흐 일족의 축제에 격투가로 참여하는 것도 그리 이상한 일은 아니야.'

이탄은 고개를 주억거렸다.

그러는 가운데 순백의 긴 허리 여우는 원형 격투장의 가파른 계단을 빠르게 내려가 황금 기둥이 세워진 귀빈석으로 이탄을 데려갔다.

귀빈석에 앉아 있던 샤론이 벌떡 일어났다.

[이탄 님, 오셨군요.]

이탄을 보자마자 샤론의 얼굴이 때를 맞은 벚꽃처럼 활

짝 폈다.

[허허허. 이탄 님.]

샤룬도 냉큼 일어나 이탄을 반겼다.

비단 그들 남매뿐만이 아니었다. 샤룬, 샤론 남매와 앙숙 사이인 마그리드도 자리에서 일어나 이탄에게 아는 체를 했다.

[어머, 이탄 님. 어서 오세요.]

흐나흐 일족의 실권자들이 너도나도 이탄에게 인사를 하자 다른 귀빈들의 시선도 자연스럽게 이탄에게 꽂혔다.

[흥.]

샤론은 콧방귀와 함께 마그리드와 이탄의 사이에 쏙 끼어들더니, 의도적으로 마그리드의 시선을 차단했다. 그런 다음 샤론은 이탄을 귀빈석 중앙으로 안내했다.

[이탄 님, 이리로 오세요. 호호호.]

'저년이 감힛.'

마그리드가 분한 듯 두 주먹을 바르르 떨었다.

Chapter 3

귀빈석 정중앙에는 백금으로 만든 옥좌가 자리했는데,

그곳에는 하얀 털옷을 휘감은 흐나흐 일족의 여왕이 비스듬히 앉아 우아한 자태를 뽐냈다.

[이탄 님.]

이탄을 바라보는 여왕의 눈빛이 그윽했다.

'치잇.'

샤론은 여왕의 태도가 마뜩지 않은 듯 이마를 찌푸렸다.

여왕은 샤론이 질투를 하거나 말거나 신경도 쓰지 않았다. 그녀는 오로지 이탄만 두 눈에 담았다.

상황이 이쯤 되자 타 종족에서 온 사절단들도 이탄을 다시 보게 되었다.

[저자가 누구냐?]

[누군데 흐나흐 일족의 여왕과 왕의 재목들이 모두 그를 저리 반기지?]

각 사절단의 대표들은 각자 부하들에게 은밀한 뇌파를 보내어 이탄의 정체를 물었다.

[송구하옵니다.]

[저도 처음 보는 자입니다.]

부하들이 낭황하여 고개를 기로저었다. 그들 대부분은 이탄에 대해서 아무것도 몰랐다.

오직 한 명만이 이탄에 대해서 나름 파악하고는 상관의 질문에 대답했다. 그는 하얀 옷을 보라색 단추로 장식한 중년의 사내였다.

중년 사내의 보고를 받은 자는 노인이었다. 노인도 사내와 마찬가지로 새하얀 신관복에 보라색 띠를 어깨에 두른 차림이었는데, 이 노인의 신분이 보통이 아닌 듯 흐나흐 족의 여왕과 나란히 앉아 있었다.

흐나흐 여왕이 이탄을 가까이 청했다. 옆자리의 노인에게 소개해 주기 위함이었다.

[이탄 님, 이리로 오시지요. 여기 아주 귀한 분을 소개해 드릴게요.]

이탄은 여왕의 청에 응하지 않았다. 가까이 다가가기는 커녕 제자리에서 멀뚱멀뚱 바라만 보았다.

여왕이 속으로 당황했다.

하지만 역시 여왕은 노련한 여우다웠다. 당황한 기색은 전혀 내비치지 않고 노인을 돌아보았다.

[라시움 대신관님, 저기 이탄 님은 저희 흐나흐 일족의 은인이십니다. 얼마 전에 저희 일족이 위기에 처했을 때 이탄 님께서 도움을 주셨지요.]

[그러신가?]

주름이 자글자글한 노인, 즉 라시움 대신관이 심연을 연상시키는 깊은 눈으로 이탄을 바라보았다.

이탄도 라시움 대신관을 마주 보았다.

둘의 눈이 허공에서 맞부딪쳤다.

라시움 대신관은 이탄의 속을 들여다보려고 진한 보랏빛의 안광을 내뿜었다. 하지만 그의 눈빛은 이탄의 피부 속 단 0.001 밀리미터도 침투하지 못했다.

반면 이탄은 상대를 속속들이 꿰뚫어 보았다.

'이 노인은 흐나흐 여왕보다 강하구나. 마그리드보다도 더 강해. 하지만 차이가 그리 크지 않은 것으로 보건대 왕의 재목쯤 되겠어.'

이탄의 눈은 정확했다. 라시움 대신관은 왕의 재목이었다.

이어서 이탄은 다른 점도 알아보았다.

'게다가 이 노인의 몸속에서 꿈틀거리는 기운이 익숙한데? 예전에 만났던 뽈브 족 문어 녀석과 비슷해.'

그러고 보니 흐나흐 일족이 상족으로 모시는 대상이 다름 아닌 뽈브 일족이라고 했다. 이탄은 내심 고개를 주억거렸다.

'아마도 이 노인은 뽈브에서 보낸 사절단 대표인가 보구나.'

이탄은 상대가 뽈브 일족 왕의 재목이라는 점이 기뻤다.

이유는 두 가지였다.

첫째, 최근 이탄은 차원 이동 통로에 필요한 재료들을 많이 채웠으나, 그 가운데 유독 뽈브 일족의 최상급 눈물이 부족했다.

'왕의 재목을 닦달해서 눈물을 쏙 뽑아내면 최상급 눈물이 얻어지겠지? 후후훗.'

이것이 이탄의 솔직한 속마음이었다.

이어서 또 한 가지.

예전에 알블―롭 행성에서 블랙마켓을 방문했을 당시 이탄은 몇 가지 용역 의뢰를 받아두었다.

그 의뢰 가운데 하나가 바로 뻴브 일족 왕의 재목을 암살해달라는 것이었다.

'이참에 눈물도 뽑고 용역 의뢰도 해치울 수 있을까? 그렇게만 된다면 하나의 돌을 던져서 두 마리의 새를 붙잡는 셈인데 말이야.'

이탄이 음험하게 입맛을 다셨다.

[어허험.]

이탄의 눈빛이 거슬렸기 때문일까? 라시움 곁의 중년 사내가 헛기침을 했다.

이탄은 속마음을 감추고는 라시움 대신관을 향해 고개만 살짝 까딱했다. 그 다음 여왕보다 한 줄 앞쪽에 자리한 검은색 의자에 털썩 주저앉았다.

Chapter 4

샤론이 쩔쩔매다가 라시움을 향해 머리를 숙였다.

[대신관님, 송구합니다.]

흐나흐 여왕도 정식으로 라시움에게 사과했다.

[대신관님, 용서하세요. 이탄 님께서는 이곳의 예의범절에 어둡답니다. 제가 흐나흐 일족을 대표하여 사죄를 드리니 부디 노여움을 품지는 말아주세요.]

여왕은 라시움의 뇌리에만 들리도록 뇌파를 보냈다.

하지만 이탄은 특정인에게만 전달되는 뇌파도 얼마든지 중간에 가로채서 듣는 것이 가능했다.

'훗.'

이탄이 가볍게 웃음을 흘렸다.

의외로 라시움은 노여워하지 않았다.

[여왕. 보아하니 이탄이라는 자는 충분히 강한 것 같구려. 저런 강자라면 오만할 자격이 있지. 그러니 여왕께서 굳이 이 늙은이에게 사과하지 않아도 되오. 흘흘흘.]

라시움은 회를 내기는커녕 오히려 이탄에게 흥미를 느끼는 눈치였다.

반면 라시움을 모시는 중년 사내는 여전히 화가 풀리지 않았는지 섬뜩한 눈으로 이탄의 뒤통수를 노려보았다.

어쨌거나 흐나흐 일족의 입장에서는 라시움이 사과를 받아주었으니 다행이었다.

'휴우우.'

흐나흐 여왕과 샤론은 속으로 안도의 한숨을 내쉬었다.

귀빈들이 지켜보는 가운데 전사 부문 4강전 경기가 본격적으로 시작되었다. 전사 부문은 128강전을 시작으로 장장 9일에 걸쳐서 4명까지 범위를 좁혀왔다. 그러다 오늘 4강전과 결승전을 진행하게 되었다.

격투장에서 우렁찬 기합이 터졌다.

[우워웍.]

쿠웅!

로셰—랍 전사는 3미터에 가까운 체격에 암석으로 이루어진 몸뚱어리를 날려 단숨에 주먹을 내리꽂았다.

로셰—랍 일족은 원래 방어력과 회복력이 뛰어날 뿐 아니라 몸도 민첩하여 상대하기 여간 까다롭지 않았다. 덕분에 로셰—랍의 전사들은 흐나흐 족 축제마다 빠지지 않고 격투장에 초청을 받았다.

아니, 로셰—랍 일족은 단순히 초청만 받는 것에 그치지 않고 종종 격투시합 상위권에 랭크되었다.

한편 로셰—랍 전사와 맞서 싸우는 상대는 중키에 체격이 호리호리하고 어깨가 유난히 넓게 벌어진 전사였다.

붉은 피부의 전사는 한 손에 창을 들었고 꼬리에는 날카로운 침이 돋아 있었다. 25 센티미터 길이의 독침은 마치 살아 있는 생명체처럼 쉭쉭 소리를 내었다.

'전갈과 관련된 몬스터인가?'

이탄이 보기에 붉은 전사의 꼬리는 독이 잔뜩 오른 전갈의 그것을 연상시켰다.

로셰―랍 전사가 주먹으로 상대를 공격했다.

[흥.]

붉은 전사는 민첩하게 옆으로 몸을 날려 로셰―랍의 공격을 흘렸다. 그 다음 벼락처럼 상대에게 파고들어 창을 내질렀다.

슈슉―.

붉은 전사의 창에서 새빨간 빛이 섬광처럼 뻗었다.

[크흥. 어림없다.]

로셰―랍 전사는 두터운 손으로 얼굴을 막았다.

날카로운 파열음과 함께 로셰―랍 전사의 손바닥에 구멍이 뚫렸다. 하지만 손으로 방어한 덕분에 로셰―랍 전사의 얼굴은 멀쩡했다.

이어서 놀라운 일이 벌어졌다. 구멍이 뚫렸던 로셰―랍 전사의 손이 우두둑 소리와 함께 다시 아물어버린 것이다.

[쳇.]

붉은 전사가 얼굴을 찌푸렸다.

[와아아아아ー.]

로셰ー랍 전사에게 돈을 건 관중들이 크게 환호했다.

샤론은 이탄의 옆자리에 앉아 이탄을 향해 상체를 기울였다.

[이탄 님, 재미 삼아 한번 승자를 점쳐보시겠어요? 운 좋게 승자를 맞추시면 보상을 받을 수도 있고요, 또 돈을 걸어야 구경하는 재미도 더 커지거든요.]

샤론이 이탄에게 뇌파를 건네는 사이, 로셰ー랍 전사는 암석으로 이루어진 주먹을 좌우로 홍홍 휘두르면서 붉은 전사를 경기장 벽으로 몰아세웠다.

붉은 전사는 중간중간 창을 내뻗고, 또 꼬리에 달린 독침도 휘두르며 저항했다. 하지만 로셰ー랍 일족 특유의 단단한 껍질에 막혀서 제대로 힘을 쓰지 못했다.

샤론이 이탄에게 넌지시 정보를 흘렸다.

[참고로 말씀드리자면 지금 격투장에서 싸우고 있는 로셰ー랍 전사는 벌써 9년째 전사 부문에서 준우승과 4강을 연거푸 거머쥔 자랍니다. 반면 그와 상대하고 있는 붉은 전사는 이번이 첫 출전이고요.]

샤론은 이탄에게 '로셰ー랍 전사에게 돈을 걸면 승률이 높을 거예요.' 라고 귀띔해준 셈이었다.

이탄이 샤론에게 물었다.

[돈을 어떻게 걸면 되지?]

샤론이 손뼉을 짝짝 쳤다. 그러자 시중을 드는 노예 소년이 쪼르르 계단 위로 달려와 샤론 앞에 무릎을 꿇었다.

[부르셨나이까?]

[여기 계신 이탄 님께서 이번 경기에 돈을 걸고자 하신다. 네가 처리를 하여라.]

[네, 샤론 님.]

노예 소년이 고개를 푹 숙인 채 이탄을 향해 두 손을 내밀었다.

이번에는 샤론이 이탄에게 속삭였다.

[전사 부문의 경기는 하급 음혼석 10개부터 시작하여 중급 음혼석 1,000개까지 자유롭게 걸 수 있어요. 그 다음 양측에 돈이 걸린 정도에 따라 배당률이 결정되죠.]

[지금 배당률은 어떤 상황이지? 로세—랍 전사에게 돈을 건 자들이 많을 테니까 그쪽은 배당률이 낮겠네?]

[맞아요. 잘 파악하셨네요. 호호호.]

이탄이 별로 재미있는 이야기를 한 것도 아닌데 샤론은 손으로 입을 가리고 웃었다.

이탄은 중급 음혼석 50개를 꺼내어 노예 소년의 손바닥 위에 떨궜다.

[중급 음혼석 50개를 붉은 전사에게 걸겠다.]

[잘 생각하셨…… . 네? 로셰—랍이 아니라 붉은 전사에게 돈을 거시겠다고요?]

샤론이 의외라는 듯이 이탄을 바라보았다.

이탄은 심드렁하게 대꾸했다.

[배당률이 낮은 곳에 걸면 재미가 없잖아.]

[대신 로셰—랍 전사가 이길 확률이 압도적으로 높은데요. 히잉.]

샤론은 이탄의 선택이 안타까운 듯 발을 동동 굴렀다.

Chapter 5

이탄은 더 이상 샤론과 대화하지 않고 격투장에 시선을 돌렸다.

쿠와앙!

로셰—랍 전사의 주먹이 뾰족한 원추 모양으로 변하더니 그대로 붉은 전사를 후려쳤다.

붉은 전사가 벼락처럼 옆으로 나뒹굴어 상대의 공격을 아슬아슬하게 피했다. 덕분에 로셰—랍 전사의 손이 경기장 벽면을 부수고 안으로 파고들었다. 그 충격으로 경기장 전체가 우르르 흔들렸다.

[꺄아악.]

맨 앞줄의 관중들이 깜짝 놀라 비명을 질렀다.

붉은 전사가 벌떡 일어나려 하다가 다시 옆으로 데굴데굴 굴렀다. 어느새 로셰—랍 전사의 원추형 손이 날아왔기 때문이다.

이제 로셰—랍 전사의 두 손은 원추 형태를 넘어서 랜스(Lance: 긴 창)처럼 길쭉하게 변했다. 로셰—랍 전사는 그 날카로운 손으로 상대를 마구 몰아쳤다.

붉은 전사가 데굴데굴 구르면서 가까스로 몸을 피했다.

붉은 전사가 몇 번이고 독침을 날려서 반격해보았으나, 그때마다 독침이 로셰—랍 전사의 팔에 맞아 멀리 튕겨 나갔다.

[으허헉. 크윽. 젠장.]

붉은 전사가 거칠게 숨을 헐떡였다.

[이제 그만 죽어랏.]

로셰—랍 전사가 어느새 붉은 전사의 정면에 나타나 오른팔을 뒤로 쫙 뺐다. 그 다음 붉은 전사의 가슴팍을 향해 일직선으로 휘둘렀다.

빠앙!

순간적으로 로셰—랍 전사의 팔에서 폭음이 울렸다. 손

을 휘두르는 속도가 음속을 돌파하면서 소닉―붐 현상이
발생한 것이다.

[까아악.]

흐나흐 여자들은 참혹한 결말을 예상하며 손으로 얼굴을
가렸다. 그러면서도 그녀들은 손가락 사이를 벌려 격투의
결말을 끝까지 지켜보았다.

[이야호. 로셰―랍. 네가 이길 줄 알았다.]

[이대로 상대 녀석을 짓뭉개버려라.]

로셰―랍 전사에게 돈을 건 관중들은 환호를 터뜨렸
다.

그때 이변이 발생했다.

뾰족하게 변한 로셰―랍 전사의 손이 붉은 전사의 가슴
을 뚫고 등으로 빠져나온 바로 그 순간, 붉은 전사의 몸이
화롯불 위의 아교처럼 주르륵 녹아버리면서 로셰―랍 전
사의 오른팔 전체를 칭칭 휘감았다.

붉은 전사의 신체는 정해진 형태가 없이 액체금속처럼
주르륵 흘렀다. 그러면서 그 액체금속이 로셰―랍 전사의
오른팔을 거슬러 올라가더니, 느닷없이 그 끝에서 뾰족한
독침이 튀어나와 로셰―랍 전사의 오른쪽 눈알을 꿰뚫었
다.

[크악. 내 눈.]

로셰―랍 전사가 왼손으로 자신의 오른쪽 눈을 감쌌다.

슈라락―.

붉은 전사는 어느새 로셰―랍 전사의 목덜미로 돌아가 뱀처럼 목을 칭칭 휘감았다. 그 상태에서 뾰족한 독침이 또다시 솟구쳐 로셰―랍 전사의 정수리에 내리꽂혔다.

푸욱!

[끅.]

로셰―랍 전사가 휘청거렸다.

물론 이번에도 로셰―랍 일족 특유의 회복력이 발휘되었다. 로셰―랍 전사의 정수리에 뻥 뚫렸던 상처가 우두둑 소리와 함께 아물었다.

하지만 손의 상처와 달리 이번 상처는 두개골을 뚫고 로셰―랍 전사의 뇌에 직접 타격을 주었다. 게다가 독침 끝에서 흘러나온 맹독이 로셰―랍 전사의 뇌를 맹렬하게 녹였다.

[크으윽, 크으으윽.]

로셰―랍 전사가 비틀비틀 뒷걸음질 쳤다.

[우와아아아!]

[잘한다. 바로 그거지.]

관중석에서 엄청난 함성이 터졌다. 붉은 전사에게 돈을 걸었던 자들이 그동안의 침묵을 깨고 미친 듯이 두 주먹을 허공에 내질렀다.

붉은 전사는 액체금속처럼 변했던 몸을 다시 원대대로 되돌렸다. 그리곤 비틀거리는 로셰―랍 전사에게 바짝 따라붙어 창을 현란하게 휘둘렀다.

까가강! 까가가강! 까강!

날카로운 창날이 로셰―랍 전사의 가슴팍에 부딪혀 수십 개의 불똥을 피워 올렸다. 붉은 전사는 한번 잡은 승기를 놓치지 않았다. 그는 로셰―랍 전사가 몸을 회복하기 전에 승부를 내려는 듯 무섭게 맹공을 퍼부었다.

제아무리 로셰―랍 일족의 회복력이 뛰어나다고 하여도 뇌에 침투한 독을 쉽게 물리치지는 못했다.

게다가 붉은 전사의 창은 로셰―랍 전사의 뛰어난 방어력을 차츰차츰 허물어뜨리며 조금씩 데미지를 주었다.

쿠웅.

마침내 로셰―랍 전사가 엉덩방아를 찧었다.

붉은 전사는 먹잇감을 쓰러뜨린 전갈처럼 매섭게 달려들어 상대의 목을 칭칭 휘감았다. 그 상태에서 또 한 번의 붉은 독침이 로셰―랍 전사의 귀를 뚫고 뇌에 박혔다.

[크악.]

로셰―랍 전사가 얼굴을 하늘로 들고 비명을 질렀다. 로셰―랍 전사가 두꺼운 팔을 마구 휘저어 어떻게든 상대를 뜯어내려고 애썼다.

붉은 전사는 로셰—랍 전사의 목에 매달려 이리저리 몸을 피하다가 또 한 번의 기회를 포착했다.

뾰족한 독침이 다시 돋았다. 그 독침이 벼락처럼 쏘아져 로셰—랍 전사의 왼쪽 눈알에 박혔다.

로셰—랍 전사가 뇌에 침투한 독을 해독하는 속도보다 새로운 독이 추가되는 속도가 더 빨랐다.

[끄어어어어.]

결국 철벽과도 같았던 로셰—랍 전사도 독기운을 견디지 못하고 뒤로 넘어갔다. 쩍 벌어진 로셰—랍 전사의 입에서 시커먼 피가 흘렀다.

[스톱. 스톱.]

심판관이 후다닥 달려와 격투를 중지시켰다. 심판은 로셰—랍 전사의 상태를 살피고는 고개를 절레절레 흔들었다.

로셰—랍 전사가 이미 사망했다는 의미였다.

[우와아아, 이겼다. 역전승이다.]

[배당률이 이게 얼마야? 으하하하하.]

붉은 전사에게 돈을 건 관중들이 기뻐서 날뛰었다.

반면 돈을 잃은 자들은 머리카락을 마구 쥐어뜯었다.

[에이 씨.]

[무조건 로세―랍이 이긴다며? 누가 그런 X같은 정보를 줬어? 엉?]

Chapter 6

한편 귀빈석에서는 샤론이 박수를 쳤다.

[어머, 이탄 님. 축하드려요. 어쩜 그렇게 보는 눈이 정확하세요? 이건 운이 아니라 실력으로 결과를 예측하신 거죠? 호호호.]

사실 샤론은 로세―랍 전사에게 중급 음혼석을 100개 걸었다. 하지만 그녀는 자신이 잃은 것보다 이탄이 돈을 딴 것을 더 기뻐했다.

흐나흐 여왕도 흥미롭다는 듯이 이탄에게 물었다.

[이탄 님, 이런 결과를 예측하셨다고요? 혹시 이탄 님께서는 저 붉은 전사 종족의 특징에 대해서 알고 계셨나요?]

이탄이 머리를 가로저었다.

[에이, 예측은 무슨. 뻔한 곳에 걸면 재미가 없을 것 같아 그냥 배당률 높은 곳에 돈을 던져보았을 뿐이오.]

라시움이 대화에 불쑥 끼어들었다.

[나도 붉은 전사에게 돈을 걸었지. 보아하니 이분도 감이

좋으신가 보구려. 이런 감이라는 것이 결국은 미래를 예지하는 힘이 아니겠소? 흘흘.]

여왕이 화들짝 놀란 시늉을 했다.

[어쩜. 라시움 대신관님께서도 붉은 전사에게 걸으셨어요? 그럼 제게도 귀띔 좀 해주시지 그러셨어요. 그럼 저도 대신관님을 믿고 붉은 전사에게 돈을 걸었을 텐데요.]

[흘흘흘.]

라시움 대신관이 너털웃음으로 대답을 대신했다.

그러는 사이 흐나흐 족 병사들이 들것을 가져와 로셰―랍 전사의 시체를 격투장 밖으로 실어 날랐다.

불쌍하게도 전사의 시체는 죽어서도 고향으로 돌아갈 수 없었다. 로셰―랍 전사를 후원하던 흐나흐 귀족 가문이 이번 시합의 패배로 인하여 큰 손해를 보게 되었고, 그 귀족 가문은 로셰―랍 전사의 시체를 팔아서라도 손해를 메꾸려고 들 것이 뻔하기 때문이었다.

한편 붉은 전사도 피곤한 기색으로 격투장 바닥에 주저앉아 숨을 몰아쉬었다.

[어헉, 어헉, 어헉.]

붉은 전사는 막판에 역전의 기회를 잡아서 로셰―랍 전사를 가까스로 거꾸러뜨렸다. 하지만 붉은 전사도 그 전까지 입은 피해가 커서 몸이 후들후들 떨렸다.

붉은 전사를 후원하는 귀족 가문에서 후다닥 치료사를 내보냈다.

치료사는 붉은 전사에게 약을 먹이고 상처에 붕대를 감아주었다. 붉은 전사를 후원하는 귀족 가문의 입장에서는 붉은 전사가 다음 경기에서도 제 실력을 발휘하도록 만들어야만 했기에 좋은 약을 아끼지 않았다.

격투장이 정리되는 동안 흐나흐의 무희들이 나와서 흐느적흐느적 매혹적인 춤을 추었다.

그 사이에 배당률이 공표되었다.

배당률에 따른 배당금 정산도 이루어졌다.

이탄은 붉은 전사에게 중급 음혼석 50개를 걸었다. 여기에 배당률 9.8배를 곱하여 490개의 중급 음혼석이 이탄에게 되돌아왔다.

'중급 음혼석은 많아봤자 별로 필요도 없는데.'

이탄은 시큰둥하게 음혼석 주머니를 다시 챙겨 넣었다.

한편 라시움 대신관은 무려 9,800개의 중급 음혼석을 돌려받았다. 라시움은 허용 최대치인 1,000개의 중급 음혼석을 붉은 전사에게 걸었던 모양이었다.

이탄은 라시움 대신관에 대해서 다시 평가하게 되었다.

'최대치를 걸 만큼 라시움이 붉은 전사의 승리를 확신했다는 뜻일까? 아니면 그가 미래를 읽을 수 있는 예지 권능

이라도 가졌나?'

이탄은 곰곰이 생각에 잠겼다.

잠시 후, 둥둥둥 북소리가 울렸다.

다음 경기의 시작을 알리는 북소리였다. 격투장 상단의 크리스털 판에는 다음 격투사들에 대한 간략한 소개가 떠올랐다.

그 즉시 격투장 전체가 떠나갈 듯한 함성이 터졌다.

[우와아아아아, 이제 귀족 부문 4강전이 시작되는구나.]

[전사들의 격투는 시시하지. 귀족들의 격투가 진짜배기야.]

[내가 1년 내내 이 순간만 기다려왔다고.]

흐나흐 백성들이 광분했다.

귀빈석의 여왕과 왕의 재목들, 그리고 타 종족의 사절단도 흥미가 동한 듯 상체를 앞으로 기울였다.

귀족 부문 경기도 전사 부문과 마찬가지로 9일 전에 첫 경기를 시작했다. 그 다음 치열한 토너먼트를 거쳐서 4강전 출전자 명단을 확정지었다. 지금 크리스털 판에 이름을 올린 격투사들은 모두 이 4강에 든 자들이었다.

이탄은 크리스털 판을 빤히 올려다보았다.

A 게이트 출전자: 이리칸

— 종족: 흐나흐

— 후원: 고이칸 귀족 가문

— 주특기: 마법, 영력

— 이전 전적: 없음

B 게이트 출전자: 차온

— 종족: 타우너스

— 후원: 룩흐 왕의 재목 가문

— 주특기: 신체변형, 영력

— 이전 전적: 12승 4패

이상이 크리스털 판에 공개된 정보였다.

샤론이 이탄에게 속삭였다.

[B 게이트의 출전자인 차온은 타우너스 일족이죠. 그것도 그냥 어중이떠중이 일족이 아니라 타우너스의 지배자인 룩흐 님의 열일곱 번째 아들이예요. 차온은 이미 여러 해에 걸쳐서 격투 시합에 출전 중인데, 지난번 경기에서는 4강전에서 아쉽게 탈락했어요. 하지만 이번에는 다를 거예요.]

[음.]

이탄은 뇌에 전달되는 샤론의 설명을 들으면서 시선은 크리스털 판에 고정했다.

'타우너스 족이라고?'

이탄의 머릿속에는 언노운 월드에서 만났던 타우너스가 떠올랐다.

타우너스는 물소의 머리에 사람의 몸뚱어리를 가진 대형 아인종으로, 이탄이 처음 언노운 월드에 정착했을 때 이탄을 붙잡아 마녀에게 데려갔던 바로 그 종족이었다. 그 후 이탄은 마녀가 끓인 솥에 던져졌다가 결국 목이 잘린 듀라한으로 거듭났다.

Chapter 7

'그 타우너스들이 그릇된 차원에도 존재한단 말인가? 하긴, 타우너스들은 아인종 중에서도 몬스터에 가깝지.'

이탄은 곰곰이 생각에 잠겼다.

샤론이 계속해서 속삭였다.

[반면 A 게이트의 출전자인 이리칸은 여왕폐하의 친위대장인 고이칸의 장남이에요. 이탄 님께서도 고이칸은 만나 보셨죠? 마그리드의 위세를 믿고 황금탑 꼭대기 층에서 거

들먹거리던 그 개싸가지 말이에요.]

[오호? 그 고이칸의 장남이라고?]

이탄이 입꼬리를 묘하게 비틀었다.

당시 고이칸의 태도로 보건대 친위대장의 가문은 마그리드의 편에 선 것이 분명했다. 그리고 이리칸은 그 가문의 후계자이자 고이칸 가주의 맏아들이라고 했다.

'그렇다면 샤론은 이리칸에 대한 감정이 나쁘겠구나. 아마도 그녀는 내가 차온에게 돈을 걸기를 바랄 거야.'

이탄은 샤론의 속내를 금세 알아차렸다.

[이리 오너라.]

샤론이 노예 소년을 가까이 불렀다.

[샤론 님, 부르셨나이까.]

노예 소년이 쪼르르 달려와 샤론 앞에 무릎을 꿇었다.

[오냐. 이것 좀 처리하여라.]

샤론은 노예 소년을 통해서 타우너스 일족의 차온에게 상급 음혼석 20개를 걸었다. 아직 경기장에 출전자들이 등장하지도 않았는데 돈부터 거는 것을 보면 샤론이 이리칸의 패배를 얼마나 바라고 있는지 그 마음이 여실히 드러났다.

이탄이 샤론에게 물었다.

[금액 제한은 얼마지? 이번에도 중급 음혼석 1,000개까

지인가?]

샤론이 고개를 가로저었다.

[그럴 리가요. 전사 부문은 하급 음혼석 10개부터 시작해서 중급 음혼석 1,000개까지가 한계지만, 귀족 부문은 그보다 한도가 훨씬 더 높아요. 최저 중급 음혼석 10개부터 시작해서 상급 음혼석 1,000개까지 걸 수 있답니다.]

[응? 상급 음혼석 1,000개면 꽤 센데?]

이탄은 다소 놀랐다. 상급 음혼석 1,000개면 어지간한 부자들도 쉽게 볼 수 없는 금액이었다.

샤론이 배시시 웃었다.

[호호호. 최대한도가 그렇다는 것뿐이고요, 실제로 상급 음혼석 1,000개가 걸리는 판은 없답니다. 저와 제 오라버니도 대부분 상급 음혼석 2개에서 30개 사이로만 걸지요.]

[그렇군.]

샤론의 상세한 설명 덕분에 이탄은 흐나흐 일족의 격투 제도에 대해서 좀 더 확실하게 파악했다.

이윽고 A 게이트와 B 게이트의 철문이 동시에 열렸다. 게이트 안쪽에서 2명의 귀족이 성큼성큼 걸어 나와 격투장 안으로 들어섰다.

[우와아아아아!]

그에 호응하여 함성이 크게 터졌다.

[이리칸! 이리칸! 이리칸!]

[차온! 차온! 차온! 차온!]

관중들은 각자 돈을 건 쪽을 연호하며 발을 굴렀다. 일부는 머리 위로 주먹을 들어 빙빙 휘두르기도 하였다.

이리칸은 백금으로 만든 풀플레이트(Full Plate: 전신 갑옷)을 입었으며, 입술이 유독 얇고 눈알이 창백했다. 또한 이리칸은 오른손에 묵직한 대검을 들었다. 왼팔에는 역삼각형의 방패를 착용했다.

맞은편의 차온은 키가 3.5미터에 달했고 머리 위에 구부러진 뿔 2개가 멋들어지게 자리했다.

차온의 옆구리에는 기다란 쇠사슬이 칭칭 감겨 있는데, 쇠사슬의 한쪽 끝이 땅바닥에 질질 끌려 격투장 바닥에 고랑을 움푹 패게 만들었다.

이탄이 동공을 작게 수축했다.

'흐으음. 역시 내가 아는 그 타우너스가 맞구나. 생김새가 똑같아.'

사실 이탄은 타우너스 족에 대한 감정이 좋지 않았다. 이탄의 목을 잘라서 듀라한으로 만든 이는 정체불명의 마녀였으나, 그 마녀의 하수인 노릇을 한 자가 바로 타우너스 족이기 때문이었다.

그런 억울함과는 별개로, 이탄이 판단하기에 이리칸보다 차온이 더 강해 보였다. 이탄은 특히 돈에 관련된 것이라면 감정보다도 이성이 앞섰다.

이탄의 손짓에 노예 소년이 쪼르르 달려왔다.

[부르셨나이까.]

노예 소년이 이탄 앞에 무릎을 꿇었다.

이탄은 상급 음혼석 100개를 꺼내서 소년의 손바닥에 던져주었다.

[상급 음혼석 100개다. 전부 다 차온에게 걸겠다.]

[어머, 이탄 님.]

샤론이 곧바로 기쁜 기색을 드러냈다.

[하아.]

반면 마그리드는 한숨과 함께 손으로 얼굴을 쓸어내렸다.

이탄이 차온에게 큰 금액을 건다고 하자 흐나흐 여왕과 라시움 대신관도 깊은 관심을 보였다.

그래도 여왕은 차온 대신 이리칸에게 상급 음혼석 5개를 걸었다. 마그리드와 친위대장의 체면을 생각해서였다.

마그리드도 이리칸 쪽에 상급 음혼석 10개를 집어넣었다.

라시움 대신관은 이번에도 어느 편에 음혼석을 걸었는지

비밀에 부쳤다.

그 밖에 다른 귀빈들의 선택은 반반으로 갈렸다.

귀빈석의 판돈이 저울에 올라간 순간, 격투가 시작되었다. 관객들은 숨을 죽여 귀족들의 혈투를 지켜보았다.

이리칸의 갑옷에 박힌 상급 음혼석 4개가 음차원의 마나를 뭉텅이로 발산하여 이리칸에게 힘을 불어넣었다.

후왕! 후왕!

이리칸의 검에서 황금빛 광채가 수 미터 길이로 뿜어졌다. 방패에도 황금빛 광채가 수십 센티미터 두께로 어려서 번쩍번쩍 빛났다.

차온도 맞장구를 쳤다. 차온의 목에 걸린 염주 형태의 목걸이가 음차원의 마나를 강하게 발산했다.

[스으읍—.]

차온은 그 마나를 들이마신 다음, 두 팔을 X자로 교차했다가 쫙 펼쳤다. 차온의 굵은 두 팔뚝에서 시커먼 기운이 와락 발산되었다.

이 검은 기운은 차온의 쇠사슬에 전달되어 수십 미터 길이의 사슬 전체를 살아 있는 생명체처럼 움직이게끔 만들었다.

Chapter 8

좌라락, 좌라락, 좌라라락.

차온의 쇠사슬이 검은 아나콘다처럼 격투장을 헤집으며 땅바닥에 깊은 고랑을 형성했다. 쇠사슬에서 뿜어지는 시커먼 기운에 노출되자 격투장의 잡초가 생기를 잃고 회색빛으로 변했다.

그 기다란 쇠사슬이 이리칸의 뒤쪽으로 돌아가 철컹철컹 소리를 내었다.

뒤통수가 섬뜩해진 이리칸은 본능적으로 뒤를 돌아보았다.

그렇게 신경이 분산된 것이 실수였다. 순간적으로 차온의 몸이 번쩍 사라졌다.

'아차.'

이리칸이 후회했을 때는 이미 늦었다. 차온이 다시 모습을 드러낸 곳은 이리칸의 코앞이었다.

차온은 두 다리를 뒤로 접고 양 팔을 머리 위로 들어 올린 채 허공에 모습을 드러냈다. 그 다음 무지막지한 괴력으로 양손을 휘둘러 이리칸을 후려쳤다.

[앗!]

관중석에서 비명이 터졌다.

이어서 무지막지한 폭음이 울렸다. 이리칸의 대응을 하기도 전에 차온의 두 팔뚝은 이리칸의 머리와 어깨를 사정없이 내리쳤다.

[끄악.]

이리칸이 태풍에 휩쓸린 가랑잎처럼 날아가 격투장 벽에 처박혔다.

이리칸이 부딪친 곳을 중심으로 벽면에는 방사형으로 금이 쩍쩍 갔다. 만약 이리칸의 백금 갑옷에 새겨진 방어마법이 제때 발동하지 않았더라면 이리칸은 이 한 방에 골로 갈 뻔했다.

[크으윽. 끄윽.]

이리칸이 욱신거리는 가슴을 부여잡았다.

그때였다. 시커먼 사슬이 먹이를 노리는 독사처럼 신속하게 날아들었다. 사슬은 이라칸의 머리를 정통으로 노렸다.

이리칸이 황급히 방패를 들어 쇠사슬을 막았다.

촤라락.

차온의 쇠사슬이 허공에서 'ㄷ'자 모양으로 꺾이면서 방패를 회피했다. 이리칸은 죽을힘을 다해 고개를 옆으로 젖혔다.

콰앙!

시커먼 쇠사슬이 이리칸의 머리가 있던 부분을 후려쳤다. 경기장 벽에 구멍이 뻥 뚫렸다.

이리칸이 반사적으로 머리를 옆으로 피하지 못했더라면 아마도 그의 이마 정중앙에 쇠사슬이 꽂혔을 것이다.

'우힉!'

이리칸의 등에 소름이 쫙 돋았다.

차온의 공격은 여기서 끝나지 않았다. 차온의 육중한 몸이 어느새 이리칸의 앞에 나타났다. 차온이 휘두른 손바닥이 이리칸의 투구 옆면을 강하게 후려쳤다.

뻐억!

둔탁한 소리와 함께 이리칸의 목이 90도까지 꺾였다가 다시 제자리로 돌아갔다. 이리칸은 옆으로 고꾸라지면서 우당탕탕 수십 바퀴를 굴러 격투장 저편에 패대기쳐졌다.

부웅—.

차온이 또 사라졌다.

허공에 둥실 떠오른 차온을 중심으로 검은 쇠사슬이 빙글빙글 돌았다. 이윽고 그 쇠사슬은 시커먼 돌풍을 만들어 내었다.

쿠콰콰콰콰콰!

돌풍이 어찌나 거셌던지 관중석의 몬스터들이 휘청거렸다.

이리칸은 그 돌풍에 휩싸여 모습이 제대로 보이지도 않았다. 차온이 돌풍 속에서 번쩍 나타나 이리칸을 뿔로 들이받았다.

이리칸은 죽을힘을 다해 방패로 뿔을 막았다. 방패에 어린 황금빛 광채가 차온의 뿔을 부러뜨렸다.

대신 이리칸도 수십 미터를 날아가 땅바닥에 거칠게 나뒹굴었다.

[크헉, 우웨에엑.]

이리칸의 입에서 시뻘건 핏물이 뿜어졌다.

쓰러진 이리칸을 향해서 검은 쇠사슬이 채찍처럼 날아왔다.

콰앙!

이리칸이 쓰러져 있던 곳에 깊이 1미터의 고랑이 팼다. 이리칸은 옆으로 굴러서 차온의 공격을 간신히 피했다.

차온의 쇠사슬이 독사 대가리처럼 다시 고랑 속에서 튀어나와 이리칸을 휘감았다.

[이이익.]

이리칸은 이를 악물고 검을 휘둘렀다.

그가가가각!

시커먼 쇠사슬과 황금빛 검이 맞부딪치면서 불똥이 마구 튀었다.

그렇게 이리칸이 두 손으로 검 손잡이를 잡고 쇠사슬의 공격을 막을 때였다. 어느새 차온이 이리칸의 옆에 나타나 두꺼운 팔을 휘둘렀다.

뻐억!

이번에는 이리칸의 투구가 하늘 높이 날아갔다. 이리칸의 몸뚱어리가 핑그르르 회전하다가 바닥에 엎어졌다.

차온이 펄쩍 뛰어 두 발로 이리칸을 짓밟았다.

이리칸은 정신이 가물가물하는 와중에도 검을 위로 치켜올렸다.

푹!

황금빛 검이 차온의 허벅지를 뚫고 뒤로 튀어나왔다.

반면 차온의 손은 이리칸의 목줄기를 꽉 움켜쥐었다.

[끄으윽, 끄으으윽.]

이리칸의 이마에 핏줄이 곤두섰다. 이리칸은 어느새 머리는 여우, 몸통은 사람의 형태로 바뀌어 있었다.

마침내 이리칸의 이빨 사이로 혀가 길게 늘어져 파르르 경련했다.

원래 타우너스 일족은 힘이 세기로 유명했다. 차온은 타우너스의 귀족답게 그 괴력이 장난이 아니었다.

차온이 오른손에 힘을 잔뜩 줘서 이리칸의 목을 졸랐다. 그러면서 차온은 왼주먹으로 자신의 허벅지에 박힌 이리칸의 검날을 후려쳤다.

둔탁한 소리와 함께 이리칸의 검이 부러졌다.

그와 동시에 이리칸의 고개가 아래로 툭 떨어졌다.

[스톱. 스톱. 그만 손을 놓으시오.]

심판관이 후다닥 달려와 차온을 말렸다. 심판관의 개입
이 조금만 늦었더라면 이리칸은 그대로 숨통이 끊겼을 것
이다.

제6화
격투시합 II

Chapter 1

[크르르. 데려가라.]

차온은 축 늘어진 이리칸을 심판관에게 휙 던져주었다. 그리곤 허벅지에 박힌 검 반쪽을 꽉 잡아 뽑더니 땅바닥에 땡그랑 내팽개쳤다.

심판관은 서둘러 판정을 내렸다.

[B 게이트의 차온, 승리!]

[우워어어어억.]

차온은 오른 주먹을 번쩍 들어 승리의 세레모니를 펼쳤다. 차온의 주변에서 검은 쇠사슬이 철그럭 철그럭 위아래로 꿈틀거렸다.

[와아아아, 차온 만세.]

[차온이 이길 줄 알았다. 우와아아.]

차온을 응원하던 관중들이 양손을 번쩍 들고 기뻐했다.

반면 이리칸에게 돈을 걸었던 관중들은 바닥에 침을 뱉거나 욕설을 퍼부었다.

[우우우우우.]

이리칸을 향한 야유도 쏟아졌다.

물론 이리칸은 야유를 듣지도 못했다. 혀를 길게 빼어 물고 기절한 이리칸을 위해 가문의 치료사들이 잔뜩 달라붙었다.

아들의 참패에 고이칸이 입술을 파르르 떨었다. 고이칸은 여왕의 뒤쪽에 시립해 있었는데, 만약 여왕을 호위해야 한다는 임무만 아니었다면 당장 격투장에 뛰어 내려가 이리칸의 상태를 살폈을 것이다.

격투장을 굽어보는 고이칸의 표정이 살벌하게 굳었다.

그에 비해서 여왕과 마그리드는 별다른 표정의 변화가 없었다.

이번 귀족 부문 4강전 첫 번째 경기의 배당률은 1.4배로 공표되었다.

샤론은 차온에게 20개의 상급 음혼석을 걸었다가 28개로 돌려받았다. 이탄은 100개를 걸었기에 140개를 받았다.

흐나흐 여왕과 마그리드는 아무것도 돌려받지 못하고 손해만 보았다.

귀빈석에서 가장 크게 딴 몬스터는 라시움 대신관이었다. 라시움은 차온에게 상급 음혼석 500개를 걸었고, 그 결과 200개가 추가된 700개의 상급 음혼석을 수중에 넣었다.

[흘흘흘. 내가 오늘 아주 운이 좋구려.]

라시움이 지나가는 말투로 조그맣게 뇌까렸다.

이탄은 그 말을 믿지 않았다.

'흠. 운이 아니라 실력이겠지. 라시움 대신관은 미래를 읽는 능력을 가진 게 분명해.'

이탄의 시선은 정면 아래쪽의 격투장을 내려다보고 있었으나, 신경만큼은 뒷자리의 라시움에게 집중되었다.

둥둥둥!

다시금 북소리가 울렸다. 전사 부문 4강전 두 번째 경기를 알리는 북소리였다.

크리스털 판에는 2명의 전사에 대한 소개가 올라왔다. 그중 한 명은 흐나흐 족 전사였다. 다른 한 명은 뻘브 일족이었다.

흐나흐 여왕이 선수를 쳤다.

[호호. 대신관님의 체면을 봐서라도 저는 뻘브 일족 전사

에게 돈을 걸어야겠네요.]

실제로 여왕은 뻘브 족 전사에게 중급 음혼석 300개를 걸었다.

라시움 대신관이 이에 호응했다.

[흐흘흘. 폐하께서 이 늙은이의 체면을 봐주시니 고맙구려. 대신 이 늙은이는 흐나흐 일족 전사에게 돈을 걸리다.]

라시움 대신관은 흐나흐 족 전사에게 중급 음혼석 800개를 쓸어 넣었다.

그에 질세라 마그리드는 뻘브 족 전사에게 돈을 걸었다.

'어디 보자.'

이탄은 격투장에 마주 선 2명의 전사들을 유심히 관찰했다.

둘 중에 키가 큰 대머리 사내가 뻘브 족이었다. 대머리 전사는 양손에 팔찌를 착용했고, 등에는 수레바퀴 같은 것을 짊어진 모습이었다.

그에 맞서서 흐나흐 족 전사가 입술을 굳게 다물었다. 흐나흐 전사는 양손을 땅바닥으로 향했는데, 그 손바닥 아래쪽에서 반투명한 여우의 형상이 물결처럼 스르륵 자라나 대머리 사내를 향해 으르렁거렸다.

이번에도 샤론이 이탄에게 귀띔을 해주었다.

[저 흐나흐 전사는 제가 후원하는 자랍니다. 물론 이탄님의 눈에 차지는 않으시겠지만, 전사들 중에서는 제법 두각을 나타내고 있지요.]

샤론의 추천이 아니더라도 이탄은 흐나흐 족 전사에게 돈을 걸 생각이었다. 이번에 이탄이 건 금액은 중급 음혼석 1,000개였다. ※윗부분에 최대 한도는 중급이 아니라 상급 음혼석 1000개라 언급되어 있습니다.(최저 중급 음혼석 10개부터 시작해서 상급 음혼석 1,000개까지 걸 수 있답니다.)

이탄이 최대한도를 꽉 채우자 귀빈석의 이목이 이탄에게 쏠렸다. 특히 라시움은 이탄을 묘한 눈으로 쳐다보았다.

곧 격투가 시작되었다.

흐나흐 전사가 별안간 한쪽 무릎을 꿇더니 전면을 향해 양손을 쭉 뻗었다.

[가랏.]

반투명한 여우 두 마리가 그 즉시 튀어나가 대머리 전사에게 달려들었다. 이 여우들은 일반적인 영력 여우와 달리 물 속성의 마력을 강하게 발휘했다. 여우들이 권능을 발휘하자 주변에 수분이 빽빽하게 밀려들어 숨을 턱 막히게끔 만들었다. 마치 사우나 속에 들어온 듯 대머리 전사의 피부에는 물방울들이 잔뜩 응결했다.

[흥.]

대머리 전사가 금속 팔찌를 부딪쳐 차랑 소리를 내었다. 금속 팔찌에 박힌 상급 음혼석이 대머리 전사에게 에너지를 불어넣었다.

대머리 전사는 그 에너지를 양손으로 모아 신체변형을 시작했다. 대머리 사내의 양손이 꾸물꾸물 분화하여 수백 개의 빨판이 달린 문어 다리로 변했다. 무려 8개의 다리가 반투명한 여우들을 휘감았다.

반투명한 여우들이 팡팡 터져서 물방울로 변했다.

그렇게 수분으로 변하여 문어다리로부터 벗어난 뒤, 두 마리 여우는 허공에서 다시 뭉쳐서 본 모습을 되찾았다.

여우들이 다시 날뛰기 시작했다.

대머리 전사의 주변이 온통 수분으로 뒤덮였다. 대머리 전사는 마치 심해에 내동댕이쳐진 것처럼 호흡이 가빠졌다.

원래 뽈브는 물속에서도 자유로운 종족이었다.

한데 희한하게도 이 수분 속에서는 호흡이 막히고 팔다리에 힘이 쫙 빠졌다.

[후읍. 안 되겠다.]

대머리 전사가 등에 멘 수레바퀴를 꺼내 빙글빙글 돌렸다.

위이이이잉—.

수레바퀴가 회전하면서 소용돌이를 일으켰다. 그 소용돌이 한 가닥 한 가닥이 날카로운 바람의 칼날이 되어 주변 공간을 난도질했다. 대머리 전사는 수레바퀴를 이용하여 수분으로 꽉 찬 공간을 찢고 탈출했다.

Chapter 2

흐나흐 전사가 아쉽다는 듯 발을 굴렀다.

[체엣. 조금만 더 갇혀 있었더라면 폐에 물이 차서 뒈졌을 텐데.]

흐나흐 전사가 부리는 두 마리 여우가 다시금 밀도 높은 물의 기운을 일으켜 대머리 전사를 휘감았다.

[이크.]

대머리 전사는 황급히 거리를 벌렸다. 그는 밀폐된 수분 속에 갇히는 것이 두려운 듯 연신 백스텝을 밟았다.

사라락, 사라라락—.

반투명한 여우들이 후퇴하는 적을 쫓아 빠르게 움직였다. 흐나흐 전사도 신속히 전진하면서 반투명한 여우들에게 꾸준히 음차원의 마나를 공급했다.

반투명한 여우들은 정말 몸이 날랬다. 어느새 대머리 전사의 주변이 다시 수분으로 꽉 찼다. 반투명한 여우들이 허공을 가로지르며 움직일 때마다 그 일대가 파랗게 물들고 수분이 빽빽하게 차올랐다.

덕분에 대머리 전사는 마치 직경 수십 미터의 물방울 속에 갇혀버린 듯한 느낌을 받았다. 실제로 관객들의 눈에도 거대 물방울이 나타나 그 속에 대머리 전사를 가둬버린 것처럼 보였다.

[이이익. 이딴 것으로 나를 가둘 수 있을 것 같으냐?]

대머리 전사가 다시 한번 수레바퀴를 돌렸다.

위이이이잉.

날카로운 바람의 칼날이 수레바퀴로부터 쏟아져 나와 주변 공간을 서걱서걱 베었다.

이처럼 공간을 주무르는 마법은 뿔브 일족 특유의 권능이었다. 대머리 전사도 이 권능을 능숙하게 사용했다.

대머리 전사가 그렇게 수레바퀴를 이용하여 공간을 찢고 거대 물방울 속에서 탈출하려 들 때였다.

[죽어랏.]

흐나흐 전사가 벼락처럼 파고들어 주먹을 일직선으로 꽂았다.

콰르르르르. 퍼엉!

흐나흐 전사의 주먹에서 발산된 워터 스피어(Water

Spear: 물의 창)이 수레바퀴 살 사이로 파고들어 대머리 사내의 복부에 꽂혔다.

[크헉.]

순간적으로 대머리 전사의 몸이 크게 들썩였다. 대머리 전사는 피범벅이 된 배를 움켜쥔 채 한쪽 무릎을 꿇었다.

이 일격으로 인하여 대머리 전사는 거대 물방울 속에서 탈출하는 데 실패했다. 찢어졌던 공간이 다시 이어 붙었다. 대머리 전사가 다급히 팔다리를 휘저어 보았지만 거대 물방울은 흩어지지 않았다.

[우웁. 우우웁.]

대머리 전사가 물방울 속에서 숨이 막혀 허우적댔다.

상대가 금방이라도 쓰러질 듯 보였으나 흐나흐 전사는 방심하지 않았다. 그는 대머리 전사와 거리를 유지한 채 거대 물방울의 범위를 점점 더 크게 키웠다. 물방울의 밀도도 최대한으로 높였다.

물방울이 커지고 농밀해질수록 대머리 전사가 받는 압력도 급증했다.

[끄으으윽.]

대머리 전사가 죽을힘을 다해서 수레바퀴를 다시 돌렸다. 공간이 갈라지고, 거대 물방울에 틈이 벌어졌다.

[어푸푸푸.]

대머리 전사는 그 틈을 향해 미친 듯이 헤엄쳤다.

흐나흐 전사가 다시 한번 주먹을 내질렀다. 워터 스피어
가 쭉 날아가 대머리 전사의 탈출을 방해했다.

[이런 빌어먹을.]

대머리 전사가 거대 물방울 속에서 버럭 화를 내었다.

반투명한 여우 두 마리가 거대 물방울 주변을 빙글빙글
돌아다니면서 더 많은 수분을 끌어모았다. 이제 물방울의
직경은 거의 100미터에 달했다.

물방울이 커지면 커질수록 대머리 전사가 탈출할 가능성
은 낮아지게 마련.

대머리 전사의 답답한 심정이 눈빛을 통해 드러냈다.

결국 대머리 전사는 마지막 수단을 동원했다. 그는 수레
바퀴를 눕힌 다음, 그 위에 올라탔다.

위이이이잉—.

수레바퀴가 빠르게 회전했다.

수레바퀴에 올라탄 대머리 전사도 뱅글뱅글 돌았다.

거대 물방울 속에서 한 가닥의 회오리가 발생했다.

'저건 또 어떤 마법이지?'

흐나흐 전사가 잔뜩 경계심을 품을 때였다.

팟!

물방울 속의 대머리 전사가 감쪽같이 사라졌다. 그가 타

고 있던 수레바퀴도 온데간데없이 자취를 감추었다.

[허엇?]

흐나흐 전사가 깜짝 놀라 주변을 두리번거렸다.

그 어디에서도 대머리 전사의 모습은 보이지 않았다.

순간, 흐나흐 전사의 머리 위에 대머리 전사가 불쑥 나타났다.

[이노옴.]

대머리 전사는 머리부터 거꾸로 떨어지면서 흐나흐 전사를 향해 두 주먹을 날렸다.

적의 기습 공격에 흐나흐 전사가 기겁했다.

하지만 그보다 한발 앞서 두 마리 반투명한 여우가 달려들었다. 여우들은 온몸으로 대머리 전사를 들이받아 자폭했다.

끼야아앙, 끼야앙.

반투명한 여우들이 폭발을 할 때 애달픈 울음소리가 주변을 진동했다.

[크왁.]

대머리 전사가 피를 수도 없이 뱉으며 멀리 튕겨나갔다. 대머리 전사는 무려 수십 미터를 날아가 땅바닥에 거칠게 처박혔다. 대머리 전사의 수레바퀴는 반대 방향으로 튕겨나가 격투장 바닥에 푹 꽂혔다.

[스톱.]

심판관이 재빨리 판정을 내렸다.

[와아아아아, 잘했다.]

[역시 우리 흐나흐 전사가 이길 줄 알았어.]

흐나흐 종족이 승리해서 그런지 관객석의 함성은 그 어느 경기보다도 더 뜨거웠다.

Chapter 3

게이트 안에서는 치료사들이 후다닥 뛰쳐나왔다. 치료사들은 바닥에 널브러진 쁠브 전사의 몸 상태를 살피고 약을 먹였다.

이윽고 크리스털 판에 배당률이 공개되었다.

이번 시합에서 흐나흐 전사가 승리했을 경우의 배당률은 1.8이었다.

라시움 대신관은 중급 음혼석 800개를 걸어서 640개를 땄다. 이탄은 중급 음혼석을 무려 1,000개나 걸어서 800개의 이익을 보았다.

전사 부문 4강전은 이것으로 종료되었다.

로셰―랍 전사를 꺾고 올라온 붉은 전사.

뻘브 전사를 이긴 흐나흐 전사.

이 2명이 잠시 후에 결승전에서 맞붙을 예정이었다.

이어서 다음 차례는 귀족 부문 4강전 두 번째 경기였다.

[와아아아, 어서 시작해라.]

[못 참겠다. 빨리 시작해줘.]

귀족들의 격투는 전사들의 힘겨루기보다 훨씬 더 박진감이 넘쳤다. 당연히 관중들의 열광도 극을 향해 치달렸다.

크리스털 판에는 출전자들의 명단이 올라왔다.

A 게이트 출전자: 고르돈

— 종족: 비번

— 후원: 부르트 왕의 재목 가문

— 주특기: 마법, 신체변형

— 이전 전적: 89승 7패

B 게이트 출전자: 세골

— 종족: 흐나흐

— 후원: 세골 귀족 가문

— 주특기: 영력, 마법

— 이전 전적: 46승 1패

비번 일족의 고르돈은 89승 7패의 전전을 거둔 거물급 귀족이었다. 올해 격투에 참가한 출전자들 가운데 고르돈의 승리 횟수가 가장 많았다.

비번은 흐나흐 일족과 가까이 붙어 있는 호전적인 종족으로, 흐나흐와는 전쟁과 화친을 번갈아가며 하곤 했다.

한편 고르돈과 맞서는 세골도 46승 1패라는 만만치 않은 전적을 자랑했다. 게다가 세골은 작년에 귀족 부문 우승을 거머쥔 강자였다.

사실 세골은 흐나흐 귀족 가문의 가주로, 마그리드 일파에 소속되어 있으며 마그리드로부터 큰 신임을 받았다.

또한 세골의 가문도 위세가 대단하여 지금 이 가문이 다스리는 크고 작은 행성만 무려 4개에 달했다.

[세골과 고르돈의 시합이라면 거의 결승전이나 다름없는 것 아냐?]

[그렇지. 저들이 4강전에서 맞붙게 되다니, 참으로 아쉽네. 이런 빅 매치는 결승전에서 봐야 하는 것인데.]

관객들이 이렇게 수군거렸다.

귀빈들의 심정도 일반 관객들과 다를 바 없었다. 특히 비번 일족의 사절단장은 고르돈이 벌써부터 세골과 맞붙는 것이 못마땅한 표정이었다.

흐나흐 여왕이 일족을 대표하여 비번 사절단장에게 사과

했다.

[미안해요. 경기 대진표가 좀 매끄럽지 못했네요.]

그 즉시 이번 축제의 총책임자인 샤룬, 샤론 남매의 얼굴이 벌겋게 달아올랐다.

[호호호. 내 이럴 줄 알았지.]

반면 마그리드는 손으로 입을 가리고 웃었다. 반달 모양으로 휘어진 마그리드의 눈에는 '그것 참 고소하구나.' 라는 기색이 역력했다.

둥둥둥!

세차게 북이 울렸다.

A 게이트와 B 게이트가 열리면서 2명의 귀족이 천천히 걸어 나왔다.

A 게이트의 고르돈은 시뻘건 머리카락이 유난히 눈에 띄었다. 또한 고르돈은 2 미터에 달하는 건장한 체격이 특징이었다.

고르돈은 따로 무기는 소지하지 않았다.

[우와아아아. 고르돈. 고르돈. 고르돈.]

고르논에게 돈을 건 관객들이 미친 듯이 고르돈의 이름을 연호했다.

한편 B 게이트의 세골은 대나무처럼 마른 몸에 여우의 머리통을 가진 모습이었다. 세골의 눈썹은 길게 늘어져 허리께까지 내려왔다. 세골의 엉덩이에는 1.2 미터 길이의 검 한 자루가 매달려 까딱까딱 흔들렸다.

[세골 가주님, 꼭 우승하세요.]

[세골, 세골, 세골, 세골.]

세골을 외치는 뇌파는 고르돈을 연호하는 뇌파보다 두 배는 더 컸다.

세골이 귀빈석을 힐끗 올려다보고는 여왕을 향해 머리를 깊이 숙였다.

흐나흐 여왕이 손을 들어 세골의 인사를 받았다. 여왕의 옆에서는 마그리드가 흐뭇한 표정으로 세골을 내려다보았다.

세골은 비록 왕의 재목은 아니지만, 거의 왕의 재목에 육박하는 무력을 지녔다. 마그리드의 부하들 가운데 일곱 흉성의 몇 명을 제외하면 세골이 최강자였다.

게다가 세골은 성격이 곧고 우직하여 마그리드로부터 큰 신임을 받았다.

[쳇.]

샤론이 얼굴을 구겼다. 샤론은 백성들이 세골을 추종하는 것이 꼴 보기 싫었다.

사실 샤론이 가장 공을 들인 귀족이 바로 세골이었다. 샤론은 어떻게든 세골을 마그리드의 진영에서 빼앗아오기 위해서 온갖 노력을 다하였다.

그래도 세골은 꿈쩍도 하지 않았다.

샤론은 세골을 미워하면서도 다른 한편으로는 존경했다. 세골을 인정하면서도 다른 한편으로는 그를 제거하고 싶어 했다.

샤론의 삐뚤어진 마음이 행동으로 드러났다.

[고르돈에 상급 음혼석 500개.]

샤론은 세골이 패한다는 쪽에 상급 음혼석을 잔뜩 걸었다.

샤론의 오빠인 샤룬도 고르돈에게 상급 음혼석 300개를 투자했다.

흐나흐 여왕은 이번에도 흐나흐 족이 아닌 고르돈에게 돈을 걸었다. 비번 사절단장의 체면을 생각해서였다.

단, 여왕은 고르돈에게 상급 음혼석을 30개만 걸었을 뿐이었다.

마그리드는 당연히 세골에게 투자했다.

[세골 가주에게 상급 음혼석 500개.]

마그리드는 샤론과 똑같은 금액을 반대쪽에 걸었다.

샤론이 마그리드를 홱 노려보았다.

'네년이 그렇게 노려보면 어쩔 건데?'

마그리드는 샤론을 향해 입 모양으로 이렇게 달싹였다.

'이익. 이년이 감히.'

샤론이 주먹을 꽉 말아 쥐었다.

보다 못해 흐나흐 여왕이 나섰다.

[둘 다 그만하지 못해요? 외부의 귀빈들 앞에서 이게 무슨 꼴이에요?]

[송구합니다.]

[죄송합니다. 자중하겠습니다.]

여왕의 경고에 샤론과 마그리드가 동시에 머리를 숙였다.

한편 라시움은 이번에도 어느 쪽에 얼마를 걸었는지 알려주지 않았다.

귀빈들 가운데는 이탄이 맨 마지막으로 돈을 걸었다.

[세골에게 상급 음혼석 600개.]

[윽.]

이탄의 한 마디에 샤론이 얼굴을 와락 구겼다.

[역시 이탄 님이셔.]

마그리드의 얼굴엔 방실방실 웃음꽃이 피어났다.

Chapter 4

이탄은 마그리드의 편을 들기 위해서 세골에게 큰돈을 건 게 아니었다. 이탄이 판단하기에 세골이 더 강해 보여서 그쪽으로 마음이 기운 것뿐이었다.

곧 경기가 시작되었다. 격투 시작을 알리는 깃발이 올라가기 무섭게 고르돈이 마나를 쾅! 끌어올렸다.

화르르륵.

그 즉시 고르돈의 온몸에 불이 붙었다. 고르돈의 피부가 호로록 녹아버리면서 그 속에서 시뻘건 용암이 드러났다. 화염 속 고르돈의 표피를 타고 시커먼 덩어리들이 흘러 다녔다. 이 시커먼 덩어리 사이로는 새빨간 용암이 흘렀다.

신체를 불로 변형시켜 적과 싸우는 것이 비번 일족의 주특기였다.

하지만 고르돈처럼 용암으로 몸을 변형시키는 강자들은 비번 일족을 통틀어서도 그리 많지 않았다.

[와아아아, 고르돈. 정말 굉장하구나.]

관객석에서 탄성이 터졌다.

귀빈들도 흥미롭게 고르돈의 변화를 지켜보았다.

그에 비해서 세골의 눈빛에는 눈곱만큼의 동요도 없었다. 세골은 무심한 눈으로 고르돈을 보았다.

[세골. 지난번에는 네게 우승을 빼앗겼었지. 하지만 이번에는 다를 게다.]

고르돈이 뇌가 먹먹해질 정도로 쩌렁쩌렁하게 외쳤다.

이어서 다음 순간, 고르돈의 몸이 격투장 바닥에 쫙 퍼졌다.

[크워억.]

고르돈의 몸은 프라이팬 위의 버터처럼 빠르게 녹아서 사라져 버렸다. 대신 이글거리는 용암이 격투장 바닥을 잠식해갔다.

무쇠를 녹일 듯한 뜨거운 열기가 관객석까지 훅 끼쳤다.

용암에 격랑이 불었다. 바닷가에서 해일이 일 듯이 용암이 수십 미터 높이로 솟구쳐 세골을 덮쳤다.

세골이 손을 뒤로 돌려 검을 뽑았다.

촤악!

세골의 손끝이 움직인 순간, 검에서 뿜어진 기운이 용암의 해일을 두 쪽으로 갈랐다. 세골은 그렇게 갈린 틈을 지나 용암의 바다에서 빠져나왔다.

'어라? 이건 마법이 아닌데?'

이탄이 고개를 갸웃했다.

그릇된 차원의 몬스터들은 크게 마법과 영력, 그리고 신체변형이 주특기였다. 지금까지 이탄이 만난 몬스터들 가운데 이 틀을 벗어난 자는 없었다.

한데 지금 세골이 펼친 것은 분명 검술이었다. 마법도 아니고, 영력도 아니고, 신체변형과는 더더욱 거리가 먼 검술 말이다.

'그것도 보통 검술이 아니야.'

세골을 바라보는 이탄의 눈매가 가늘게 좁혀져 날카로운 선을 그렸다.

'저 정도 실력이면 아울 검탑 99검인 장인어른에 비해서도 결코 뒤처지지 않겠는데? 게다가……'

세골이 단순히 검술만 뛰어났다면 이탄이 이처럼 놀라지는 않았을 것이다. 이탄은 세골의 검에서 묘한 면을 목격했다.

'이건 아울 검탑의 검수들. 세골의 형체 위에 아울 검탑 검수들의 모습이 겹쳐 보여. 과연 이 사실을 어떻게 해석해야 하지? 설마 세골이 아울 검탑 출신인가? 그릇된 차원의 몬스터가 언노운 월드 백 세력 가운데 하나인 아울 검탑에 가입할 수 있나? 아니면 세골이 우연히 아울 검탑의 검술을 배운 것일까?'

온갖 상념들이 이탄의 뇌리로 밀려들었다.

촤악!

용암이 다시 한번 물결을 치며 일어났다. 해일처럼 솟구친 용암이 세골을 그대로 덮쳤다.

후욱—.

용암에 앞서 열기가 먼저 몰아쳤다. 뜨거운 열기는 세골이 서 있는 곳 주변을 우그러뜨릴 듯했다.

그에 뒤이어 용암이 쓰나미처럼 밀려들었다.

세골이 검으로 X자를 그렸다.

용암이 네 조각으로 쩍 갈라졌다. 세골은 그 틈으로 뛰어들어 또다시 고르돈의 공격을 빠져나갔다.

[크워.]

용암의 바다 속에서 고르돈의 포효가 울렸다.

이번에는 용암이 거인처럼 형체를 갖춰 일어섰다. 용암의 거인은 세골을 향해 한 발을 철퍽 내딛더니 주먹을 후려쳤다. 거인의 주먹이 날아오기도 전에 용암의 파편이 후두둑 떨어져 세골을 공격했다.

세골은 검을 풍차처럼 휘둘러 용암의 파편을 막아내었다.

후오옹!

세골의 검에서 은은하게 빛이 솟구쳤다. 그 빛이 용암에 맞서서 세골의 검과 세골의 몸을 지켜주었다.

용암의 거인은 온몸을 던지다시피 하면서 세골을 몰아쳤다. 그와 동시에 용암의 바다가 쫙 펼쳐지면서 세골이 서 있는 주변을 온통 잠식했다.

이제 드넓은 격투장 전체가 용암으로 뒤덮였다. 멀쩡히 디딜 만한 땅 한 조각 찾기 힘들었다. 사방은 시뻘건 용암으로 가득했다. 하늘엔 유황 연기가 뭉게뭉게 솟구쳤다.

세골은 검에서 뿜어진 빛으로 둥그런 막을 만들었다.

검으로 만든 검막이었다.

이 검막이 용암의 열기를 차단해주었다. 매캐한 유황도 막아줬다. 펑펑 튀어오르는 용암의 파편들은 검막에 닿자마자 치이익 소리를 내면서 사라졌다.

세골은 몸 주변에 검막을 두른 채 용암의 중심부로 뛰어들었다. 검막 속에서 날카로운 검의 기운이 폭풍처럼 휘몰아쳐서 용암을 공격했다.

그것만으로는 부족하다고 느꼈는지 세골은 아예 뜨거운 용암 속으로 뛰어들었다.

그렇게 세골이 용암 속에서 검을 휘두르자 용암의 파편은 수십 미터, 아니 수백 미터 높이까지 튀어올라 사방으로 퍼졌다.

심지어 일부 파편들은 관중석까지 날아왔다.

[꺄아악.]

[우왓?]

관중들이 기겁했다.

다행히 관중석 앞에서 솟구친 방어마법진이 용암의 파편을 막아주었다.

그 와중에도 점점 더 많은 용암이 사방으로 튀었다. 용암의 바다 중심부에서는 거친 돌풍이 일어나 용암을 마구 헤집었다.

이 돌풍 한 가닥 한 가닥에는 날카로운 검기가 숨어 있어 용암이건 뭐건 가리지 않고 거침없이 베었다.

[크우우우욱. 끈질기구나.]

용암 속에서 고르돈의 뇌파가 울렸다.

Chapter 5

고르돈은 격투장 전체로 넓게 퍼뜨렸던 용암을 다시 끌어모았다. 그리곤 세골을 공격하는 데 집중했다.

덕분에 격투장 맨 땅이 다시 드러났다.

고운 흙이 깔려 있던 격투장 바닥은 한 번 용암의 바다가 훑고 지나간 터라 흉측하게 변했다. 흙이 녹았다가 다시 엉겨 붙어 식으면서 검은 암석을 만들었는데, 그렇게 울퉁불퉁한 암석 표면에는 검의 기운이 할퀴고 지나간 흔적이 역력했다.

고르돈은 용암을 뭉쳐서 커다란 거인의 몸체를 이루었다.

세골은 몸 주변에 검의 폭풍을 두른 채 용암의 거인을 몰아쳤다.

거인의 팔이 검의 폭풍을 견디지 못하고 떨어져 나갔다.

철썩!

그렇게 멀리 날아간 용암의 팔뚝이 관중석으로 떨어졌다.

격투장에 걸린 보호마법으로는 이렇게 크고 뜨거운 용암의 팔뚝을 막지 못하였다. 허공에 응결되었던 보호막이 화르륵 타버렸다. 이어서 수십 미터 크기의 팔뚝이 관중들을 향해 후두둑 떨어져 내렸다.

[아아악, 안 돼애―.]

관중들이 비명을 질렀다.

[이런.]

축제의 총책임자인 샤룬이 재빨리 대응에 나섰다. 샤룬은 귀빈석에서 그대로 떠오르더니 용암의 팔뚝이 떨어진 곳을 향해 쏘아져 나갔다.

샤룬의 손가락 끝에서 방출된 주홍빛 실이 샤룬의 몸뚱어리보다 먼저 날아가 관중들의 머리 위에 도착했다.

사사삭.

주홍빛 실은 눈 깜짝할 사이에 수십 미터 크기의 정사면체를 만들어 관중들의 머리 위를 보호했다.

용암의 팔뚝이 주홍빛 정사면체 위로 떨어져 치이익 소리를 내었다. 팔뚝이 녹으면서 시뻘건 용암이 뚝뚝 흘렀다.

[으아아악.]

관중들이 거듭 비명을 질렀다.

한데 그렇게 정사면체로 흘러내린 용암이 눈 깜짝할 사이에 식었다. 용암은 거무튀튀한 암석으로 변해 정사면체 안에 갇혔다.

덕분에 관중들은 아무도 피해를 입지 않았다.

[역시 샤룬 님이시다.]

[오오오, 샤룬 님. 감사합니다.]

관중들이 감격하여 절을 했다.

[흠.]

샤룬은 오만하게 그 장면을 굽어보더니, 허공에서 방향을 다시 바꿔서 귀빈석으로 되돌아갔다.

샤룬이 귀빈석으로 돌아오자 라시움이 칭찬을 해주었다.

[흘흘흘. 샤룬 공. 좋은 구경을 했소이다.]

[대신관님, 별 말씀을 다하십니다. 저의 재주가 별 볼 일 없어 민망할 따름입니다.]

샤룬은 겸손하게 대답하였으나, 그의 눈가에는 뿌듯한 자부심이 스쳐 지나갔다.

그러는 사이 격투는 점점 더 치열해졌다. 세골은 또다시 검의 폭풍을 일으켜 용암의 거인의 팔 한 쪽을 또 뜯어냈다. 이번 팔뚝은 격투장 바닥에 처박혀 그 일대의 암석을 부글부글 녹였다.

[크아악.]

고르돈이 악을 썼다. 용암이 다시 부글부글 일어났다. 거인의 어깨에서 용암의 팔뚝이 다시 자라나 원상태로 복구되었다.

고르돈은 새로 돋아난 팔을 크게 휘둘러 세골을 후려쳤다.

세골은 검막으로 직의 공격을 방어한 뒤, 검의 폭풍을 일으켜 용암의 거인의 복부를 노렸다.

무시무시한 폭음과 함께 거인의 배에 구멍이 뻥 뚫렸다.

[크아악.]

고르돈이 또다시 악을 썼다. 용암이 부글부글 끓으면서 배에 뚫린 구멍을 서서히 다시 메꿨다.

세골이 공격을 하여 거인의 신체를 훼손하면, 고르돈이 다시 그 훼손된 부위를 복구하는 식이었다.

이런 공방이 수차례 이어지면서 고르돈이 위기에 몰렸다. 거인의 신체를 한 번 복구할 때마다 고르돈이 보유한 상급 음혼석이 한 개씩 빛을 잃었다.

'이래선 안 돼. 이렇게 소모전으로 끌려가다가는 작년과 마찬가지로 내가 패한다.'

고르돈이 용암 속에서 이를 악물었다. 결국 고르돈은 숨겨두었던 최후의 수법을 사용하기로 결심했다.

[크와아아아.]

고르돈이 괴성을 내지른 다음, 중얼중얼 주문을 읊었다. 용암의 거인 주변으로 강력한 영력이 뿜어져 나와 파동을 만들었다. 그 파동들이 서로 중첩되면서 격투장 상공을 가득 채웠다.

영력의 파동에 호응이라도 하듯이 격투장 상공에는 검붉은 기운이 몰려들었다.

이곳 격투장은 흐나흐 주행성의 땅속, 즉 지하도시에 세워져 있었다. 따라서 격투장에서는 하늘을 볼 수 없었다. 그저 까마득한 높이에 지하도시의 천장만 보일 뿐이었다.

한데 그 천장에 검붉은 기운이 몰려들어서 마치 먹구름처럼 응결되었다. 검붉은 기운 주변으로 시뻘건 낙뢰가 번쩍번쩍 낙하했다.

쩌적, 쩌적, 쩌저저적.

검붉은 기운은 시뻘건 전하를 번뜩이면서 점점 더 진하게 물들었다.

[저게 뭐야?]

[대체 무슨 일이 벌어지는 거야?]

관중들이 동요했다.

축제의 총책임자인 샤룬과 샤론은 혹시라도 불미스러운 일이 발생할까 싶어서 곧바로 대응에 나섰다.

샤룬의 손끝에서 방출된 주홍빛 실이 격투장 안쪽을 한 바퀴 크게 감싸면서 보호막을 만들었다. 샤론도 음차원의 마나를 쭉 끌어올려 만일의 사태에 대비했다.

그때 용암의 거인이 검붉은 기운을 향해 고개를 번쩍 치켜들었다.

[크와아아아.]

고르돈의 뇌파가 쩌렁쩌렁 울렸다.

제7화
격투 시합 III

Chapter 1

순간적으로 검붉은 기운이 쩍 갈라졌다. 뻥 뚫린 구멍 속에서 새빨갛고 동그란 눈이 번뜩 드러났다.

이 눈알은 관중들에게는 보이지 않았다. 오직 고르돈에게만 보였다.

용암의 거인이 천장을 향해 입을 쩍 벌렸다.

검붉은 기운 속에 드러난 새빨간 눈알이 거인의 입속으로 번쩍 파고들었다.

[캬아!]

고르돈이 비명에 가까운 괴성을 질렀다.

용암의 거인으로부터 믿기 힘들 정도로 포악한 기세가

뿜어졌다. 용암이 툭툭 터져나가면서 거인의 신체 곳곳에서 검붉은 뿔이 마구 솟구쳤다. 눈 깜짝할 사이에 용암의 거인은 뿔이 수십 개 달린 괴물의 형상으로 변신했다. 용암의 거인의 엉덩이 부위에서는 검붉은 꼬리가 길게 돋았다.

'어랍쇼?'

이탄이 흠칫했다.

고르돈은 분명 그릇된 차원의 몬스터였다.

한데 지금 고르돈에게 풍기는 기운은 예전에 이탄이 마주쳤던 부정 차원의 악마들과 가까웠다.

[흐으음.]

한편 라시움도 묘한 기색을 드러내었다. 라시움도 이탄과 마찬가지로 고르돈의 심상치 않은 변화를 감지한 듯했다.

용암의 거인의 몸에서 뿔과 꼬리가 솟구친 것만으로도 격투의 양상이 달라졌다.

[크워어.]

고르돈은 세골을 향해 뿔이 돋친 주먹을 내질렀다.

[어림도 없다.]

세골은 이번에도 검막으로 고르돈의 공격을 막으려 했다.

한데 고르돈의 주먹이 닿기도 전에 뿔에서 솟구친 검붉은 기운이 세골의 검막을 먼저 에워쌌다.

이 검붉은 기운의 정체가 무엇인지는 불분명했다. 다만 검붉은 기운에 노출되자마자 검막이 치이익 소리를 내면서 타들어 갔다.

[헛?]

세골은 처음으로 당혹스럽다는 기색을 드러냈다.

세골이 허공에서 다섯 번이나 방향을 틀어 검붉은 기운으로부터 벗어나려 시도했다. 검붉은 기운은 도망치는 세골에게 바짝 따라붙어 검막을 홀랑 태웠다.

사실 이건 불가능한 일이었다. 검막은 물질이 아니라 검의 기운으로 이루어진 방어막이었다. 따라서 강한 힘으로 검막을 깨뜨릴 수는 있어도 태우는 것은 불가능했다.

그런데도 검붉은 기운은 검막을 활활 태워 결국 소멸시켰다.

검막이 사라지자 세골이 검붉은 기운에 직접 노출되었다.

치이익!

검붉은 기운에 살짝 스치자마자 세골의 옷소매가 화르륵 타버렸다. 이어서 세골의 손목 피부도 검붉게 물들었다.

[후읍, 차아압.]

세골이 기합과 함께 음차원의 마나를 손목에 집중했다. 상급 음혼석을 통해 공급된 마나가 세골의 손목을 감싸며 검붉은 기운을 차단했다.

그때 이미 세골의 손목은 벌겋게 붓고 살점이 흩어지는 중이었다. 만약 세골의 반응이 조금만 늦었더라면 손목이 끊어졌을 뿐 아니라 검붉은 기운이 세골을 팔을 타고 어깨까지 침투했을 뻔했다.

[죽어랏.]

용암의 거인이 다시금 세골에게 달려들었다.

이번에도 거인의 주먹이 날아오기도 전에 뿔에서 검붉은 기운이 솟구쳤다. 검붉은 기운은 안개와 번개를 섞어놓은 듯한 형태로 찌저적 공간을 가로지르더니 단숨에 세골을 향해 밀어닥쳤다.

세골이 재빨리 뒤로 물러났다. 그러면서 세골은 검을 휘둘러 폭풍을 일으켰다.

검붉은 기운이 그 날카로운 검의 폭풍을 거슬러 세골을 덮쳤다. 놀랍게도 검붉은 기운은 검의 폭풍 속에서도 영향을 받지 않았다.

번쩍!

세골이 순간이동에 가까운 속도로 몸을 피했다. 그렇게 세골은 검붉은 기운을 떨쳐낸 다음, 용암의 거인 측면에서 검을 크게 휘둘렀다.

슈왕!

세골의 검에서 방출된 빛이 용암의 거인을 세로로 쪼갰다. 검의 기세가 어찌나 빠르고 강렬했던지 고르돈은 손을 써볼 여지가 없었다.

반으로 쩍 갈라진 용암의 거인이 흐물흐물 녹아서 다시 용암의 바다로 변했다. 격투장 바닥이 다시 용암으로 뒤덮였다.

그 속에서 검붉은 뿔들이 툭툭 솟구쳐 사나운 기세를 발산했다.

세골은 허공에 몸을 띄운 채 검의 힘을 하나로 모았다. 주변의 모든 빛이 세골을 향해 쫘악 빨려 들어가는 듯한 현상이 발생했다.

이에 맞서서 검붉은 뿔들은 흉포하기 이를 데 없는 기운을 쩌저적 쏟아내었다.

웅웅웅웅웅!

격투장 허공에서는 검의 기운이 점점 더 강렬하게 응집되있다.

쩌저저저적!

반대로 격투장 바닥에는 검붉은 기운이 살벌하게 꿈틀거렸다.

이제 곧 2개의 상반된 기운들이 맞부딪치면서 격투의 승패가 갈릴 듯했다.

격투장은 쥐 죽은 듯이 조용했다. 귀빈들을 포함하여 모든 관중들이 아무런 소리도 내지 않고 침을 꼴깍 꼴깍 삼켰다. 다들 이 치열한 접전의 결과가 어떻게 나올지 지켜보느라 여념이 없었다.

오직 이탄만이 다른 생각을 품었다.

'먹고 싶다.'

이탄은 맹렬한(?) 공복감을 느꼈다.

원래 이탄은 부정 차원의 인과율을 결정하는 만자비문의 오롯한 주인이었다. 동시에 이탄은 모든 부정한 기운을 흡입할 수 있는 북극의 별 마법의 당대 전승자였다.

그런 이탄의 눈앞에서 부정한 기운, 즉 검붉은 기운이 마구 날뛴다는 것은 참기 힘든 유혹이었다.

물론 이탄은 얼마든지 유혹을 참아 넘길 수도 있었다. 만약에 이탄이 이 정도 유혹을 참지 못하였다면, 이미 피사노 쌀라싸를 비롯한 피사노교의 수뇌부들은 이탄에게 부정 차원의 기운을 쪽쪽 빨려서 물기 하나 없는 메마른 장작, 혹은 미이라나 다름없는 산송장의 꼴이 되었을 것이다.

이탄이 속으로 되뇌었다.

'이건 공복감 때문이야. 결코 세골이 경기에서 질까 봐

개입하는 게 아니라고. 세골 쪽에 건 상급 음혼석 600개가 아까워서 이러는 게 절대 아니란 말이지.'

애써 이렇게 되뇌기는 했지만, 사실 이탄은 저 정도로 미미한 검붉은 기운 따위는 빨아먹어도 그만, 안 빨아먹어도 그만이었다.

그에 비해서 돈—이곳 그릇된 차원에서는 음혼석이 재화의 역할도 하니까—에 대한 이탄의 집착은 실로 집요하여 단 한 푼도 헛되이 손에서 놓는 법이 없었다.

사실 이것은 이탄의 정체성과도 곧바로 직결되는 문제였다.

Chapter 2

이탄이 무한의 언령을 발동했다. 동시에 만자비문 가운데 시간과 관련된 문자의 권능도 자동으로 발현되었다.

시간이 급격히 느려졌다. 거의 0으로 수렴한 시간의 흐름 속에서 이탄만이 홀로 자유롭게 움직였다.

이탄은 손가락을 들어 격투장 바닥에 삐쭉삐쭉 솟구친 검붉은 뿔들을 가리켰다.

펄펄 끓는 용암 위에 뾰족하게 올라온 뿔들은 마치 비 온 뒤 땅을 뚫고 고개를 내민 죽순을 연상시켰다. 그 검붉은 뿔들이 부정 차원의 기운을 쩌저적 발산하던 채로 모든 움직임을 멈췄다.

이탄은 자신의 몸 속에서 회전 중이던 (진)마력순환로 내부를 대나무 속처럼 텅 비웠다.

쭈와아악—.

그 즉시 가공할 흡입력이 발생하여 검붉은 기운을 빨아들였다. 피사노교에서 절대 금지한 북극의 별 마법이 발휘된 것이다.

북극의 별은 단순히 검붉은 기운만 흡수하는 데 그치지 않았다.

지금 격투장 상공에는 세골이 둥실 떠서 진중한 표정으로 검을 아래로 겨누는 중이었다. 그런 세골의 주변에는 상급 음혼석 7개가 위성처럼 자리하여 세골에게 음차원의 마나를 공급하고 있었다.

한데 북극의 별 마법이 발휘되자 그 음차원의 마나가 방향을 홱 틀더니 이탄의 손가락으로 함께 흡수당했다.

한편 부글부글 끓고 있는 용암 속에도 상급 음혼석 10개가 일정한 간격으로 배치되었다. 이 음혼석들은 고르돈에게 마나를 공급 중이었다.

이탄이 북극의 별 마법을 펼치자 고르돈에게 흘러들어가

던 음차원의 마나가 중단되었다. 대신 그 에너지는 이탄의 손가락으로 유입되었다.

검붉은 기운이 이탄에게 모두 빨려 들어오기까지는 그리 오랜 시간이 걸리지 않았다. 이탄이 눈을 한 번 감았다가 뜨자 검붉은 기운 전체가 이탄의 손가락 속으로 흡입되었다. 심지어 뿔에 남아 있던 마지막 한 방울의 기운까지도 모조리 이탄에게 들어왔다. 수십 개가 넘는 검붉은 뿔들은 모든 에너지를 이탄에게 갈취당한 채 껍질만 남아 허물어졌다.

바로 그때였다.

새빨간 눈알 하나가 용암 속에서 휙 튀어나와 바르르 떨었다. 눈알은 어떻게든 도망쳐 보려고 사방을 두리번거렸다.

[희한한 놈이로구나. 부정 세계에 속한 주제에 감히 만자비문을 거역하고 멈춰진 시간 속에서 움직일 수 있다니 말이다.]

이탄의 뇌파가 쩌렁쩌렁하게 울렸다.

새빨간 눈알이 기겁했다. 그리고 바로 다음 순간, 새빨간 눈알온 잘 익은 버찌처럼 탁 터졌다.

붉은 즙이 허공에 튀었다.

쭈왁―.

그 즙은 벼락처럼 이탄의 손끝으로 흡수되었다.

거의 같은 찰나에 세골의 상급 음혼석 7개가 파삭 깨졌다. 고르돈의 상급 음혼석 10개도 빛을 잃고 부서졌다. 17개의 상급 음혼석 속에 담겨 있던 음차원의 마나는 어느새 이탄의 몸속으로 유입되었다.

북극의 별 마법은 그러고도 탐식을 멈추지 않았다.

원래 북극의 별은 상대의 마나뿐 아니라 생명력과 심령, 심지어 혼백까지도 모두 압착하여 흡수해버리는 무시무시한 마법이었다.

이탄이 한 호흡만 더 내버려 두었다면, 북극의 별 마법은 세골과 고르돈의 혼백까지 통째로 갈아서 잡아먹었을 것이다.

'그러면 당연히 경기가 취소되겠지? 나는 배당금도 받지 못할 테고 말이야.'

이탄이 재빨리 북극의 별 마법을 거두었다.

덕분에 세골은 간신히 목숨을 건졌다.

다만 세골의 생명력 일부가 북극의 별에 흡수를 당한 탓에 그의 얼굴이 창백하게 질렸다. 세골의 몸무게도 약간 줄었다.

고르돈도 예외일 수 없었다. 격투장 바닥 전체를 뒤덮었던 용암이 절반 가까이 줄어들었을 뿐 아니라 고르돈에게서 풍기던 기세도 상당히 저하되었다.

이탄이 멈췄던 시간을 다시 풀어주었다.

허공에서 세골이 세차게 검을 휘둘렀다. 그런데 세골의 마나가 중간에 뚝 끊기면서 검에서 뿜어지던 기운이 어정쩡하게 흩어졌다.

[커헉.]

그 반동으로 세골은 피를 한 모금 토했다.

어쨌거나 세골이 날린 최후의 일격은 격투장 바닥을 향해 무섭게 날아왔다.

고르돈이 그에 맞서 검붉은 기운을 극한으로 일으켰다.

한데 그 살벌하던 기운이 갑자기 자취를 감추었다. 용암 위에 삐쭉삐쭉 솟아 있던 검붉은 뿔들도 모두 사라지고 없었다.

이 뿔들이 없으면 고르돈은 세골의 공격을 막지 못한다.

[아니, 왜?]

고르돈이 처참하게 울부짖었다.

고르돈은 황급히 음차원의 마나를 용암 속에 불어 넣어 용암을 잔뜩 일으켜 세우려 들었다. 그는 용암의 벽을 세워서 궁여지책으로 세골의 공격을 막아볼 요량이었다.

이 시도 또한 실패로 돌아갔다.

고르돈이 아무리 힘을 쥐어짜도 음차원의 마나가 제대로 모이지 않았다. 용암의 일부만이 솟구쳐서 고르돈의 머리 위를 감싸준 것이 전부였다.

[으아아아악.]

고르돈의 뇌에서 비명이 터졌다.

직후,

콰아앙!

무시무시한 굉음과 함께 격투장 바닥이 수십 미터 깊이로 팼다. 용암의 파편이 거의 100 미터 높이로 튀었다. 둘로 쩍 갈라진 용암 속에서 고르돈의 얼굴이 크게 일어났다가 절규를 하면서 붕괴했다.

[어엇, 안 돼.]

귀빈석에서는 비번 일족의 사절단장이 벌떡 일어났다.

고르돈은 비번 일족의 중요한 전력 가운데 한 명이었다. 그런 고르돈이 세골의 검에 두 쪽이 나자 사절단장이 기겁할 수밖에 없었다.

한동안 격투장에는 정적이 흘렀다.

매캐한 유황 연기가 걷히고, 격투장의 모습이 관중들의 눈앞에 드러났다.

[허억, 허억, 허어억.]

세골은 한 손으로 검을 짚고 바닥에 한쪽 무릎을 꿇은 채 숨을 헐떡였다.

Chapter 3

세골의 가슴이 위아래로 들썩이는 모습이 관중들에게 훤히 보일 정도였다. 덕분에 관중들은 지금 세골의 몸 상태가 말이 아님을 짐작할 수 있었다.

한편 세골의 앞에는 고르돈의 시체가 나뒹굴었다.

고르돈은 몸이 세로로 쪼개진 상태였다. 고르돈의 주변은 온통 피범벅이었다. 격투장을 가득 채웠던 용암의 바다는 어디로 갔는지 자취를 감추었다. 검붉은 뿔 수십 개도 감쪽같이 사라지고 없었다.

'허어, 이상타. 검붉은 기운은 분명 부정 차원의 것일 텐데. 고르돈이 분명히 그 음험하고 사악한 기운을 불러내었는데, 그 기운이 왜 갑자기 사라졌을꼬? 세골의 검에 와해가 되었단 말인가?'

라시움 대신관이 심각하게 표정을 굳혔다.

'세골의 무력이 그 정도란 말인가? 부정 차원 악마종의 기운을 소멸시킬 정도였어?'

라시움은 검붉은 기운이 세골에 의해 소멸되었을 것이라고 생각했다. 라시움의 입장에서는 그렇게 착각할 수밖에 없었다.

라시움뿐 아니라 다른 이들도 모두 비슷한 생각이었다.

흐나흐 여왕은 조금 전 고르돈이 순간적으로 강해진 것 같은 느낌을 받았다.

'그런데 세골이 그보다 더 강했다고?'

흐나흐 여왕이 고개를 갸웃했다.

한편 마그리드는 세골의 승리에 취해서 고르돈의 그 수상하던 기운에 대해서는 싹 잊어버렸다.

[역시 세골은 믿음직해. 그가 지난 1년 사이에 이토록 강해졌다니, 정말 다행이지 뭐야. 호호호호.]

마그리드는 이렇게 중얼거리는 한편, 서둘러 치료사들을 격투장으로 내려보냈다. 세골의 부상을 돌보기 위함이었다.

신바람이 난 마그리드와 달리, 샤룬, 사론 남매는 죽상이었다.

'제기랄. 세골이 저렇게 강할 줄이야.'

'어떻게든 세골을 내 밑으로 끌어들였어야 했는데.'

두 남매의 머릿속이 복잡하게 헝클어졌다.

이탄은 별다른 감정을 드러내지 않았다. 그는 그저 입꼬리만 미세하게 끌어올렸을 뿐이었다.

마그리드의 치료사들이 세골에게 약을 먹이고 상처를 돌보는 동안, 크리스털 판에는 이번 시합의 결과와 배당률이 공표되었다.

'1.9의 배당률이라.'

이탄은 배당률을 속으로 되뇌었다.

배당률이 2가 넘지 않는다는 것은, 세골에게 걸린 돈이 고르돈에게 걸린 것보다 약간 더 많다는 뜻이었다.

이탄은 세골에게 상급 음혼석 600개를 걸었으니 1,140개를 돌려받을 것이다. 이 한 판을 통해서 그는 무려 540개의 상급 음혼석을 딴 셈이었다.

마그리드도 세골에게 상급 음혼석 500개를 걸었다가 950개를 돌려받았다. 마그리드도 450개나 되는 수확을 얻어서 싱글벙글 웃음꽃이 피었다.

여왕은 고르돈에게 걸었기에 전액을 다 날렸다.

샤룬과 샤론 남매도 각각 상급 음혼석 300개와 500개를 날려서 속이 쓰렸다.

한편 라시움 대신관이 고르돈에게 상급 음혼석 800개를 투자했다는 사실이 뒤늦게 밝혀졌다.

'어라? 라시움 대신관이 왜 잃었지? 라시움이 미래를 읽는 권능을 가진 게 아니었나?'

이탄이 고개를 갸웃했다.

'아니면 내가 개입했기 때문에 라시움의 예지에 오차가 발생했나?'

만약 이탄이 격투에 개입해서 검붉은 기운을 흡수하지 않았더라면 고르돈이 승리했을 것이다. 조금 전 세골은 검붉은 기운에 밀려서 당황했던 기색이 엿보였다.

'내가 개입한 것은 분명 내 철학에는 맞지 않는 짓이야. 하지만 따지고 보면 고르돈이 먼저 반칙을 한 거라고. 스스로의 힘으로 싸우지 않고 부정 세계의 힘을 빌려왔으니까 말이야.'

이렇게 변명을 해봤자 이탄의 마음속에는 한 가닥의 찜찜함이 남았다.

'쳇. 괜한 짓을 했나?'

문득 이런 생각도 들었다. 이탄은 검지로 자신의 관자놀이를 긁적였다.

그즈음 라시움도 깊은 고민에 잠겼다.

이탄의 짐작대로 라시움은 미래를 예지하는 권능을 지녔다. 100퍼센트 완벽하다고 할 수는 없지만, 지금까지 기나긴 세월을 살아오는 동안 라시움의 예지를 벗어난 사례는 드물었다.

그런데 이번 시합에서 엉뚱한 결과가 나왔다.

'허어. 내가 읽은 미래에서는 분명 고르돈이 우세했어. 처음에는 고르돈이 세골에게 열세를 보이다가 부정 차원의 것으로 보이는 검붉은 기운의 도움을 받아서 결국 전세를 역전했지. 그게 내가 읽은 미래였거든. 흘. 그런데 왜 그 미래가 뒤바뀌었을꼬?'

라시움은 상급 음혼석 800개를 잃은 것보다 그의 예지가 어긋났다는 점이 더 마음에 걸렸다.

하지만 라시움이 아무리 고민을 해보아도 고르돈이 패한 이유는 알 수가 없었다.

여하튼 귀족 부문의 4강전 두 번째 경기도 이로써 종료되었다. 이제 전사 부문과 귀족 부문의 결승전만 남았을 뿐이었다.

흐나흐 족의 마법전사와 일꾼들은 엉망진창으로 변한 격투장 바닥을 서둘러 보수했다. 흙과 불을 다루는 마법전사들이 여러 명 투입되자 바닥은 빠르게 본 모습을 되찾았다.

곧이어 전사 부문의 결승전이 개최되었다.

꼬리에 독침을 매단 붉은 전사가 A 게이트에서 출전했다.

[와아아아.]

관중석 일부에서 함성이 터졌다.

반투명한 여우를 부리는 흐나흐 족 전사는 B 게이트에 자리를 잡았다.

[우와아아아아―.]

이번에도 훨씬 더 크고 우렁찬 환호가 울려나왔다.

관중들이 누구에게 돈을 걸 것인지 짐작 가능한 대목이었다.

이탄도 흐나흐 족 전사에게 중급 음혼석 1,000개를 쓸어 넣었다. 이탄뿐 아니라 다른 귀빈들도 대부분 흐나흐 족 전사에게 돈을 걸었다.

'이번 시합은 배당률이 형편없겠군. 쯧쯧.'

이탄은 가볍게 혀를 찼다.

심판관이 깃발을 들어 경기의 시작을 알렸다.

사삭, 사사삭.

붉은 전사는 창을 들고 경계심을 곤두세운 채 상대의 주변을 시계방향으로 돌았다.

반면 흐나흐 족 전사는 제자리에 우뚝 섰다. 흐나흐 전사가 양손을 바닥에 내리깔아 두 마리의 반투명한 여우를 소환했다.

붉은 전사는 긴장한 눈빛으로 여우들을 노려보았다.

Chapter 4

특이한 점은, 두 전사 모두 몸 상태가 멀쩡하다는 것이었다.

'언노운 월드의 인간들이라면 조금 전의 혈투로 인해서 컨디션이 엉망이었을 텐데. 그릇된 차원의 몬스터들은 역

시 회복이 빠르군.'

이탄이 고개를 주억거렸다.

그러는 동안에도 붉은 전사는 쉽사리 공격하지 못하고 빙글빙글 원만 그렸다.

[우우우우, 뭐하는 거냐?]

[그렇게 종일 맴돌기만 할 게야?]

관중들이 야유를 퍼부었다.

그래도 두 전사는 쉽게 공격하지 못하고 기회를 엿보았다.

관중들은 지루함을 참지 못하고 하품을 했다.

바로 그때 접전이 시작되었다. 두 마리 여우가 빠르게 땅을 박찼다. 여우의 주변으로 수분이 모이면서 거대 물방울이 형성되었다.

붉은 전사는 민첩하게 물방울을 피했다. 옆으로 몸을 날리면서 붉은 전사의 창이 붉은 빛을 세 차례나 연거푸 뿌렸다.

흐나흐 족 전사는 제자리에서 상대의 공격을 모두 막아내었다.

아니, 엄밀하게 말해서 흐나흐 전사가 막았다기보다는 반투명한 여우들이 거대 물방울을 뭉쳐서 붉은 전사의 공격을 차단했다.

붉은 전사는 추가적인 공격 없이 뒤로 물러섰다.

[우우우우우.]

관중석에서 또다시 야유가 들렸다.

계속되는 야유에 흐나흐 전사도 적극적으로 움직였다. 흐나흐 전사가 손을 크게 휘저으며 붉은 전사에게 달려들었다. 그와 보조를 맞춰서 두 마리의 반투명한 여우들이 서로 교차하여 달렸다.

여우 주변에 수분이 점점 더 많이 뭉치면서 이제 거대 물방울의 크기는 직경 100 미터에 육박했다.

이대로 물방울이 계속 더 크게 뭉치다 보면 결국 붉은 전사는 피할 곳이 없어질 것이다. 이제 붉은 전사는 막다른 골목에 몰린 셈이었다.

[치잇.]

붉은 전사는 창을 등 뒤로 돌려 창끝을 감춘 다음, 시뻘건 눈으로 흐나흐 전사를 노려보았다.

[하압!]

다음 순간, 붉은 전사는 우렁찬 기합과 함께 흐나흐 전사의 정면으로 달려들었다.

[와랏.]

흐나흐 전사도 붉은 전사를 향해 마주 달렸다.

그보다 한발 앞서 두 마리 반투명한 여우가 앞서거니 뒤서거니 하면서 붉은 전사를 덮쳤다.

좌아악!

붉은 전사는 자신의 신체를 엄청나게 가속하여 거대 물방울 정면으로 뛰어들었다. 등 뒤로 숨겼던 창이 어느새 붉은 전사의 정면으로 튀어나왔다. 붉은 전사는 이번 공격에 목숨을 건 듯 창과 일체가 되어 일직선으로 물방울을 찔렀다.

그 속도가 어찌나 빨랐던지 격투장에 붉은 번개 한 가닥이 몰아치는 듯했다.

붉은 전사는 정말이지 전력을 다했다. 어금니가 으스러질 정도로 꽉 물고 온 힘을 다해 거대 물방울을 꿰뚫었다.

만약 붉은 전사의 마나가 조금만 더 충만했더라면?

만약 거대 물방울이 조금만 더 작았더라면?

그랬다면 붉은 전사는 거대 물방울을 관통하여 흐나흐족 전사에게 닿았을지도 몰랐다. 최소한 흐나흐 전사에게 창질 한 번, 독침 한 방은 날렸을지도 몰랐다.

하지만 마지막 한 발자국이 부족했다. 붉은 전사는 거대 물방울 속을 거의 다 뚫은 상태에서 힘이 빠졌다.

[크흡.]

붉은 전사가 물방울 속에서 두 손으로 자신의 목을 감쌌다. 붉은 전사는 도저히 숨이 쉬어지지 않았다. 폐에 물이 차서 죽을 것만 같았다.

붉은 전사가 물방울에 갇혀서 버둥거렸다. 붉은 전사의 꼬리에서는 독침이 발사되어 사방으로 날아갔다.

그 독침 공격에도 불구하고 거대 물방울은 끄떡도 하지 않았다.

[끄이익.]

붉은 전사가 발악하듯 창을 휘저었다.

그럴수록 붉은 전사의 힘만 더 빠질 뿐이었다.

[푸허헙.]

마침내 붉은 전사의 눈이 돌아갔다. 시뻘건 눈동자가 사라지고 흰자위만 남았다. 붉은 전사의 입에서는 뽀글뽀글 거품이 올라왔다.

[꼬르륵. 꼬르르륵.]

붉은 전사는 물방울 속에서 몇 차례 더 휘청거리다가 결국 정신을 잃었다.

흐나흐 족 전사는 신중했다. 그는 적이 기절한 모습을 보고도 물방울을 해체하지 않았다.

그렇게 몇 분이 흐르자 붉은 전사의 입에서 핏물이 올라왔다.

보다 못해 심판관이 격투를 중지시켰다.

[스톱. 스톱. 경기가 끝났소.]

흐나흐 족 전사는 그제야 반투명한 여우들을 거둬들였다. 거대 물방울이 팍 터지면서 격투장 바닥이 물바다로 변했다.

붉은 전사는 봇물 터지듯이 터진 물속에 휩쓸려 가랑잎처럼 날아갔다. 그 다음 격투장 벽에 머리를 처박으며 축 늘어졌다.

[어서 그를 치료하라.]

붉은 전사를 후원하는 귀족 가문에서 치료사를 급히 파견했다. 치료사들이 우르르 달려들어 붉은 전사의 폐에 찬물을 빼내고 치료를 시작했다.

그 사이 흐나흐 족 전사는 두 손을 번쩍 들고 자신의 승리를 격투장의 모든 이들에게 알렸다.

[와아아아아!]

[만세. 만세.]

승리자를 축하하는 함성이 격투장 전체를 떨쳐 울렸다.

샤룬이 격투장으로 직접 내려가 흐나흐 전사의 공을 치하했다. 샤룬은 흐나흐 전사에게 큰 포상도 내렸다. 전사 부문에서 우승한 흐나흐 전사에게는 여왕의 이름으로 전공 점수도 하사되었다.

크리스털 판에는 배당률이 떴다.

— 배당률: 1.1

이건 정말 형편없었다. 이탄이 중급 음혼석을 1,000개를 걸었는데 고작 100개를 추가로 돌려받을 뿐이었다.

'하. 겨우 10퍼센트를 건졌구나.'

그래도 잃은 것보다는 나았다. 이탄은 일단 승리자를 맞춘 것으로 위안을 삼았다.

Chapter 5

격투장이 정리되는 동안 흐나흐 일족 무희들이 춤을 추었다.

이어서 오늘의 마지막 시합이 시작되었다. 귀족 부문 결승전이 바로 오늘의 하이라이트였다.

A 게이트에는 세골 가주가 출전했다.

이번에도 세골은 엉덩이에 1.2 미터 길이의 검 한 자루만 달랑 매달고 나타났다. 언제나 그렇듯이 세골의 표정은 침착했다.

이에 맞서서 B 게이트에는 타우너스 일족의 차온이 모습을 드러내었다.

차온은 기다란 쇠사슬을 철그럭 거리며 등장하더니, 우두둑 우두둑 소리가 날 정도로 목을 좌우로 꺾었다.

[우와아아, 세골. 세골. 세골. 세골]

[차온. 이겨라. 차온. 이겨라.]

관중들이 머리 위에서 주먹을 빙빙 휘두르며 열광했다. 차온을 응원하는 뇌파보다는 세골을 연호하는 뇌파가 압도적으로 더 많았다.

어쩌면 이것은 당연한 일이었다.

차온도 나름 뛰어난 무력을 보여주었지만, 그래도 세골에게 미치지는 못하였다. 지난 경기에서 세골이 검으로 용암의 거인을 베어버리는 모습은 관중들에게 깊은 인상을 심어주었다.

샤론이 조심스럽게 물었다.

[이탄 님, 이번에도 세골에게 거실 건가요?]

샤론은 세골을 싫어했다. 세골과 그의 가문이 마그리드의 편에 섰기 때문이었다. 그렇다고 해서 그녀가 이탄에게 차온을 추천할 수도 없었다. 누가 봐도 세골이 차온보다 우세한 까닭이었다.

이탄은 잠시 이마를 찌푸렸다.

'아까 전에 북극의 별 마법을 펼쳤을 때 뭔가 느낌이 이상했지? 부정한 세상에서 유입된 검붉은 기운과 붉은 눈알만 흡수하려고 했는데, 그만 세골과 고르돈의 상급 음혼석까지 모두 흡수해버렸어. 한데 그것만으로 끝났으면 모르겠는데, 세골의 몸에도 영향을 조금 끼친 것 같아.'

좀 더 정확한 세골의 몸 상태는 격투가 시작돼봐야 알 수 있을 것이다.

하지만 이탄은 '어쩐지 세골이 당분간은 음차원의 마나를 제대로 다루지 못할지 몰라.' 라는 판단이 들었다.

과연 음차원의 마나가 끊긴 상태에서도 세골이 검술 실력만으로 타우너스의 귀족인 차온을 감당할 수 있을 것인가?

이탄은 바로 이 점을 고민했다.

[이탄 님.]

이탄이 아무런 대답이 없자 샤론이 한 번 더 이탄을 불렀다.

[음?]

이탄은 그제야 샤론을 돌아보았다.

샤론이 다시 한 번 이탄의 의중을 물었다.

[이탄 님께서 이번에도 세골에게 거실 건지 여쭤봤어요.]

이탄이 단호하게 고개를 가로저었다.

[비밀이다.]

[네에?]

[나도 라시움 대신관처럼 비밀리에 걸어보려고. 나중에 결과가 말해주겠지.]

말은 이렇게 하였지만, 이탄은 분명히 세골에게 돈을 걸 것이라고 샤론은 판단했다.

'쳇. 뻔하지.'

샤론이 이탄 몰래 입술을 삐쭉거렸다. 물론 샤론은 속상한 마음을 겉으로 드러내지는 않았다.

흐나흐 여왕과 마그리드 등은 모두 세골의 승리를 확신했다. 다른 귀빈들도 대부분 세골에게 상급 음혼석을 걸었다. 다만 라시움 대신관이 어느 쪽에 투자했는지는 이번에도 비밀에 부쳐졌다.

격투장에서는 심판관이 경기의 시작을 알리는 깃발을 들었다.

세골이 검을 스르릉 뽑았다.

평온해 보이는 표정과 달리 세골은 지금 무척 곤혹스러웠다. 세골의 주머니 안에는 마그리드로부터 새로 하사받은 상급 음혼석이 8개나 들어 있었다. 한데 그 음혼석으로부터 흘러나오는 음차원의 마나가 세골의 체내로 잘 유입되지 않았다.

'고르돈과 싸울 때 어느 한순간에 마나가 쫙 고갈되는 듯한 느낌을 받았지. 실제로 내가 지니고 있던 상급 음혼석

들도 모두 망가졌고 말이야. 그때 신체에 무리가 온 것일까? 마나가 원활하게 공급되지 않고 뚝뚝 끊겨.'

세골은 격투장에 나서기 전까지는 이 문제를 발견하지 못했다. 그러다 세골이 결승전 상대를 맞아 음차원의 마나를 일으키려고 하자 갑자기 문제가 드러났다.

'음차원의 마나 없이 타우너스의 귀족과 싸울 수 있을까?'

사실 이건 불가능한 일이었다. 세골도 그 사실을 너무나 잘 알았다.

'이 격투장이 내 무덤이 될 수도 있겠구나.'

이런 생각을 하자 세골은 뒷골이 저렸다.

만약 차온이 세골의 몸 상태를 알았다면 다짜고짜 공격부터 퍼부었을 것이다. 하지만 차온은 세골의 문제에 대해서 전혀 파악하지 못했다. 차온의 머릿속에는 그저 이전 시합에서 세골이 보여주었던 놀라운 검술만이 각인되었을 뿐이었다. 그 검술을 떠올리자 차온은 선불리 세골을 공격할 수 없었다.

철그럭, 철그럭, 철그럭.

차온의 쇠사슬이 시커먼 기운에 휩싸여 듣기 싫은 소리를 내었다. 대형 뱀처럼 길게 늘어진 쇠사슬은 격투장을 빙돌아 세골을 포위했다.

세골의 등 뒤에서 철그럭 소리와 함께 살기가 뻗었다.

세골은 상대의 유인책에 넘어가지 않았다. 세골은 그저 무서울 정도로 침착한 눈빛으로 차온을 응시하며 검을 축 늘어뜨렸다.

　차온에게는 무심한 듯한 세골의 태도가 오히려 더 큰 압박감이 되었다. 차온은 쇠사슬을 부려서 세골의 뒤통수를 노리지도 못하였고, 그렇다고 전면에서 달려들어 세골을 직접 공격할 수도 없었다.

　둘의 대치 상태가 길어지건만 관중들은 야유를 보내지 못했다. 관중들은 침을 꿀꺽 삼키며 팽팽한 긴장감에 휩싸였다.

　마침내 차온이 대치 상태를 깨뜨렸다.

　검은 기운을 품은 쇠사슬이 별안간 확 조여들면서 세골을 휘감았다. 동시에 차온의 육중한 몸뚱어리가 허공으로 부웅 날아올랐다가 세골을 향해 그대로 떨어졌다.

　콰앙!

　폭음이 터졌다.

　세골은 검끝으로 쇠사슬을 휘감아 옆으로 뿌렸다. 이 단순한 동작에 차온의 쇠사슬이 크게 출렁거리면서 오히려 차온의 공격과 맞부딪쳤다. 차온의 무기가 차온에게 방해가 된 셈이었다.

Chapter 6

[큭.]

차온이 입술을 꽉 깨물었다. 조금 전의 간단한 동작 하나 만으로도 세골이 얼마나 강한지 짐작이 되었다. 차온은 바짝 얼어붙었다.

한편 세골은 검을 슬며시 잡아당겨 등 뒤로 돌렸다.

애써 태연한 척하지만 지금 검을 움켜쥔 세골의 오른손 은 부들부들 떨리는 중이었다. 음차원의 마나가 없는 상태 에서 쇠사슬과 부딪치자 그 충격이 모두 세골의 손으로 전 달되었다. 세골의 손목뼈에는 실금이 쭉 갔다. 근육과 힘줄 은 찢어질 듯 아우성을 쳤다. 세골은 팔이 시큰거려서 검을 제대로 쥐기도 힘들었다.

'뭐지?'

차온이 이상함을 느꼈다.

조금 전 세골의 환상적인 수법에 의해 차온의 공격은 실 패로 돌아갔다. 차온은 그 즉시 세골의 반격이 이어질 것으 로 예상하고는 바짝 긴장했다.

한데 아무리 기다려도 세골은 공격하지 않았다.

차온이 슬금슬금 상대의 주변을 맴돌았다. 차온의 쇠사 슬이 철그럭 소리를 내면서 땅바닥을 후려쳤다.

세골은 무심히 그 모습을 지켜보았다.

차온은 섣불리 공격하지 못하고 세골의 눈치를 보다가 갑자기 훅 달려들었다. 허공에서 크게 한 바퀴 선회한 쇠사슬의 끝이 세골의 오른쪽 옆구리로 파고들었다. 동시에 차온은 세골의 왼쪽 가슴을 노렸다.

세골이 또다시 검을 휘둘렀다. 세골의 검이 둥근 궤적을 그렸다.

유려한 그 궤적에 차온의 쇠사슬이 걸렸다. 쇠사슬은 불똥을 튀기며 튕겨 나갔는데, 이번에도 그 방향이 의미가 깊었다. 바로 차온이 달려드는 그 방향이었다.

[차압.]

차온은 이럴 줄 알았다는 듯이 손으로 쇠사슬을 낚아챘다. 그러면서 속도를 줄이지 않고 육탄돌격하여 세골의 가슴을 어깨로 들이받았다.

세골이 최소한의 몸놀림만으로 차온의 돌격을 피했다. 그러면서 세골의 검이 차온의 목덜미와 어깨, 팔뚝에 세 번의 상흔을 남겼다.

핏! 핏! 핏!

세 가닥의 핏물이 허공을 수놓았다.

[크형.]

차온은 피 보기를 두려워하지 않았다. 그는 세골의 공격을 무시한 채 방향을 직각으로 틀어서 세골을 집요하게 노렸다.

세골이 바람에 휘날리는 민들레 홀씨처럼 부드럽게 뒤로 밀렸다. 그러면서 세골의 검이 현란한 빛을 뿌렸다.

차온이 그 검날 속으로 뛰어들었다.

'이유는 모르겠으나 지금 세골의 몸 상태는 정상이 아니다.'

이제 차온도 세골의 몸 상태를 짐작했다. 차온이 눈을 번쩍 빛냈다.

원래대로라면 세골의 검에서 뿜어진 강렬한 검의 기운이 차온의 근육 속 뼈까지 잘라버려야 정상이었다. 한데 세골의 공격은 차온의 피부만 조금 베는 정도에 그쳤다.

'이 정도로 가벼운 검이라면 무시해도 그만이야.'

차온은 물불 가리지 않고 파고들었다. 뒤로 쭉 빠졌던 차온의 손이 날아가 세골의 검을 후려쳤다.

세골은 길게 휘두르던 검을 황급히 회수했다.

이제 차온은 확신했다.

'검과 내 손이 부딪칠 상황인데 오히려 검을 뒤로 빼? 세골에게 뭔가 문제가 생겼구나. 크하하.'

차온이 성난 들소처럼 세골을 몰아쳤다.

철그럭 철그럭.

검은 쇠사슬이 살아 있는 뱀처럼 요동치며 세골의 뒤를 노렸다. 앞에서는 차온이 일체의 방어를 포기한 채 달려들었다.

'제길. 내 상태를 들켰구나.'

세골이 입술을 꽉 깨물었다.

세골이 아무리 검을 잘 쓴다고 해도 소용이 없었다. 차온은 세골의 검이 날아와도 그냥 어깨로 맞으면서 파고들었다.

세골의 검이 차온의 어깨를 연거푸 다섯 차례나 베었다. 차온의 어깨에서 피가 철철 흘렀다. 상처가 제법 깊게 벌어졌다.

그래도 차온은 눈 하나 깜짝 않았다. 차온은 방어를 포기한 채 달려들어 결국 세골의 옆구리에 주먹 한 방을 꽂아 넣었다.

[끄억.]

세골이 수십 미터를 날아가 격투장 벽에 머리를 처박았다. 세골의 갈비뼈가 으스러져 그 파편이 피부 밖으로 튀어나왔다.

[끄으응.]

세골은 검을 지팡이 삼아 겨우 몸을 일으켰다.

철그럭 철그럭 철그럭.

검은 쇠사슬이 파도가 치듯 위아래로 요동쳤다. 그 쇠사슬에 얻어맞아 격투장 바닥이 퍽퍽 팼다.

차온은 위협적으로 쇠사슬을 휘두르면서 세골에게 접근했다.

그때까지도 세골은 두 손으로 검을 짚고 겨우 일어서는 중이었다. 세골의 두 다리가 후들후들 떨렸다. 세골의 옆구리에서 흘러나온 피가 격투장 바닥을 흥건하게 적셨다.

이런 상황에서도 세골의 눈빛만큼은 죽지 않았다. 서늘하게 벼려진 세골의 눈을 보자 차온은 머리카락이 쭈뼛 서는 것 같았다.

[크흥. 킁.]

겁먹은 것이 기분 나쁜 듯 차온이 코를 세차게 풀었다. 그 다음 쇠사슬을 빙글 돌려 세골을 후려쳤다. 동시에 차온의 몸이 벼락처럼 쏘아져 세골을 덮쳤다.

세골의 검이 쇠사슬을 교묘하게 후려쳐 옆으로 비껴 흘렸다. 하지만 무섭게 달려드는 차온까지 막지는 못했다.

아니, 세골의 검은 분명히 쇠사슬을 후려친 다음 차온의 정수리를 향해 자세를 잡았다.

다만 차온이 그 검을 무시하고 달려들었을 뿐이었다.

채앵!

세골의 검이 차온의 뿔에 부딪쳐 부러졌다.

세골의 검에 충분한 마나가 실려 있었더라면 차온의 뿔은 깔끔하게 잘려나가고 이어서 차온의 두개골이 두 쪽으로 갈라졌을 것이다.

한데 세골의 검에는 단 한 톨의 마나도 주입되지 않았다.

Chapter 7

[아!]

애병이 부러진 순간 세골은 자신의 죽음을 직감했다.

뒤이어 3.5미터나 되는 거구의 차온이 세골의 호리호리한 몸을 들이받았다. 육중한 전차가 사슴을 들이받아 뼈째으깨버리는 것처럼 콰앙!

세골의 몸뚱어리가 끈 떨어진 연처럼 멀리 날아갔다. 세골은 온몸의 뼈가 으스러지고 피범벅이 되어 격투장 벽에처박혔다.

[격투를 중지시켜. 당장 중지시키라고.]

마그리드가 벌떡 일어나 악을 썼다.

심판관이 정신없이 깃발을 휘두르면서 차온을 말렸다.

[스톱. 스토―옵.]

그보다 한발 앞서 차온이 대지를 박찼다. 차온은 2개의 뿔을 곤두세운 채 세골을 향해 날아갔다.

이 무식한 공격에 살짝 스치기만 해도 세골은 사망이었다.

[허.]

세골의 눈에 죽음의 그림자가 짙게 드리웠다.

관중들도 입을 쩍 벌렸다.

[안 돼애애—.]

멀리서 마그리드가 악을 썼다. 마그리드가 제아무리 왕의 재목이라고 하지만 저 먼 곳의 세골을 구할 수는 없었다. 그녀가 세골의 목숨을 살리고자 마음먹었다면 몇 초 전에 격투를 중단시켰어야 했다.

하지만 마그리드의 개입은 너무 늦었고, 차온의 뿔은 세골의 심장을 뚫고 들어가기 직전이었다.

바로 그 순간, 이탄이 귀빈석을 박찼다.

이탄은 원래 감상적인 성격은 아니었다. 이익도 없는데 남을 도와줄 만큼 착하지도 않았다.

그럼에도 불구하고 이탄이 나선 데는 두 가지 이유가 있었다.

첫째, 이탄은 북극의 별 마법으로 세골에게 타격을 입힌 것이 이번 시합에 불공정하게 작용했다고 판단했다.

'불공정했든 어쨌든 시합은 시합이지. 시합에서 패한 것은 세골의 운이니까 그걸 바로잡지는 않는다손 치더라도 세골을 그냥 죽게 내버려둘 수는 없어.'

이것이 이탄의 생각이었다.

둘째, 이탄은 세골이 이대로 죽기엔 아깝다고 판단했다. 세골은 정말이지 보기 드문 검수였다.

'몬스터인 세골이 어떻게 이렇게 뛰어난 검술을 익혔는지 그 점이 궁금하단 말이야. 게다가 그 검술이 묘하게 아울 검탑의 검술을 연상시키거든. 한번 알아봐야겠어.'

사실 이탄이 귀찮음을 무릅쓰고 나선 데는 첫 번째 이유보다는 두 번째 이유가 더 크게 작용했다.

뻥!

이탄의 비행속도가 어찌나 빨랐던지 관중석에 소닉 붐 현상이 발생했다.

이탄이 지나간 곧바로 아래쪽의 관중들이 좌우로 나자빠졌다. 관중들의 옷이 찢어지고 피부가 터졌다. 관중들이 꽥꽥 난리법석을 피웠다.

이탄은 폭음이 채 퍼지기도 전에 격투장에 뛰어들어 세골의 앞을 가로막았다.

그때 차온은 이탄의 코앞까지 날아온 상태였다.

이탄이 손을 가볍게 내밀어 차온의 뿔을 잡았다.

수 톤이 넘는 차온이 이탄의 손에 붙잡혀 종잇장처럼 대롱대롱 흔들렸다. 이어서 날아든 차온의 쇠사슬은 이탄의 몸에 부딪치자마자 100배의 반탄력으로 튕겨져 나갔다. 가닥가닥 끊어지고 뭉그러진 쇠사슬 파편이 격투장 바닥에 어지럽게 흩뿌려졌다.

[이이익.]

차온이 버둥거렸다.

이탄은 차온의 뿔을 툭 놓아주었다.

차온은 불만 가득한 눈으로, 그러면서도 두려움이 잔뜩 어린 흔들리는 눈동자로 이탄을 바라보았다.

[격투는 신성한 것이오. 당신이 누군지 모르겠으나 이 격투에 끼어들면 안 되는 거요.]

차온이 이탄에게 불평을 쏟아놓았다.

차온에게 돈을 걸었던 관중들이 그 말에 동조했다.

[우우우우, 차온의 말이 맞다.]

[아무리 귀빈이라고 해도 이 신성한 격투에 개입하면 안 되지.]

이탄은 심판관을 돌아보았다.

[심판관. 이미 판정을 내린 것 같은데. 차온의 승리를 인정하고 경기를 중단시킨 것 아니었나?]

[그, 그건 그렇습니다.]

심판관이 바짝 얼어 대답했다.

이탄은 다시 차온을 돌아보았다.

[들었지? 이번 시합은 너의 승리다. 나는 단지 네 승리가 확정된 후에 나섰을 뿐이야. 세골을 그냥 죽게 내버려 두기엔 아까워서.]

차온이 가슴을 쫙 펴고 주장했다.

[그렇다고 하더라도 외부인이 개입을 해서는 안 되는 거요. 신성한 격투장 안에서 격투에 개입할 수 있는 자는 오로지 2명의 격투가뿐. 이 2명 가운데 한 명은 승자가 되고 다른 한 명은 패자가 될 것이며, 매 격투에서 패자에 대한 처리 권한은 승자에게 있소. 그러니 내가 세골을 죽이든 말든 그것은 나의 권한이외다. 설령 흐나흐 일족의 여왕님이라고 하더라도 나의 권리를 훼손할 수는 없소.]

Chapter 8

차온의 주장은 일리가 있었다.

첫째, 외부의 개입 일절 없음.

둘째, 싸우다 죽더라도 그것은 패자의 운명일 뿐.

이 두 가지 원칙은 그동안 흐나흐 일족의 격투시합에서

항상 지켜져 왔다.

[맞아. 차온의 말이 옳다고.]

[패자를 죽일지 말지는 승자가 결정하는 거지.]

관중들이 편을 들어주자 차온의 어깨가 으쓱했다. 차온은 거보란 듯이 오만하게 이탄을 내려다보았다.

이탄이 가만히 팔짱을 끼었다.

[네 말 뜻은 알겠는데, 그건 시합이 끝나기 전의 이야기겠지. 심판관이 스톱을 외쳤으니 이미 시합은 끝났어. 나는 시합이 끝난 뒤에나 등장한 거고.]

이탄의 주장을 들으니 이 또한 그럴듯했다.

차온은 억울하다는 듯 관중석을 향해 두 손을 번쩍 들었다.

[그건 당신의 주장일 뿐이오. 나는 한창 격투에 몰입하여 심판관의 스톱 신호를 전혀 듣지 못했소. 설령 심판관이 먼저 스톱을 외쳤다고 칩시다. 그럼 그 이전에 벌어진 수많은 시합들은 어떻게 할 거요? 그때도 심판관이 스톱을 외친 후 계속 싸움을 이어갔던 사례가 많은데?]

[옳소. 차온의 주장이 옳소.]

꽤 많은 관중들이 차온의 주장에 호응했다.

이탄의 표정은 점점 더 싸늘하게 굳었다.

[그래서, 원하는 바가 뭐야? 끝내 세골의 심장을 그 뿔로

찢어놓고 싶다는 건가? 이미 너의 승리는 확정되었잖아.]

이탄의 뇌파가 중저음으로 낮게 깔렸다.

그러면서 또 다른 뇌파가 차온의 뇌에 파고들었다.

[이런 쌍. 산 채로 뿔을 뽑아버릴까? 귀를 찢고 눈깔을 파내고 팔다리를 찢어서 입구멍에 처박아 버릴까? 아니면 타우너스 행성으로 찾아가서 이놈의 일족들을 한 놈 한 놈 다 찢어 죽여? 이 새끼가 뭘 믿고 이 지랄이지?]

독백처럼 흘러나온 이탄의 뇌파는 오로지 차온의 뇌리에만 들렸다.

[헙.]

차온은 그제야 제정신이 번쩍 들었다.

상대는 가벼운 손짓만으로도 그의 육탄돌격을 받아낸 초강자였다. 차온이 자랑하던 애병은 상대의 몸에 스치는 즉시 다 터져나가서 박살 났다. 그 무시무시한 괴물이 타우너스 행성으로 쳐들어온다고 상상하자 차온은 등골이 오싹했다.

[히끅! 히끅!]

차온이 저도 모르게 딸꾹질을 했다.

이탄은 그런 차온을 지그시 바라보다가 천천히 허공으로 떠올랐다.

관중석은 쥐 죽은 듯이 조용해졌다.

이탄은 신발형 비행 법보를 구동하여 다시 귀빈석으로 돌아왔다.

마그리드의 치료사들이 그제야 격투장으로 뛰어 들어왔다. 치료사들은 황급히 세골을 땅바닥에 눕히고 약부터 먹였다.

귀빈석에서는 마그리드가 울먹이며 이탄에게 머리를 숙였다.

[고맙습니다. 흑흑. 이탄 님, 세골의 목숨을 구해주셔서 정말 고맙습니다.]

[아아. 뭐.]

이탄은 마그리드의 인사를 받는 둥 마는 둥 했다.

이탄이 흑색 의자에 앉아서 가만히 격투장을 내려다보았다.

'괜히 나섰나?'

얼핏 이런 생각이 이탄의 뇌리를 스쳐 지나갔다.

하지만 어쩔 수 없었다. 세골과 아울 검탑의 관계를 파헤치기 위해서는 이탄이 나서야만 했다.

이탄의 돌발적인 행동은 논란이 되었다.

격투가 이미 끝난 후에 이탄이 격투장에 난입한 것이므로 아무런 문제가 될 게 없다는 주장이 한편에서 흘러나왔다.

설령 그렇다 치더라도 외부인이 격투장에 뛰어든 것 자체가 문제라는 주장이 앞선 주장을 반박하였다.

탄신일의 격투는 신성한 것이므로 이런 논란거리를 만든 것 자체가 잘못된 행동이라는 주장도 있었다.

그때 꾸부정한 흐나흐 노인이 벌떡 일어났다.

[이런저런 것을 다 떠나서, 이런 돌발행동이 허용되면 안 됩니다. 돌발행동을 벌인 귀빈은 분명히 세골에게 돈을 잔뜩 걸었을 겝니다. 그래서 세골을 패한 것에 격분하여 격투장에 뛰어든 게 분명합니다. 귀빈이 격투장에 들이닥친 시점에서 이미 경기가 끝났네, 안 끝났네. 이런 논쟁이 뭐가 중하겠습니까? 이러한 귀빈의 개입만으로도 격투 출전자들은 심리적인 압박을 받을 겝니다. 격투가들은 오로지 투지만으로 상대와 맞서 싸워야 하는데, 앞으로는 상대에 대한 투지 외에도 상대방의 후원자가 누구인지, 그 후원자가 얼마나 큰 힘을 가졌는지도 신경을 쓰게 될 것 아닙니까?]

노인의 말이 정곡을 찔렀다.

이탄도 솔직히 뜨끔했다.

조금 전 이탄이 세골을 구해준 것은 진짜로 사심 없이 벌인 행동이었다.

하지만 그 전 경기에서 이탄은 고르돈의 검붉은 기운을 흡수해버렸다. 세골에게 상급 음혼석을 잔뜩 건 상태에서 말이다.

제8화
라시움 대신관과 거래하다

Chapter 1

이탄이 침묵하자 노인은 더욱 기가 살았다.

사실 이 노인은 샤룬을 섬기는 꾀주머니들 가운데 한 명이었다. 노인은 '샤룬 님, 저의 말솜씨가 어떻습니까? 이 기회에 격투에 개입한 자와 그 배후에 있는 마그리드의 코를 납작하게 만들어 주겠습니다.'라는 표정으로 샤룬을 올려보았다.

샤룬이 노인에게 인상을 바바 썼다.

'엥?'

노인은 샤룬이 왜 저러는지 이해가 가지 않았다.

그런 노인의 귀에 샤룬의 뇌파가 직접 전달되었다.

[닥쳐. 닥치라고, 이 병신아. 이탄 님은 내가 모셔온 귀빈이시다.]

[네에? 아니 그런데 왜 그자가, 아니 그 귀빈이 세골의 편을 들었습니까?]

노인은 어리둥절했다.

당황한 노인이 황급히 사태를 수습하려 들었으나, 이미 때는 늦었다. 노인의 말빨(?)에 감동한 관중들이 마구 웅성거렸다.

흐나흐 여왕이 곤혹스러운 듯 이탄을 바라보았다.

[이탄 님, 왜 그런 일을 벌이셨어요?]

흐나흐 여왕은 골치가 아팠다.

여왕뿐 아니라 샤룬과 샤론 남매도 어찌할 바를 몰랐다.

오직 마그리드만이 감격한 듯 보였다.

그때 크리스털 판에 배당률이 공표되었다.

― 배당률: 112.2

[헉. 대박이다.]

[와아아, 차온에게 건 이들은 완전히 봉을 잡았어.]

엄청난 배당률에 관중들이 술렁거렸다. 이번 시합의 배당률이 무려 100배가 넘었기 때문이었다.

이렇게 어마어마한 배당률이 터진 이유는 간단했다. 관중들이 차온보다 세골에게 100배 이상 더 많은 돈을 걸었기 때문이었다.

잠시 후, 전 경기를 통틀어서 최고액 수령자도 크리스털 판에 공개되었다.

놀랍게도 그 대상자가 바로 이탄이었다. 이탄은 바로 이 경기에서 차온에게 상급 음혼석 1,000개를 쓸어 넣었던 것이다.

경기가 시작되기 전, 이탄은 세골의 마나 흐름에 문제가 생겼다는 점을 예측했고, 이를 바탕으로 차온에게 거액을 배팅했다.

[어엉? 저 귀빈은 세골에게 돈을 건 게 아니었어? 세골에게 큰돈을 걸었다가 세골이 패하자 홧김에 격투장에 난입했던 것 아니었냐고.]

조금 전 샤룬의 꾀주머니 노인은 분명 그렇게 주장했다.

대다수의 관중들도 노인의 말에 현혹되어 이탄을 의심했다.

한데 아니었다. 이탄은 세골이 아니라 차온에게 투자했다. 그것도 한도까지 꽉 채워서 상급 음혼석을 1,000개나 넣었다.

귀빈들은 어리둥절한 눈으로 이탄을 바라보았다. 샤룬의

꾀주머니 노인도 뭐라고 할 말이 없어 뇌파를 [어버버버.] 거리며 얼버무렸다.

이탄을 비난하던 목소리가 갑자기 쏙 들어갔다.

만약 이탄이 세골에게 돈을 걸은 뒤 격투에 개입하여 차온을 압박했다면? 이건 분명히 문제가 있는 행동이었다.

반대로 이탄이 비록 차온에게 배팅을 했지만, 격투를 지켜보다가 세골의 당당한 태도와 재능에 감명을 받아 그의 목숨을 구해준 것이라면? 이것은 문제가 있는 행동이라기보다는 감동적인 미담에 가까웠다.

관중들은 더 이상 이탄을 비난할 명분을 찾지 못했다. 그들은 그저 거액을 딴 이탄이 부러울 뿐이었다.

한편 샤론도 이탄에게 서운했던 감정이 눈 녹듯이 풀렸다.

[에고. 그럼 그렇지. 이탄 님이 마그리드의 심복인 세골에게 배팅하실 리 없지. 나는 바보같이 그것도 모르고 이탄님의 마음을 의심했지 뭐야. 이 바보.]

샤론은 스스로에 머리에 알밤을 콩 때렸다.

반대로 마그리드는 이 사태를 어찌 해석해야 할지 몰라서 머리가 복잡했다.

[이런! 이탄 님께서 내 편을 들어주신 것은 아니었구나. 이탄 님이 세골의 승리를 원하신 건 아니었어. 그렇다면 이

탄 님이 왜 세골의 목숨을 구해주셨지? 대체 뭐야? 설마
이탄 님은 양다리쟁이?]

마그리드가 머리를 벅벅 긁었다.

곧 정산 결과가 나왔다.

귀빈들 가운데 차온에게 상급 음혼석을 건 이들은 이탄
과 라시움, 샤룬, 샤론 남매가 유일했다.

나머지 귀빈들은 세골이 이길 것이라고 믿었기에 차온에
게 돈을 걸지 않았다.

심지어 샤룬과 샤론 남매도 차온에게 최소한만 투자했다.

'잃을 것이 뻔한 경기에 상급 음혼석을 잔뜩 쓸어 넣을
수는 없지.'

'비록 마그리드가 얄밉기는 하지만, 그래도 현실을 무시
할 수는 없어. 차온에게는 최소한만 투자하자.'

두 남매는 나름 잔머리를 굴렸다.

그 결과 샤룬은 차온에게 상급 음혼석 딱 한 개만 걸었
다. 샤론도 차온에게 상급 음혼석 10개를 투자하는 데 그
쳤다.

그에 비해서 이탄은 상급 음혼석 1,000개, 그리고 라시
움 대신관은 상급 음혼석 500개를 차온에게 넣었다.

[픕. 고작 한 개? 그리고 10개라고? 쪼잔하기는. 쯧쯧
쯧.]

마그리드가 샤룬, 샤론 남매를 비웃었다. 마그리드는 세 골이 패배해서 분했던 마음이 싹 다 날아갔다.

샤룬, 샤론 남매의 얼굴이 시뻘게졌다.

라시움의 처지는 샤룬, 샤론 남매와 정반대였다. 라시움은 차온에게 500개의 상급 음혼석을 걸었다가 무려 56,100개를 배당받았다.

[흘흘흘. 거 참.]

라시움이 아무리 뻘브 일족의 대신관이라고 해도 이 정도로 어마어마한 상급 음혼석을 가져보기는 난생처음이었다. 라시움은 난감해하면서도 자꾸 입꼬리가 광대뼈 쪽으로 솟구쳤다.

한편 이탄은 라시움보다 두 배를 정산 받았다. 무려 112,200개의 상급 음혼석이 이탄의 호주머니 속으로 들어온 것이다.

'쏠쏠하네.'

이탄도 히죽 웃었다.

Chapter 2

그 날 저녁.

이탄은 황금탑의 숙소에 틀어박혀 아공간 박스를 살폈
다.

"차원 이동 통로를 제작하는데 최상급 리노의 뿔이 10개
필요하지."

그런데 지금 이탄이 보유한 최상급 리노의 뿔은 6개뿐이
었다.

최상급 재료가 부족할 경우에 상급 재료 100개로 대체
가 가능했다. 하지만 안타깝게도 이탄이 보유한 상급 리노
의 뿔도 딱 6개뿐이었다. 그러니 리노의 뿔은 여전히 4개
가 부족한 셈이었다.

이탄은 장부를 만들어 최상급 리노의 뿔 옆에 '—4'라
고 적었다.

차원 이동 통로를 제작하는데 최상급 리노의 비늘은 15
개가 소요되었다. 이탄은 이 가운데 8개를 확보했다. 또한
상급 리노의 뿔을 315개나 가졌다.

따라서 이탄의 장부 두 번째 줄에도 '—4'이 기입되었
다.

차원 이동 통로를 제작하는데 최상급 구아로의 이빨은
10개가 소요되었다. 이탄은 이 가운데 5개를 확보했으며,
상급 이빨은 단 한 개도 없었다.

이탄의 장부 세 번째 줄에는 '—5'가 채워졌다.

최상급 구아로의 발톱은 15개가 요구되었다. 이탄은 이 재료를 제법 많이 모았기에 부족한 개수는 딱 2개였다.

"쁠브 일족의 최상급 눈물은 아직도 많이 부족하네. 휴우우."

이탄이 한숨을 내쉬었다.

차원이동 통로를 뚫을 때 소요되는 쁠브의 최상급 눈물은 무려 1 리터였다. 그런데 이탄이 확보한 물량은 최상급 눈물 330 밀리리터, 그리고 상급 눈물 2 리터였다.

상급 눈물 2 리터가 최상급 눈물 20 밀리리터를 대체할 수 있으니까 앞으로 이탄이 더 모아야 할 양은 최상급 눈물 650 밀리리터였다.

토트 일족의 최상급 등껍질은 20개가 필요했다.

이탄은 최상급 등껍질 14개, 그리고 상급 등껍질 150개를 확보했다.

"아직도 최상급 등껍질 5개가 더 필요하구나."

그동안 이탄은 많은 재료들을 모았다. 그럼에도 아직 필요한 수량을 다 채우려면 갈 길이 꽤 남아 있었다.

"최상급 수프리 나무의 뿌리는 필요 수량을 모두 채웠네. 이건 다행이야."

차원이동 통로를 제작할 때 소요되는 수프리 나무의 뿌리는 최상급으로 5개였다. 다행히 이탄은 요구 수량을 모두 채운 상태였다.

한편 차원이동 통로를 뚫을 때 흑금, 청금, 적금, 그리고 백금도 각각 12,000 킬로그램씩이 요구되었다.

현재 이탄이 보유한 흑금은 12,100 킬로그램이었다. 따라서 흑금의 경우는 요구 수량을 모두 채웠다.

이탄이 가진 청금은 15,650 킬로그램.

이것 또한 필요 수량을 훌쩍 넘겨서 만족할 만했다. 이탄은 최근 블랙마켓에서 흐로클 일족의 8종 무기 세트를 빼앗았고, 그것을 용광로에서 녹이면서 청금과 적금을 왕창 채웠다.

덕분에 적금도 11,850 킬로그램이나 되었다.

"이 재료는 앞으로 150 킬로그램을 더 구해야겠구나. 그래야 12,000 킬로그램을 채울 수 있겠어."

그런데 문제는 적금이 아니라 백금이었다.

"쩌업."

이탄이 씁쓸하게 입맛을 다셨다. 이탄의 아공간 박스 속에 들어 있는 백금은 싹 다 긁어모아도 고작 900 킬로그램에 불과했기 때문이었다.

이탄에게 필요한 백금의 수량이 총 12,000 킬로그램이므로 앞으로도 이탄은 백금 11,100 킬로그램을 더 구해야 했다.

그나마 흐나흐 일족이 풍부한 백금 광산을 가지고 있다는 점이 이탄에게는 위안이었다.

"오늘 격투 시합에서 상급 음혼석을 잔뜩 땄잖아? 그것으로 백금을 집중적으로 사들여야겠다."

이탄이 나직하게 뇌까렸다.

마지막으로 이탄은 적린석의 수량을 파악했다.

차원 이동 통로를 제작할 때 필요한 적린석은 총 3,000개였다. 이탄은 이 가운데 2,320개를 이미 확보해놓았다.

"적린석도 680개를 더 구해야 하네. 흠."

이탄은 우선 백금과 적린석 구매에 집중하기로 마음먹었다. 리노 일족의 최상급 뿔과 비늘, 구아로 일족의 최상급 이빨과 발톱 등이 백금보다 더 귀한 재료이기는 하나, 이탄에게는 최후의 수단이 남아 있었다.

"내 아공간 박스 속에는 리노나 구아로 일족 왕의 재목 시체가 들어있거든. 여차하면 그 시체에서 뿔과 이빨을 뽑고 비늘과 발톱을 회수하면 돼. 그럼 뻘브 일족의 최상급 눈물을 제외한 나머지 재료들은 대부분 채울 수 있다고."

결국 이탄에게 급한 것은 백금, 적린석, 그리고 뻘브의 눈물이었다.

"라시움 대신관……."

이탄은 문득 라시움 대신관의 늙수그레한 얼굴을 머릿속

에 떠올렸다. 라시움이 바로 뿔브 일족 왕의 재목이었다.

여우왕의 탄신일인 17일이 지나간 이후에도 흐나흐 일족의 축제는 아흐레나 더 지속되었다.

이 기간 동안 타 종족의 사절단은 흐나흐의 대형 시장을 찾아 물물교환을 했다. 흐나흐의 거상들도 1년에 한 번 돌아오는 절호의 찬스를 놓치지 않고 타 종족과의 거래에 심혈을 기울였다.

흐나흐 거상들의 배후에는 대형 귀족 가문, 혹은 왕의 재목들이 버티고 있었다.

이탄은 남은 축제 기간 동안 대형 시장을 돌아다니면서 여러 가지 재료들을 사 모았다.

샤룬과 샤론 남매는 축제 행사를 챙기느라 여전히 바빴다. 흐나흐 여왕도 이 행사 저 행사에 얼굴을 비쳐야 했다. 마그리드는 타 종족들과 연합을 단단히 맺으러 다니느라 정신없었다.

덕분에 이탄을 귀찮게 하는 자는 거의 없었다.

시장에는 이탄이 최상급 재료나 백금, 적린석 등을 좋은 가격에 사들인다는 소문이 돌았다. 하여 흐나흐 일족 거상들은 이탄을 모시기 위해서 애를 썼다.

거래를 통해 이탄이 가장 많이 구매한 물건은 바로 백금이었다.

흐나흐 일족은 다수의 행성에서 백금을 채굴했다. 그 백금들이 이곳 주행성으로 모였다가 다시 여러 종족들에게 퍼져나갔다.

이탄은 이렇게 모인 백금들을 거의 블랙홀처럼 빨아들였다. 불과 사흘 만에 이탄이 구매한 백금이 무려 10 톤, 즉 10,000 킬로그램에 달했다.

이탄이 앞뒤 가리지 않고 백금을 싹쓸이하자 백금의 가격이 요동쳤다. 흐나흐 일족의 상인들은 백금 가격이 급등하자 더 이상 백금을 시장에 내놓지 않았다.

"쳇. 아직도 1,100 킬로그램이 부족한데 말이야. 이걸 채우기가 힘드네."

이탄은 아쉽게 혀를 찼다.

Chapter 3

지난 사흘 동안 이탄은 백금뿐 아니라 적금도 150 킬로그램을 사들였다. 이제 적금은 필요한 수량을 딱 채운 상태였다.

적린석도 꽤 많은 진전을 보였다.

"비번 일족이 적린석을 많이 가지고 있단 말이지."

귀족 부문 4강전에서 뛰어난 실력을 보였던 고르돈이 바로 비번 일족이었다. 이들 일족은 화염을 자유롭게 다루는 것이 특징인데, 알고 보니 적린석은 화산 깊은 곳 마그마 속에서 채취된다고 했다.

그 비번 일족의 사절단장이 직접 시장을 찾아 적린석 1,500개를 풀었다.

이탄은 이 가운데 620개를 사들이는 데 성공했다.

사실 이탄에게 필요한 적린석은 총 680개였다. 하지만 이탄이 아무리 애를 써도 620개의 물량을 확보하는 것이 한계였다.

백금과 적금, 적린석 외에도 이탄은 토트 일족의 최상급 등껍질 2개와 상급 등껍질 50개를 구하는 데 성공했다.

"차원이동 통로를 만들 때 상급 등껍질 100개가 최상급 한 개를 대체할 수 있으니까 앞으로 토트의 등껍질은 최상급 품질로 2개, 혹은 상급 200개만 더 구하면 돼."

백금, 적금, 적린석, 토트 일족의 등껍질에 이르기까지, 이탄이 물건 구매에 사용한 재화는 엄청났다. 이탄은 불과 며칠 만에 상급 음혼석 9,000개와 중급 음혼석 4,000개를 쏟아부었다.

그 뒤에도 이탄은 열심히 발품을 팔았다.

하지만 안타깝게도 이 이상의 최상급 재료들은 구하지 못하였다. 9월 21일에도, 그리고 22일에도 이탄은 허탕만 쳤다.

9월 23일.

이른 아침부터 뽈브 족 사내가 이탄을 찾아왔다. 라시움 대신관을 곁에서 모시던 바로 그 중년 사내였다.

[대신관이 나와 면담을 원한다고?]

이탄의 말투가 거슬렸는지 뽈브 족 사내는 눈을 찌푸렸다.

이탄은 '너 따위가 눈을 찌푸리면 어쩔 건데?' 라는 표정으로 뽈브 족 사내를 물끄러미 쳐다보았다.

결국 뽈브 족 사내가 먼저 꼬리를 내렸다.

[험험. 대신관님께서 그대를 정중히 모셔오라 하셨소.]

[무슨 일로?]

이탄의 태도는 거만했다.

뽈브 족 사내의 이마에 빠직! 핏줄이 돋았다. 하지만 뽈브 족 사내는 화를 꾹 눌러 참고는 정중하게 대답했다.

[무슨 일인지는 내가 알 수 없소. 하지만 그대에게 득이 되면 되었지 해가 될 일은 아니오. 혹시 알는지 모르겠으나 우리 뽈브 일족은 우주를 지배하는 5대 강족 가운데 하나

이며, 수없이 많은 재화와 마법, 영력비법을 지니고 있소이다. 또한 라시움 대신관님께서는 우리 뽈브 일족에서 단 8명뿐인 왕의 재목이시며, 미래를 읽는 신통력을 가지신 현자시오.]

사내는 뽈브 일족에 대한 자부심이 아주 강한 듯했다.

이탄은 별 고민 없이 라시움의 초대에 응했다.

[좋아. 가보지.]

이탄이 흔쾌히 나오자 뽈브 족 사내도 안도의 한숨을 내쉬었다.

자존심 때문에 이탄에게 이야기하지는 않았지만, 사실 라시움은 중년 사내에게 다음과 같이 당부하였다.

[만약 그 이탄이라는 초강자가 나의 초대를 거절하거든 내가 그를 찾아뵙겠다고 전하여라. 괜히 알량한 자존심을 부리다가 이탄의 신경을 자극해서는 안 될 게야. 반드시 정중히 대해여라.]

뽈브 족 사내는 라시움의 이러한 당부를 이해할 수 없었다.

'이자가 뭐라고 대신관님께서 손수 찾아오신단 말인가. 대신관님을 이곳까지 찾아오시게 만들 수는 없어. 어떻게든 이자를 대신관님께 끌고 가야지.'

이것이 뽈브 족 사내의 결심이었다.

다행히 이탄은 별로 튕기지 않고 라시움의 초대를 받아들였다.

뻘브 족 사내는 그것만으로도 이탄에게 감사해야 마땅했다. 한데 이탄이 초대에 쉽게 응하자 뻘브 족 사내의 마음속에 엉뚱한 생각이 자라났다.

'그럼 그렇지. 너 따위가 감히 뻘브 일족의 대신관님이 부르시는데 거부할 리 없지. 네놈은 대신관님께서 오라면 오고 가라면 가는 거야.'

뻘브 족 사내가 이탄을 얕잡아 보았다.

지난번 격투장에서 이탄이 차온의 공격을 가볍게 차단하는 장면을 지켜보았으면서도 뻘브 족 사내는 아직도 정신을 차리지 못했다.

오로지 뻘브 일족만이 최고라는 자만심 때문이었다.

라시움의 숙소는 황금탑 198층이었다.

[흘흘흘. 이탄 님, 어서 오시구려.]

화려하기 이를 데 없는 숙소에서 라시움 대신관은 주름진 입술을 오물거리며 이탄을 맞았다.

[대신관께서 나와 면담을 원한다고요?]

이탄이 심드렁하게 물었다.

[이자가 감히.]

무례한 듯한 이탄의 태도에 뻘브 족 중년 사내가 얼굴을 와락 구겼다.

[어허! 어느 자리라고 네가 나서느냐.]

라시움은 중년 사내를 향해 언짢다는 뜻을 드러내었다. 반대로 이탄을 향해서는 봄바람처럼 활짝 웃어 보였다.

[흘흘흘흘. 맞소이다. 이 늙은이가 이탄 님께 면담 요청을 드렸소. 흘흘흘.]

라시움은 이탄에게 이렇게 이야기한 뒤, 중년 사내를 향해서는 한 번 더 눈을 흘겼다.

중년 사내가 마지못해 물러났다.

[송구하옵니다. 대신관님. 저는 이만 물러가겠습니다. 두 분께서 말씀을 나누십시오.]

뻘브 족 중년 사내가 뒷걸음질로 물러난 뒤, 라시움은 이탄에게 자리를 권했다.

[어이쿠. 이 늙은이가 귀하신 분을 세워놓고 있었구려. 흘흘흘. 부디 늙은이의 무례를 욕하지 말고 이리 앉으시오.]

놀랍게도 라시움은 이탄을 상석에 앉혔다.

'허어어. 이 노친네가 왜 이렇게 살갑게 굴지? 뻘브 족은 거만한 줄 알았는데.'

이탄이 고개를 갸웃했다.

라시움은 환한 낮으로 이탄과 마주 앉았다.

이탄이 용건을 물었다.

[그래서, 대신관께서 나와 나누고 싶은 이야기가 무엇입니까? 뭔가 이유가 있으니 나를 불렀을 것 아닙니까?]

[흘흘흘. 성격도 급하시군. 흘흘흘흘. 맞소이다. 이 늙은이가 이탄 님을 청한 데는 이유가 있지. 이탄 님, 혹시 이 늙은이와 거래를 하시겠소?]

뜬금없는 주문에 이탄이 눈매를 가늘게 좁혔다.

[거래?]

[흘흘흘. 그렇소. 거래.]

라시움이 주름진 눈꺼풀을 들어 이탄을 빤히 바라보았다.

Chapter 4

이탄은 상체를 뒤로 젖혀 의자에 깊숙이 기댔다. 완강하게 팔짱도 꼈다.

[어떤 거래를 말하는 겁니까?]

이탄의 태도는 떨떠름했다.

이탄은 사실 '여차하면 라시움을 쥐어짜서 뻘브 일족의

눈물을 채워봐?' 라는 흉악한 생각을 갖고 있었다. 그래서 라시움이 친근하게 나오는 것이 오히려 편치 않았다.

그럴수록 라시움은 더 살갑게 뇌파를 건넸다.

[당연히 서로에게 이득이 되는 거래요. 흘흘흘. 이번에 이탄 님이 상급 음혼석을 잔뜩 따지 않았소? 마침 내게는 많은 양의 음혼석이 필요하다오.]

[호오? 내가 가진 상급 음혼석과 물물교환을 하시겠다?]

이탄이 팔짱을 풀었다. 뒤로 젖혔던 상체도 다시 일으켜 세웠다.

'만약 라시움이 허튼 수작을 하면 머리통을 쪼개주려고 했는데. 물물교환이라면 이야기가 달라지지.'

이탄은 한 가닥의 기대를 품었다.

라시움이 그 기대를 충족시켜주었다.

[흘흘흘. 이미 짐작하셨을 게요. 이 늙은이는 뻘브 일족의 눈물을 갖고 있소이다. 이거라면 상급 음혼석과 거래할 만하지 않소? 흘흘흘흘.]

[뻘브 일족의 눈물이라.]

이탄이 마음속으로 쾌재를 불렀다. 이건 이탄이 정말로 원하던 바였다.

[솔직히 말해서 나도 뻘브 일족의 최상급 눈물을 구하던 참이었습니다. 그게 어렵다면 부족한 대로 상급 눈물이라

도 찾고 있었지. 한데 대신관께서 그 눈물을 거래하겠단 말씀이신가요?]

[그렇소. 이 늙은이가 가진 최상급 눈물과 이탄 님의 상급 음혼석을 맞바꿉시다. 흘흘흘.]

[흠.]

이탄은 일이 너무 잘 풀린다 싶어서 오히려 수상했다.

'이게 지금 무슨 상황이지? 내가 뿔브 일족의 최상급 눈물을 구하는 것을 어찌 알고 이 노친네가 나와 거래를 하자는 거지? 혹시 다른 꿍꿍이가 있나?'

이탄은 싸늘한 눈빛으로 상대를 훑어보았다.

라시움이 엷은 미소로 이탄의 눈빛을 받았다.

[흘흘흘. 혹시 이탄 님께서는 이 거래가 탐탁지 않으시오? 이 늙은이를 왜 그리 빤히 보시는 게요?]

[탐탁지 않기는. 조금 전에 말했다시피 나는 좋습니다. 다만 대신관께서 왜 나에게 이런 거래를 제안하는지 영문을 몰라서 살펴본 것뿐이오.]

이탄이 속마음을 툭 털어놓았다.

라시움은 속으로 쓴웃음을 삼켰다.

'왜 제안하기는. 내 비참한 미래를 보았으니까 이런 제안을 하는 게지. 흐나흐 일족 방문을 모두 마치고 고향으로 되돌아가는 도중에 네 녀석이 뒤따라와서 내 부하들과 나를 개 패듯이 때리고, 짓밟고, 또 나를 강압적으로 쥐어짜서 눈물을 뽑아내게끔 만들었잖아. 그 비참한 미래를 피하기 위해서 미리 손을 쓰는 게다. 이 나쁜 놈아.'

라시움이 예지한 미래는 그야말로 끔찍했다. 이탄은 라시움 대신관이 태어나서 처음 맞닥뜨리는 괴물이었다. 이탄과 비교하면 쁠브 일족의 왕도 상대가 되지 않을 것 같았다.

라시움이 펼친 그 어떤 마법도 이탄에게는 통하지 않았다. 라시움이 제아무리 공간을 뚫고 도망쳐도 이탄을 떨쳐내지는 못하였다. 라시움이 본 미래에서 라시움은 정말 공포에 질려서 벌벌 떨다가 죽었다.

'그때 너는 내 다리를 악력으로 쭉쭉 찢어내면서 쁠브 일족의 최상급 눈물을 650 밀리리터 이상 내놓으라고 윽박질렀지. 만약 최상급 눈물이 없으면 나를 쥐어짜서 내 체액이라도 뽑아내겠노라고 폭언을 퍼부었지. 요런 사악한 놈.'

끔찍한 미래를 떠올리는 것만으로도 라시움의 온몸이 떨렸다. 라시움은 이탄 몰래 부르르 진저리를 쳤다.

'준다. 줘. 왜 하필 우리 일족의 최상급 눈물 650 밀리리터가 필요한지는 모르겠으나 더러워서 주고 만다.'

문제는 라시움이 보유한 최상급 눈물이 다 합쳐서 600 밀리리터밖에 없다는 점이었다. 아공간을 탈탈 털어도 딱

600 밀리리터밖에 나오지 않았다.

결국 라시움은 극단적인 대책을 사용했다. 어젯밤, 라시움은 자신의 눈을 때려서 눈물을 한 방울 한 방울 받아내었다. 그 다음 그 눈물들을 특수한 비법으로 정제하여 쁠브 일족의 최상급 눈물 30 밀리리터를 추가로 모았다.

'흐어어. 그래도 630 밀리리터 밖에 안 되잖아. 이 사악한 괴물이 요구한 650 밀리리터에는 못 미치잖아. 이걸 어쩐다? 혹시 부족한 부분은 상급 눈물로 대체가 가능할꼬?'

라시움은 걱정이 되어 뜬눈으로 밤을 지새웠다. 그리곤 아침이 되자마자 부하를 보내 이탄을 모셔왔다.

라시움이 지난밤의 애환을 마음속으로 되새기고 있을 때였다. 이탄이 헛기침을 하여 라시움의 주의를 환기시켰다.

[험험험.]

[어이쿠. 이거 이 늙은이가 잠시 딴 생각을 했구려. 하여간 늙은이의 제안이 어떻소? 이탄 님이 보유한 상급 음혼석과 우리 일족의 눈물을 거래하시겠소?]

[좋습니다. 그럼 거래 조건을 말해보시죠.]

[이 늙은이가 가진 것은 쁠브 일족의 최상급 눈물 630 밀리리터라오.]

[아!]

이탄이 뜻 모를 탄식을 내뱉었다.

630 밀리리터면 참으로 애매했다. 이탄에게 꼭 필요한 수량보다는 조금 부족하여 아쉽지만 그래도 단번에 필요 수량을 거의 다 채울 수 있는, 그런 분량이었다.

라시움이 이탄을 슬쩍 떠봤다.

[왜 그러시오? 혹시 630 밀리리터가 부족하시오?]

[그러네요. 약간 부족하네요.]

이탄은 순순히 대답했다.

라시움이 속으로 투덜거렸다.

'젠장. 그러시겠지. 딱 20 밀리리터가 부족하시겠지. 어련할꼬.'

이탄이 라시움에게 물었다.

[어쨌거나 대신관께서 630 밀리리터를 가지셨단 말이죠. 내가 그걸 전부 산다면 얼마에 파시겠습니까?]

최상급 재료들은 가격이 딱히 정해져 있지 않았다. 구매자에게 그 재료가 얼마나 절실한지, 혹은 판매자가 그 재료를 얼마나 많이 가지고 있는지에 따라 천차만별 가격이 달랐다. 라시움은 조심스레 이탄의 눈치를 살폈다.

'이왕 이 날강도 놈에게 최상급 눈물을 넘겨야 한다면, 그래도 값이라도 어느 정도 받아야 할 터인데.'

Chapter 5

생각 같아서는 이탄에게 옴팡 바가지를 씌우고 싶은 것이 라시움의 솔직한 심정이었다.

'그러다 이 무뢰배 놈이 너무 비싸다면서 폭력을 휘두른다면? 가까운 미래에 날강도 짓도 서슴없이 할 놈인데 폭력을 휘두르지 말라는 법도 없잖아. 으으으. 그건 또 곤란하지.'

라시움은 이탄에게 얻어맞고 싶지는 않았다.

[최상급 눈물 1 밀리리터에 상급 음혼석 30개씩 통 치면 어떻겠소?]

라시움이 어렵사리 뇌파를 떼었다.

이탄의 눈이 번쩍 빛났다.

[1 밀리리터 당 30개라면, 630 밀리리터에 상급 음혼석 18,900개군요.]

이 정도면 충분히 저렴한 가격이었다. 이탄은 횡재한 기분이었다.

하지만 이탄은 전혀 기쁜 티를 내지 않았다.

이탄은 쿠퍼 가문의 가주이자 모레툼 교단의 신관이었다. 그런 이탄이 이런 대규모 상거래에서 어수룩하게 감정을 드러낼 리 없었다.

[흐으음.]

이탄이 고민하는 척했다.

라시움은 속으로 쌍욕을 퍼부었다.

'어우 이 날강도 놈아. 우리 뽑브 일족의 최상급 눈물 1
밀리리터면 못 받아도 상급 음혼석 50개 이상은 받는다.
그걸 30개로 낮춰주었으면 냉큼 받아라. 쫌.'

하지만 겉으로는 마음에도 없는 이야기를 꺼내는 라시움
이었다.

[흘흘흘. 우리 이탄 님께서 고민하시는 걸 보니 좀 비싸
다고 느낀 게요?]

[약간. 아주 약간 비싼 듯하네요.]

이탄이 엄지와 검지를 약간 벌렸다.

라시움은 한숨을 내쉬었다.

[후우우. 그럼 이리 하면 어떻겠소? 이 늙은이가 이탄 님
과 사귀게 되어 특별히 가격을 좀 조종해 드리리다. 최상급
눈물 1 밀리리터 당 상급 음혼석 28개. 어떻소?]

이탄이 빠르게 셈을 했다.

[그럼 최상급 눈물 630 밀리리터면 17,640개가 필요하
군요.]

[그렇소.]

라시움이 다시 한번 이탄의 눈치를 살폈다.

'대신관이 어째 내 눈치를 보는 것 같은데?'

여기서 조금만 더 조정하면 가격을 더 깎을 수 있을 것 같았다. 하지만 이탄은 상대를 아주 궁지까지 몰아넣지는 않았다.

[좋습니다. 뻘브 일족의 최상급 눈물 630 밀리리터를 상급 음혼석 17,640개로 사죠.]

이탄이 흔쾌히 거래를 받아들였다.

[후우우.]

라시움은 자신도 모르게 안도의 한숨을 내쉬었다.

그때 이탄이 한 발짝 더 나갔다.

[한데 말입니다.]

[이탄 님, 왜 그러시오?]

이탄이 은근하게 나오자 라시움은 가슴이 철렁했다.

'혹시 이 날강도 녀석이 외상으로 거래하자는 건 아니겠지?'

계약 조건을 다 조정한 상대에서 거래 대금을 외상으로 뭉개는 것은 뻘브 일족이 약자들에게 종종 써먹는 거래 수법이었다. 라시움은 지레짐작하여 그것부터 걱정했다.

다행히 이탄은 그 정도로 양아치(?)는 아니었다.

[대신관께서는 혹시 최상급 눈물 말고 상급 눈물도 갖고 있습니까?]

[상급 눈물 말이오?]

라시움의 동공을 크게 열었다.

라시움이 읽은 미래에서 이탄은 최상급 눈물 650 밀리리터를 내놓으라고 윽박질렀다. 라시움은 어떻게든 630 밀리리터까지는 맞췄지만 20 밀리리터가 부족하여 마음을 졸였었다. 미래에서 목격했던 일이 현실에서도 벌어질까 봐 얼마나 마음을 졸였는지 모른다.

그때 라시움이 대안으로 생각한 방법이 상급 눈물로 최상급품을 대신하는 것이었다.

한데 그걸 어찌 알았는지 이탄도 뽈브 일족의 상급 눈물을 요구했다.

'이런 피도 눈물도 없는 날강도 같으니. 어떻게든 650 밀리리터를 다 채우려고 지랄발광을 하는구나.'

라시움이 속으로 욕을 퍼부었다. 그러나 겉으로는 떨떠름한 마음을 감추고는 고개를 주억거렸다.

[마침 이 늙은이가 상급 눈물도 좀 가지고 있소이다. 허어어. 한데 이탄 님은 수량이 얼마나 필요한 게요?]

[대략 2,000 밀리리터 이상? 다시 말해서 2 리터 이상 구했으면 하는데요.]

이탄은 솔직하게 필요한 수량을 밝혔다.

라시움은 이탄이 왜 이렇게까지 눈물의 수량을 맞추려고

드는지는 알 수 없었다. 그래도 라시움은 꾸역꾸역 이탄의 요구에 맞춰줄 수 있어서 다행이라 생각했다.

[흐으음. 어디 한번 봅시다. 이 늙은이가 가진 상급 눈물이……. 옳거니. 2 리터는 나오겠구려.]

우연인지 필연인지 라시움은 뽈브 일족의 상급 눈물을 2.5 리터 보유 중이었다.

이탄이 반색했다.

[그렇다면 그것도 마저 파시죠. 뽈브 일족의 상급 눈물 2 리터에 상급 음혼석 560개면 어떻습니까?]

차원 이동 통로를 제작할 때 뽈브의 최상급 눈물 1 밀리리터를 상급 눈물 100 밀리리터로 대체할 수 있었다.

이탄은 가격을 산정할 때도 이 비율을 그대로 가져왔다.

'뽈브 일족의 최상급 눈물 20 밀리리터가 상급 음혼석 560개잖아. 그렇다면 상급 눈물 2 리터도 같은 가격에 구입하면 되겠지.'

다시 말해서 이탄은 상급 눈물의 가격을 최상급 눈물의 100분의 1로 책정한 셈이었다.

라시움도 이탄의 셈법을 바로 이해했다.

[후우. 그럽시다. 이탄 님의 말대로 하리다.]

라시움이 동의했으니 이제 거래만 남았다.

[좋습니다. 그렇다면 뽈브 일족의 최상급 눈물 630 밀

리리터와 상급 눈물 2 리터를 모두 더해서 상급 음혼석 18,200개군요. 여기 있습니다.]

이탄은 아공간 박스의 7번 슬롯을 열어서 상급 음혼석을 와르르 쏟아내었다.

라시움도 아공간을 개방하여 최상급 눈물이 들어 있는 크리스털 병 21개와 상급 눈물이 보관된 크리스털 통 2개를 꺼냈다.

크리스털 병에는 최상급 눈물 30 밀리리터가, 그리고 크리스털 통에는 상급 눈물 1 리터가 각각 들어 있었다.

'으으으. 이게 얼마짜리인데 이렇게 헐값에 넘기다니.'

아공간에서 크리스털 병을 꺼낼 때 라시움의 손이 가늘게 떨렸다.

반면 이탄은 마음이 뿌듯했다. 원하는 재료를 손에 넣어서였다.

Chapter 6

'옳거니. 이제 뻘브 일족의 눈물은 다 채웠구나. 몇 가지 최상급 재료만 구하면 차원 이동 통로를 뚫을 수 있었어. 하하하.'

이탄이 환하게 웃었다.

라시움의 눈에는 그 미소가 너무나도 사악해 보였다. 라시움은 쓰린 속을 억지로 달랬다.

'에효. 그래도 목숨을 구했으니 되었지. 강제로 빼앗기는 것보다는 나아. 에효오.'

거래를 마친 뒤에도 이탄과 라시움은 의례적인 대화를 좀 더 나누었다.

결국 그 대화도 끝을 보일 즈음, 라시움은 이탄에게 인사치레 한 마디를 건넸다.

[흘흘흘. 오늘 거래를 통해서 이탄 님과 친밀해진 것 같소. 흘흘흘. 이 늙은이는 무엇보다 그게 기쁘구려. 이탄 님, 언제 기회가 되면 쁠브 일족의 주행성을 한번 방문해 주시오. 흘흘흘]

[어? 초청해주는 겁니까? 그럼 한번 쁠브의 행성에 가봐야겠네요.]

이탄은 라시움을 초대를 선뜻 받아들였다.

'헉. 진짜로 오겠다고?'

라시움은 가슴이 철렁했다.

사실 라시움이 이탄에게 건넨 이야기는 그저 형식적인 인사치레에 불과했다. 라시움은 이탄이 진짜로 쁠브 일족을 찾아올까 봐 겁이 났다.

하지만 이제 와서 초대를 물릴 수도 없었다.

[흘. 흘흘흘. 흘흘흘흘.]

이탄이 돌아간 뒤, 라시움은 푹신한 의자에 몸을 파묻었다. 그리곤 넋이 나간 문어처럼 헛웃음을 흘렸다.

오늘따라 부쩍 늙어 보이는 라시움이었다.

그날 저녁, 또 다른 손님이 이탄의 숙소를 방문했다.

다름 아닌 마그리드와 세골이었다.

이탄이 방문을 빼꼼 열고 두 방문자를 훑어보았다.

마그리드는 한껏 멋을 부린 듯 우아했다.

여우의 머리에 사람의 몸을 가진 세골은 안색이 눈에 띄게 창백했다. 그는 아직까지 부상이 다 낫지 않은 모양이었다.

[안으로 들어오시오.]

이탄이 마그리드와 세골을 숙소로 들였다.

샤론의 부하들이 이탄의 방문 건너편에 숨어서 그 모습을 지켜보다가 대뜸 울상을 지었다.

[이 사태를 어쩌지? 이탄 님이 마그리드 님과 만났다는 보고를 받으면 샤론 님께서 불같이 화를 내실 텐데.]

[그러게 말이에요. 아마도 애꿎은 우리에게 불호령이 떨어질 거예요. 히이잉.]

[불호령이 떨어질 때 떨어지더라도 일단 샤론 님께 보고는 드려야 하잖아요.]

[그건 그렇지. 하아아.]

여전사들은 한숨만 푹푹 내쉬었다.

같은 시각, 숙소 응접실에서는 이탄이 마그리드와 세골에게 앉을 자리를 내주었다.

[거기 앉으쇼.]

[네, 이탄 님.]

자리에 착석한 뒤, 마그리드가 속눈썹을 천천히 깜빡이며 말문을 열었다.

[저희가 이탄 님을 찾아온 이유는 감사 인사를 드리기 위해서예요. 이탄 님, 세골 가주를 구해주셔서 정말 감사해요.]

사실 이것은 핑계에 불과했다. 마그리드는 어떻게든 이탄과 대화할 구실을 찾기 위해서 세골을 동원했을 뿐이었다.

세골이 벌떡 일어나 정중하게 머리를 숙였다.

[이탄 님, 제가 큰 은혜를 입었습니다. 이 은혜를 어떻게 갚아야 할지 모르겠습니다.]

이탄이 손사래를 쳤다.

[은혜는 무슨. 나는 그저 세골 가주가 검을 휘두르는 모습에 탄복하여 무의식 중에 불쑥 나섰을 뿐이오.]

[저의 검술은 참으로 보잘 것 없습니다만, 이탄 님께서

그렇게 높게 평가해주시니 그 또한 감사드립니다.]

세골이 거듭 감사의 뜻을 전했다.

이탄은 스쳐 지나가는 듯이 물었다.

[그나저나 가주의 검술이 신기하기도 하고 또 독특하더군. 그건 마법도 아니고, 영력도 아니고, 신체변형도 아니잖소. 대체 그런 검술은 어디서 배운 거요?]

마그리드도 그 점이 궁금했던 듯 호기심 어린 눈으로 세골을 바라보았다.

세골은 난감했다.

[그것은 저……]

이탄이 과장되게 어깨를 으쓱했다.

[뭐, 가문의 비법이라 발설할 수 없는 거요? 그럼 굳이 말할 필요 없소.]

[그건 아닙니다. 제가 익힌 검술은 사실 저희 가문의 비법은 아닙니다.]

세골이 머뭇거리다가 답했다.

[호오? 그렇소?]

이탄은 흥미롭다는 듯이 상체를 앞으로 기울였다.

[세골 가주, 그 이야기는 저도 처음 듣네요. 호호호.]

마그리드도 눈에 이채를 머금었다.

제9화
아울 30검의 일기장

Chapter 1

이탄이 다시 세골에게 캐물었다.

[가문의 비법이 아니라고? 그렇다면 그건 대체 뭐였소?]

세골 가주는 또다시 망설이다가 결국 숨겨왔던 비밀을 털어놓았다.

[2대 전, 그러니까 제 할아버님은 외계에서 온 친구분과 깊이 사귀셨습니다.]

[외계? 혹시 외계 성역을 말하는 거요?]

외계라는 단어에 이탄이 관심을 보였다.

[그런 일이 있었나요?]

마그리드의 관심도 한층 올라갔다.

세골은 머리를 가로저었다.

[그건 아닙니다. 정확히는 저도 잘 모르겠습니다. 하지만 할아버님의 친구분은 굉장히 멀고 이질적인 세상에서 온 것만은 확실합니다.]

[흐음. 그렇군.]

이탄은 적당히 추임새를 넣으면서 세골의 이야기를 분석했다.

'할아버지의 친구라는 이가 아울 검탑의 검수였을까? 아마도 그럴 확률이 높겠지?'

이런 생각이 이탄의 머릿속에 자리를 잡았다.

세골이 옛이야기를 이었다.

[어쨌거나 제 할아버님과 그 친구분은 꽤 오랜 세월 동안 교류하면서 서로의 무력을 발전시켰습니다. 당시 저는 할아버님의 슬하에서 자라면서 자연스럽게 할아버님의 친구분께도 배울 기회를 가졌고요.]

[가주의 그 독특한 검술이 그때 배운 거요?]

이탄의 물음에 세골이 고개를 주억거렸다.

[맞습니다. 당시 저는 할아버님께 영력을 다루는 법, 그리고 마법의 기초를 배웠습니다. 할아버님의 친구분께는 검을 쓰는 법을 배웠고요. 그런데 희한하게도 저는 영력이나 마법보다 검에 소질이 있었나 봅니다.]

[오!]

마그리드가 탄성을 터뜨렸다. 이런 비하인드 스토리, 즉 숨겨진 뒷이야기는 마그리드도 처음 듣는 것이었다.

이탄이 재차 물었다.

[가주에게 검을 가르친 분은 아직 생존해 있소?]

세골의 눈빛이 갑자기 슬프게 변했다.

[아닙니다. 그분은 이미 오래 전에 돌아가셨습니다. 이유는 모르겠으나 할아버님의 친구분은 저희 흐나흐 일족보다 수명이 더 짧으셨습니다.]

[흠.]

이탄은 살짝 아쉬웠다.

'그 검수를 직접 만나보았으면 좋았을 텐데. 내 생각에 그는 아울 검탑의 검수가 분명한 것 같아. 그런데 언노운 월드의 검수가 어쩌다가 이 먼 그릇된 차원까지 넘어왔을까? 수련을 위해서 일부러 들어왔나? 아니면 우연히?'

그러다 문득 이탄의 뇌리에 어떤 생각이 스쳐 지나갔다.

[세골 가주, 혹시 유품이라도 남은 게 있소?]

[네?]

[할아버님의 친구분 말이오. 혹시 그분이 유품을 남기지 않았소?]

[이탄 님께서 그걸 왜 찾으시는지요?]

세골이 의아한 듯 물었다.

이탄은 임기응변으로 둘러대었다.

[내가 원래 강자의 유품에 관심이 많소. 특히 그가 외계 성역에서 왔을지도 모른다고 생각하니 더 궁금해지는군.]

[그러십니까? 하지만 저는…… 으으음……. 끄으으응…….]

세골이 머뭇머뭇 말꼬리를 흐렸다.

그런 세골의 태도가 못마땅했을까? 이탄이 뭐라고 대꾸하기도 전에 마그리드가 끼어들었다.

[흥. 세골 가주. 이탄 님은 세골 가주의 목숨을 구해준 은인이세요. 설마 그 사실을 잊은 건 아니겠죠?]

마그리드가 세골에게 따끔하게 일침을 놓았다.

세골의 동공이 빠르게 흔들렸다.

[제가 어찌 이탄 님의 은혜를 잊겠습니까. 그렇다면 빙빙 돌리지 않고 솔직하게 말씀드리겠습니다. 저는 마음속으로 할아버님의 친구분을 스승님으로 여기고 있습니다. 그래서 스승님의 유품을 이탄 님께 바치는 것은 좀 어렵습니다. 정말 죄송합니다.]

세골은 고백과 함께 벌떡 일어나더니, 이탄을 향해 90도로 허리를 굽혔다.

이탄이 손을 들어 좌우로 흔들었다.

[쯧쯧쯧. 내 의도를 오해했군. 세골 가주, 나는 그 유품을 달라는 게 아니오. 그저 내가 평소에 외계 성역의 강자들에 대한 관심이 많았기에 호기심에서 그 유품이라는 것을 잠시 살펴볼 수 있나 물어본 것뿐이오.]

[그러십니까?]

세골이 눈을 동그랗게 떴다.

옆에서 마그리드가 세골의 옆구리를 쿡 찔렀다.

[세골 가주, 이탄 님이 아니었다면 그대는 이미 죽은 목숨이에요. 절대로 그 사실을 잊지 말아요.]

마그리드의 훈수가 세골의 마음을 흔들었다.

[이탄 님, 그렇다면 이탄 님께 보여드리겠습니다. 스승님께서 사용하시던 물건들을 이곳으로 가져올 테니 이탄 님께서 한번 살펴보십시오.]

마침내 세골이 결심을 굳혔다.

[하하하. 좋소.]

이탄은 비로소 활짝 웃었다.

[호호호, 잘되었네요.]

마그리드는 오히려 이탄보다도 더 좋아해서 아예 손뼉까지 쳐댔다. 마그리드는 이번 기회에 이탄에게 마음의 빚을 남겨둘 요량이었다.

그 후로도 분위기는 화기애애했다.

마그리드가 이탄에 대해서 이것저것 물어도 이탄은 곧잘 대답해주었다. 이탄이 세골에게 질문하면 세골도 즉각 답했다.

결국 셋의 대화는 깊은 밤이 되어서야 끝이 났다.

한편 이탄의 숙소 앞에서는 샤론의 부하들이 초조하게 발을 굴렸다. 여전사들의 초조한 마음은 마그리드가 이탄의 숙소에서 나온 뒤에야 겨우 진정되었다.

이탄의 숙소를 떠나기 전, 마그리드는 샤론의 부하들이 숨어 있는 장소를 무섭게 한 번 노려보았다.

[윽.]

여전사들이 찔끔하여 몸을 움츠렸다.

[흥.]

다행히 마그리드는 샤론의 부하들에게 손을 쓰지는 않았다. 그녀는 그저 차가운 웃음을 한 번 흘렸을 뿐이었다.

마그리드가 사라진 뒤, 여전사들은 놀란 가슴을 겨우 쓸어내렸다.

Chapter 2

다음 날 아침.

세골과 마그리드가 이탄을 한 번 더 찾아왔다. 세골은 응접실 탁자 위에 네 가지 물품을 조심스럽게 꺼내놓았다.

[이 물건들이 할아버님의 친구분, 즉 스승님께서 저에게 남기신 유품들입니다.]

유품을 대하는 세골의 태도는 조심스러웠다.

이탄도 덩달아 경건한 마음으로 네 가지 물건들을 살펴보았다.

양피지 두루마리 하나.

검 한 자루.

직사각형의 패 하나.

책 한 권.

이상이 세골의 스승이 세골에게 남긴 유품들이었다.

이탄은 가장 먼저 직사각형의 패부터 살폈다.

패 위에는 30이라는 숫자가 새겨져 있었다. 한데 이곳 그릇된 차원의 숫자가 아니라 언노운 월드의 표기 방식이었다.

'역시 내 짐작이 옳았구나.'

이탄은 가슴이 뛰었다.

'세골의 스승은 아울 검탑의 검수가 분명해. 그것도 도제생이나 하위 검수가 아니라 아울 30검이었나 봐.'

아울 검탑은 1검부터 99검까지 총 99명의 검수로 구성된 백 세력이었다. 검수들 밑에는 여러 명의 도제생들을 두었는데, 이들 도제생의 실력은 검수와 비교하면 하늘과 땅 차였다.

이탄의 부인인 프레야는 도제생, 그리고 이탄의 장인인 피요르드 후작은 아울 검탑의 99검이었다.

그에 비해서 세골의 스승은 무려 30검이었다.

'30검이면 꽤 높은 서열일 텐데, 어쩌다 이 먼 차원까지 와서 숨이 멎었을까?'

이탄은 궁금함을 속으로 삼키며 책을 집어 들었다. 책의 첫 페이지를 넘긴 순간, 이탄의 눈동자 속에서 또다시 불꽃이 피어났다.

'오호라. 이건 일기장이로구나.'

이탄은 책에 적힌 내용이 일기임을 한눈에 알아보았다. 아울 검탑 30검이 작성한 일기 말이다.

세골이 민망한 듯 그간의 사정을 이야기했다.

[이탄 님, 솔직히 말씀드려서 그게 무엇인지 전혀 해독하지 못했습니다. 그동안 저희 가문에서 지식이 뛰어난 현자들을 동원하여 알아보았으나 어디에도 그 해괴한 문자를 읽는 자가 없었습니다.]

[이게 문자란 말인가?]

이탄이 능청을 떨었다.

세골은 그런 줄도 모르고 고개를 푹 떨구었다.

[솔직히 저는 거기에 적힌 것이 문자인지 아닌지도 잘 모르겠습니다. 송구합니다.]

[흐으음. 나도 이게 뭔지 도무지 모르겠네.]

이탄은 한 번 더 의뭉을 떨었다.

당연히 이것은 새빨간 거짓말이었다. 이탄은 첫 페이지를 넘기자마자 그 안에 적힌 일기의 내용을 줄줄 읽었다.

[쳇. 난감하군.]

이탄은 짐짓 골치 아프다는 표정을 지었다.

이번에는 이탄이 검을 뽑아 이리저리 살폈다.

세골이 검에 대한 설명을 덧붙였다.

[무기의 제련 방식도 실로 독특하지 않습니까? 저희 흐나흐 일족은 물론이고 쁠브 일족을 비롯한 타 종족에서도 이런 방식으로 검을 제련하는 곳이 없습니다. 게다가 검에 함유된 금속도 흐나흐 일족의 금속들과는 다른 것으로 파악되었습니다.]

[나는 검을 써본 적이 없어서 잘 모르겠군.]

아건 거짓말이 아니었다. 이탄은 무기에는 별로 관심이 없었다.

마지막으로 이탄은 양피지 두루마리를 돌돌 풀었다.

두루마리 안에는 검수들이 검을 휘두르는 그림이 빼곡했

다. 그림에 대한 설명도 세밀한 글씨체로 적혀 있었다.

물론 이것들 또한 언노운 월드의 문자였다.

'옳거니. 이게 바로 아울 검탑의 검술교본이로구나.'

이탄은 내심 무릎을 쳤다.

세골의 눈동자가 잠시 흔들렸다. 세골은 이 검술교본을
자신의 목숨보다도 더 소중하게 여겨왔다.

이 양피지 두루마리가 단순히 스승의 유품이라서 귀하게
여긴 것이 아니었다. 세골은 이 검술교본에 그려진 그림들
을 통해서 검에 대한 깨달음을 얻었다.

'이 귀중한 보물을 남에게 공개해서는 안 되는 것인데.
하아아. 그렇다고 생명의 은인인 이탄 님에게 거짓말을 할
수도 없고. 하아아아.'

그리고 보면 세골은 몬스터답지 않게 참으로 올곧은 성
격이었다.

어쨌거나 세골은 속이 바짝 탔다.

'만약 이탄 님이 이 보물의 가치를 알아보고 빼앗아 가면
어떻게 하지? 이탄 님께 도전을 해서라도 되찾아야 할까?'

얼핏 이런 생각이 들었다.

세골은 이내 고개를 가로저었다.

'으으음. 그건 안 될 말이야. 이탄 님은 마그리드 님조차
두려워하는 초강자잖아. 내가 이탄 님께 덤볐다가는 결국

우리 가문까지 위태로워질 터, 대체 이 일을 어쩐다?'

세골이 머릿속으로 별별 상상을 다 할 때였다. 이탄이 진지한 표정으로 세골을 불렀다.

[세골 가주.]

[말씀하십시오.]

[스승의 귀한 유품들을 보여줘서 고맙소.]

[별 말씀을 다하십니다. 이탄 님은 제 생명을 구해주신 은인이 아니십니까? 이 정도는 아무것도 아닙니다.]

세골이 이탄을 향해 고개를 짧게 숙였다.

[후훗.]

이탄은 입가에 희미한 미소를 머금었다.

[그래서 말인데, 내가 이 유품들을 좀 자세히 살펴봐도 되겠소? 좀 더 시간을 가지고 말이오.]

상대를 바라보는 이탄의 눈동자 깊은 곳에는 한 가닥의 장난기까지 어려 있었다.

세골은 가슴이 덜컥 내려앉았다.

'크윽. 드디어 올 게 왔구나.'

이러다 스승님의 유품을 빼앗기는 것 아니냐는 걱정이 세골의 뇌리를 스쳐 지나갔다.

Chapter 3

세골은 이를 악물고 이탄에게 되물었다.

[이탄 님, 혹시 유품들을 살펴보는데 시간이 얼마나 필요하십니까?]

이탄이 턱으로 탁자 위를 가리켰다.

[저 직사각형 패는 살펴볼 것도 없겠군. 검도 마찬가지고. 저것들은 세골 가주가 그냥 가지고 돌아가시오.]

[하오면 나머지 두 유품들은……?]

세골이 말꼬리를 흐렸다.

그러는 동안에도 세골의 눈은 양피지 두루마리에 고정되어 떨어질 줄 몰랐다. 세골에게 가장 중요한 물건은 바로 이 두루마리 검술교본이었다.

이탄은 세골의 속내를 훤히 짐작했다.

[하하하. 저기 둘둘 말린 것은 그림이 흥미로우니 좀 더 자세히 살펴보고 싶군. 저걸 하루만 빌려주겠소?]

이탄이 입꼬리를 얄밉게 끌어올렸다.

[네에? 하루 말씀이십니까?]

세골이 고개를 번쩍 들었다.

세골은 이탄이 몇 개월, 혹은 1년 이상 유품을 빌려달라고 압박할까 봐 걱정했다. 한 발 더 나가서는 이탄이 유품을 영영 돌려주지 않을까 봐 더 우려스러웠다.

그런데 고작 '하루'란다.

세골의 얼굴이 환하게 밝아졌다.

이번에는 이탄이 일기장을 턱으로 가리켰다.

[한데 저것은 살펴보는 데 시간이 더 오래 걸릴 것 같군. 희한한 문양들이 잔뜩 있어서 말이야.]

[오래라면 얼마를 말씀하시는 것입니까?]

세골이 또다시 긴장했다. 양피지 두루마리에 비할 바는 아니지만, 어쨌거나 저 책도 스승님의 유품이라 세골에게는 중요했다.

이탄이 빙그레 웃었다.

[한 사나흘 정도?]

세골은 그제야 숨통이 트였다.

[휴우우. 알겠습니다. 이탄 님께서 편하신 대로 하십시오.]

세골은 마음속으로 '이탄 님이 아마도 그 사이에 두루마리와 책을 복사할지도 모르겠구나.'라고 생각했다. 그리곤 그는 생명의 은인인 이탄에게 그 정도는 내어줄 수 있다고 마음먹었다.

세골은 이탄이 스승의 유품을 영영 **빼앗아**가지만 않는다면 그것으로 만족이었다.

서로 원하는 바를 얻자 분위기가 좋아졌다. 이탄과 세골, 마그리드는 이번에도 화기애애하게 여러 가지 담소를 나눴다. 흐나흐 일족의 역사라든가, 귀족 부문 격투에 대한 이야기가 주로 꽃을 피웠다.

시간이 흐르자 마그리드와 세골이 돌아갔다.

홀로 남은 이탄은 손바닥을 슥슥 비볐다.

"이제 본격적으로 이것들을 살펴볼까?"

이탄은 우선 양피지 두루마리부터 펼쳤다.

"거 참. 내가 그릇된 차원에서 아울 검탑의 검술 교본을 보게 될 줄이야."

불현듯 이탄의 가슴이 뭉클해졌다.

그러고 보면 세상에 인연이라는 것이 있는 듯도 싶었다. 이탄은 검술 교본을 꼼꼼히 살펴보고는, 그림과 글을 뇌에 새겨두었다.

이탄은 세골이 짐작하는 것처럼 검술 교본을 종이에 베끼지는 않았다. 그저 그림 속 동작 하나하나를 외워둘 뿐이었다.

이탄이 검술 교본을 몽땅 외우는데 걸린 시간은 40분이 채 넘지 않았다. 교본의 내용을 통째로 머릿속에 욱여넣은 뒤, 이탄은 고개를 절레절레 저었다.

"역시 나는 무기가 안 맞아."

아울 검탑의 검술은 실로 뛰어났으나, 이탄의 취향은 아니었다.

"대체 검으로 상대방의 목을 베는 게 뭐가 재미가 있겠어? 손으로 목을 잡아 뜯어야 그 생생한 맛이 느껴지지."

이탄은 세골이 목숨보다 더 소중히 여기는 검술 교본을 탁자 위에 아무렇게나 내팽개치고는, 아울 30검의 일기장을 손에 잡았다.

사실 이탄이 더 관심이 있는 것은 바로 이 일기장이었다. 이탄은 아울 30검이 어쩌다가 그릇된 차원까지 넘어오게 되었는지, 그 점이 궁금했다.

일기장은 꽤 두꺼웠다. 문장도 조악하고 글씨체도 삐뚤삐뚤 악필에 가까워서 쉽게 읽히지도 않았다.

그래도 이탄은 흥미진진하게 일기를 독파했다.

일기는 아울 30검이 도제생의 신분을 뛰어넘어 처음 아울 99검이 되었을 때부터 시작되었다.

그 무렵 아울 검탑은 상위 서열의 검수가 죽으면 아래 서열의 검수들이 그 숫자를 넘겨받는 방식으로 99명의 검수들을 유지해왔다.

예를 들어서 아울 10검이 전사하면 아울 11검이 10검으로 올라가고, 12검은 11검으로 승진하는 방식이었다.

그렇게 연차적으로 승진하여 막내이던 아울 99검이 98

검으로 올라서고 나면, 비로소 99검의 자리가 비게 마련이었다. 아울 검탑은 이 빈 자리를 도제생 중에서 새로 선발하여 채워 넣었다.

일기장의 주인공은 처음 아울 99검이 되었을 무렵부터 피사노교와 치열한 전투에 투입되었다. 그는 아울 검탑 안에는 거의 머무른 적이 없었다. 자신의 스승이자 선배인 아울 19검을 따라 전쟁터를 누비며 피사노교의 악마들과 치열한 접전을 벌여왔다.

Chapter 4

당시는 피사노교와 아울 검탑의 혈투가 한창일 시기였다. 아울 검탑의 선배 검수들은 모두 다 뛰어난 인물들이었으나, 그에 맞서는 피사노교도 악마들도 만만치 않았다. 결국 아울 검탑의 선배 검수들은 하나둘 전장에서 스러져갔다.

오히려 그 덕분에 일기장의 주인공은 아울 99검에서 시작하여 불과 몇 달 만에 아울 98검이 되었다. 이어서 1년 뒤에는 아울 92검까지 올라섰다. 어떤 때는 하룻밤 사이에 세 계단, 혹은 네 계단씩 순위가 상승하기도 하였다.

그렇게 순위가 위로 올라갈수록 일기장의 주인공은 점점 더 많은 수의 악마들의 피를 검에 묻히게 되었다.

주인공의 검술도 그에 비례하여 발전했다.

마침내 주인공이 아울 30검이 되었을 때, 피사노교에서는 아울 검탑 1위부터 10위까지 최상층부에 못지않게 아울 30검을 강적으로 평가하여 어떻게든 죽이려고 들었다. 심지어 피사노교의 수뇌부가 직접 출전하여 아울 30검의 목숨을 노렸다.

아울 30검은 노련하게도 적들의 함정을 잘 피해 갔다.

그러다 결국 파탄이 발생했다. 드디어 피사노교의 악마들이 아울 30검을 포위하는 데 성공한 것이다.

피사노교의 포위망에 갇힌 뒤, 아울 30검은 죽음을 직감했다. 적들의 포위망이 겹겹이라 탈출로를 뚫기는 도저히 불가능해 보였다.

'최대한 많은 적들을 죽이고 나도 죽으리라.'

아울 30검은 단단한 각오로 적진 한복판에 뛰어들었다.

피사노교에서도 수뇌부가 직접 출전하여 아울 30검을 요격했다. 그 밖에도 무수히 많은 피사노교의 마병들이 등장하였다. 피가 튀기고 살점이 갈라지는 혈투는 밤이 새도록 계속되었다.

바로 그 전투에서 피사노교 수뇌부는 부정 차원의 악마

종을 소환하여 부렸다. 그리고 그 악마종이 외운 괴상한 주문에 의해 아울 30검은 차원을 뛰어넘어 이곳 그릇된 차원에 떨어지게 되었다.

여기까지 일기를 읽은 뒤, 이탄은 무릎을 딱 쳤다.

"맞아. 피사노교의 수뇌부들 가운데는 악마종과 결합한 자들이 있지. 피사노 쌀라싸도 그랬던 것 같아. 한데 그 악마종들은 차원을 뛰어넘는 재주가 있단 말인가?"

이탄은 의문과 호기심을 동시에 느꼈다.

"일단 계속 읽어보자."

아울 30검의 일기가 계속되었다. 일기의 후반부도 전반부 못지않게 흥미로웠는데, 후반부는 다음의 두 가지 파트로 구성되었다.

우선 후반부의 첫 번째 파트는 아울 30검이 본래의 세상, 즉 언노운 월드로 되돌아가려고 노력하는 과정이 담겨 있었다.

악마종에 의해 그릇된 차원에 떨어진 뒤, 아울 30검은 차원을 뛰어넘는 방법에 대해서 수도 없이 찾아보았다.

그중에는 신왕 프사이에 대한 조사 결과도 포함되었다. 벨린다에 대한 이야기도 당연히 들어갔다. 아울 30검의 일기장에는 신왕 프사이가 차원을 넘어 다른 차원에 다녀왔

다는 메모가 남아 있었으며, 이어서 벨린다라는 타 차원의
존재가 그릇된 차원에 진입하여 살았다는 내용도 있었다.

안타깝게도 아울 30검은 신왕과 벨린다의 유산을 직접
적으로 찾아내지는 못하였다. 그 밖에 아울 30검의 다른
노력들도 모두 물거품으로 돌아갔다. 아울 30검은 끝끝내
언노운 월드로 돌아갈 길을 찾지 못한 것이다.

일기 후반부의 두 번째 파트는 아울 30검이 고향으로 복
귀하는 것을 포기하면서 느낀 좌절감과, 그 좌절감을 극복
해가는 과정이 생생하게 수록되어 있었다.

이 과정에서 아울 30검은 흐나흐 일족 세골의 가문에 몸
을 의탁하게 되었다.

처음에 아울 30검은 흐나흐 행성에 잠시만 머물 생각이
었다. 그러다 생각이 바뀌어서 여생을 세골 가문에서 보내
기로 결심했다.

그 후 아울 30검은 흐나흐 족 소년을 한 명 만나게 되었
고, 그 소년에게 검술을 가르치면서 소소한 행복을 느꼈다.

이때가 아울 30검의 말년이었다.

"아하. 그 소년이 바로 세골이로구나."

이탄이 빙그레 웃었다. 그런 다음 다시 혀를 찼다.

"쯧쯧쯧. 아울 30검이 세골을 이렇게나 깊이 아꼈을 줄
은 몰랐네. 만약 세골이 이 일기의 내용을 읽을 수만 있었

더라면 스승에 대한 애틋함이 배가 되어 펑펑 울었을지도 모르겠는걸."

일기의 마지막 장을 덮은 뒤, 이탄은 아울 30검의 일생에 대해서 잠시 생각하는 시간을 가졌다.

'편히 가십시오.'

이탄이 눈을 지그시 감고 아울 30검의 명복을 빌어주었다.

다음 날이 되자 세골이 이탄을 찾아왔다. 이때가 이미 9월 25일이라 흐나흐 일족의 축제도 이제 딱 하루만 남은 상태였다.

세골은 감히 이탄에게 양피지 두루마리 등을 돌려달라고 요구하지도 못했다. 그저 문 앞에서만 안절부절못하며 안쪽만 기웃거릴 뿐이었다.

[하아. 흐아아.]

세골이 한숨만 푹푹 쉬었다.

이탄이 그 낌새를 눈치채고는 숙소의 문을 열었다.

[세골 가주.]

[네, 이탄 님.]

세골이 반갑게 고개를 번쩍 들었다.

[안으로 들어오시오.]

[넵.]

이탄은 세골을 숙소로 들인 다음, 양피지 두루마리와 책을 함께 돌려주었다.

[아니, 이탄 님. 두루마리는 모르겠으나 이것은 사나흘 정도 살펴본다고 하지 않으셨습니까?]

세골이 휘둥그레진 눈으로 물었다.

이탄은 고개를 가로저었다.

[어제 꼼꼼히 살펴봤는데 전혀 해독이 안 되더군.]

[아!]

[그래서 그냥 돌려주는 거요. 나중에 또 필요하면 내가 세골 가주에게 요구하지. 그때 또 빌려주쇼.]

[물론입니다. 언제든지 말씀하십시오.]

세골이 냉큼 대답했다. 세골은 스승의 유품을 이렇게 무사히 돌려받은 것만으로도 대만족이었다.

〈다음 권에 계속〉

DREAMBOOKS★